AF208896

Heinrich Huch

Neues aus Bellabü

Der zweite Sammelband

Bibliografische Information der
Deutschen Nationalbibliothek:
Die Deutsche Nationalbibliothek verzeichnet diese Publikation
in der Deutschen Nationalbibliografie, detaillierte bibliografi-
sche Daten sind im Internet über http://dnb.dnb.de abrufbar.
1. Auflage 2023
© 2023 Heinrich Huch
Herstellung und Verlag:
BoD – Books on Demand, Norderstedt
ISBN 978-3-757-88677-6

Inhaltsverzeichnis

Rück-Blick und Vor-Wort

Irgendwo in der norddeutschen Provinz treffen Bella und Heini, aus dessen Perspektive diese Geschichten erzählt wird, aufeinander. Man kommt sich sehr schnell sehr nahe und nach einigen ebenso überraschenden wie turbulenten Ereignissen finden sich die beiden als Besitzer eines überregional bekannten Puffs und Swingerklubs wieder. Es fühlt sich angesichts dieser Rotlichtimmobilie irgendwie falsch an, hier das Sprichwort von der Jungfrau und dem Kinde zu strapazieren, aber was solls, here we are.

Das Leben im Bellaversum ist bunt, kurios, chaotisch, lustig, manchmal dramatisch und gelegentlich auch frivol. Aber niemals langweilig. Sehr zu Heinis Bedauern.

Im Laufe der bisher 35 Kapitel begegneten wir bereits einer ganzen Reihe von Frauen und Männern, dazu Hühnern, Hunden und obendrein einem kalifornischen Seelöwen. Einige treten nur kurz auf, einige bleiben dauerhaft und einige entpuppen sich sogar als Verwandtschaft. Viele von ihnen treffen wir in diesem Buch wieder.

Betrachten wir das Bellaversum einfach als eine unverfilmte Seifenoper, deren Episoden aufeinander aufbauen, aber in der Regel jeweils in sich geschlossene Geschichten erzählen. Dieses Werk enthält die vierte bis sechste Staffel und vielleicht laufen ja im Moment schon irgendwo die Dreharbeiten für die siebte.

Am Ende dieses Bandes findet sich, wie gewohnt, ein Personenverzeichnis, sollten Sie mal den Überblick verlieren, wer denn hier eigentlich mit wem und warum.

Mein von Herzen kommender Dank geht wieder an Melanie Gywer für die gerade noch jugendfreie Covergrafik, an die aufopferungsvollen Testleser, die Kommafehlerfinder und natürlich an @gemuellert für die unschätzbare Hilfe mit Bellas schwäbischer Verwandtschaft und ihrer Idiomatik.

Euer Heinrich. Der Neunte.

Band 4 („La vie est Bella")

Kapitel 36 – Reiche Kirchenmäuse

Hans-Jürgen ist überzeugter Anhänger der Waldorf-Pädagogik. Auf meine interessierte Nachfrage, ob der Bindestrich mitgetanzt wird, reagiert er professionell gelassen. Er hat jetzt allerdings einen geschwollenen großen Onkel, weil er das eichene Tischbein für meines gehalten hat.

Wenn ich artig war, nimmt Bella mich manchmal mit zum Sonntagsfrühstück der Ungläubigen in Marleens kleinem Hofcafé. Und Hans-Jürgen ist einer der besagten Ungläubigen, unserem lokalen Gospelchor. Dessen Mitglieder zwar lautstark Halleluja singen, aber keine Kirchensteuer zahlen.

Freunde dürfen Hans-Jürgen auch Hajü nennen.

„Reichst du mir die Himbeermarmelade, Hans-Jürgen?", bitte ich ihn höflich. Marleens Marmeladen sind klasse. Besonders Himbeer, denn die wird sorgfältig durchpassiert. Damit wiederum nicht das passiert, von dem der Kirschkern auf Bellas Teller zeugt.

Ums Haar wäre nämlich im rustikalen Ambiente des im ehemaligen Hühnerstall untergebrachten Hofcafés ein Keramik-Inlay im Gegenwert einer Fotosafari in Tansania einem Kirschkern aus dem Alten Land im Gegenwert eines Kirschkerns aus dem Alten Land zum Opfer gefallen.

Aber zurück von malträtiertem Zahnersatz zu malträtierten Hörnerven. Ich persönlich bin ja nun nicht mit nennenswerten musischen Talenten gesegnet. Dem Adventssingen in der Schule verdankte ich den saisonalen Spitznamen „Troubadix", denn alle Jahre wieder drohte mir Musiklehrer Fidel glaubhaft mit Knebelung, sollte ich auf der Teilnahme bestehen.

Fidel verdankte seinerseits seinen Namen nicht etwa dem mehr oder weniger kunstvollen Umgang mit Streichinstrumenten, sondern der Tatsache, dass sein Nachname Harvanner lautete. Als nützlicher Nebeneffekt patzte in Erdkunde niemand, wenn die Sprache auf die Hauptstadt Kubas kam.

Nun sind auch Bellas Sangeskünste nicht über jeden Zweifel erhaben, doch was ihr an Schmelz in der Stimme fehlt, das macht sie locker durch Organisationstalent wett und sich damit unentbehrlich. Ihr verdanken die Ungläubigen zum Beispiel ihre aktuelle Übungs- und Wirkungsstätte.

Als nämlich Wirtin Ursula die klatsch- und sangesfreudige Bruder- und Schwesternschaft kurzerhand auf die Straße setzte, weil sie um die Einfachverglasung im Klubzimmer bangte, nutzte Bella ihre Kontakte zum örtlichen Klerus. Seitdem erklingt christliches Liedgut nun dort, wo es hingehört.

Nein. So weit, dass er seine schöne, frisch renovierte Kirche samt ihrer vorbildlichen Akustik dem blassesten Gospelchor auf Gottes Erdboden zur Verfügung stellte, soweit reichte die berufsbedingte Nächstenliebe von Ortspastor Winfried Schnell denn doch nicht. Pastor Winni ist in Ketzerkreisen und am Unternehmerstammtisch, was genau genommen quasi auf das gleiche hinausläuft, als der „Eilige Heilige" bekannt. Er bot, zwar zögerlich, aber unter Wahrung bester biblischer Tradition, den wackeren Sängerknaben und -knäbinnen eine neue Heimstätte.

Es handelt sich um einen Ort, an dem sich Ochs und Esel zu Hause fühlten. Denn was für Maria und Josef recht war, das musste für die Saints, deren Einmarsch regelmäßig und lautstark intoniert wurde, ja wohl billig sein. Sprach St. Winfried, als er Bella den Schlüssel zum Stall gab.

Ein Stall? Werden Sie erstaunt fragen, sofern Sie mit hiesigen Usancen unvertraut sind. Lassen Sie mich, ganz gegen meine Gewohnheit, ein wenig ausholen.

Die Norddeutsche Tiefebene wurde erst recht spät christianisiert und ohne Kirchensteuer nagte manch Gottesmann am Hungertuch.

Da die mehr oder weniger bekehrten Einheimischen seelsorgerische Dienstleistungen, wenn überhaupt, dann bevorzugt in Naturalien entlohnten, stand über kurz oder lang ein jeder Pastor vor der Frage, wohin mit seinen Schäfchen. Und den Hühnern. Und den Schweinen. Und und und.

Seit die Seelsorger aber kündigungsgeschützt auf Lohnsteuerkarte beim obersten Dienstherrn arbeiten, brauchen sie für ihre Schäfchen keine zugigen Stallungen mehr. Selbige bevorzugen nämlich heute wohlisolierte Doppelhaushälften. Und stehen dem geschlachtet werden kritisch gegenüber.

Knarzend öffnet sich die schwere Eichentüre und hinein in das fußkalte Gemäuer strömt die sangesfreudige Schar. Heute zur Generalprobe in vollem Ornat, das heißt man oder vielmehr frau gewandet sich in eine schwarze Robe, die an die Umhänge gemahnt, die einem stylishe Coiffeure überwerfen.

Die Räumlichkeit wird ansonsten nur noch vom Bibelkreis genutzt, dessen Teilnehmer sich an Psalmen wärmen können, sowie von der evangelischen Handarbeitsgruppe, denen es nicht an warmen Socken gebricht.

Mein Atem bildet kleine Wölkchen. Ich wünsche mir eine Schokoladenzigarette, damit kann auch der passionierte Nichtraucher mal nachdenklich paffend wie ein intellektueller 80er-Jahre-Talkshow-Gast über seinen nächsten Satz nachdenken.

Die Ungläubigen schreckt die Kälte nicht, sie gospeln sich einfach warm. Inklusive Fingerschnippen, Händeklatschen und Schunkeln im Stehen. Niemand sieht die mikrogefaserte Skiunterwäsche, die unter ihrem Wallegewand Bellas entzückenden Podex vor entstellenden Frostbeulen bewahrt.

Eine Viertelstunde lang läuft alles bestens. Misstöne halten sich in Grenzen und die Raumtemperatur ist bereits um ein paar Grad angestiegen. Findet offenkundig auch die hier ansässige Kirchenmaus und traut sich aus ihrem Wohnloch heraus. Womit wir wieder bei den Misstönen wären.

Denn obwohl die Maus hier, nach meiner und sicher auch ihrer Ansicht, eindeutig Hausrecht genießt, wird ihr Erscheinen von der sangesfrohen Schar nicht goutiert.

„Was war das da an meinem Fuß? IIIIIIIIH, ne Maus! Da!"

Es werden reihum sonst unübliche Tonlagen erreicht. Insbesondere von Hans-Jürgen.

Meikel, wie ich die Maus ohne nähere Kenntnis ihrer geschlechtlichen Identität getauft habe, besieht sich das von ihm ausgelöste Tohuwabohu jetzt von einem sicheren Dachbalken aus. Außer mir hat ihn da oben noch niemand entdeckt. Ich zwinkere Meikel verschwörerisch zu. Er macht Männchen.

Was für ein possierliches Tierchen, denke ich, während die anderen sich in höchst unchristlichen Tötungsfantasien ergehen.

Nein, die Maus muss weg, vorher träfe man keinen richtigen Ton mehr. Ich verkneife mir die Bemerkung, dass ich da keinen Kausalzusammenhang erkennen kann. Oder einen Mausalzusammenhang. Ich kichere leise.

Was denn da wohl so lustig wäre. Man bräuchte jetzt dringend den amtlich bestallten Exterminator und keine albernen Bemerkungen von den billigen Plätzen.

Eine Mausefalle mit Speck, das wäre das richtige Mittel, wirft jemand in die Diskussion.

Speck? Nein. Das ginge ja gar nicht. Man lebe ja schließlich vegan. Seit letztem Mittwoch. Daher sehe man auch Käse als Köder äußerst kritisch.

Ob es denn, werfe ich mit unschuldigem Augenaufschlag ein, vertretbar sei, unter diesen Umständen den Tod der Maus billigend in Kauf zu nehmen? Meikel nickt zustimmend. Obwohl die Sache mit dem Speck ihn schon gereizt hätte. Das Catering hier lässt doch arg zu wünschen übrig.

Ich schlage zur Lösung des ethischen Dilemmas eine Lebendfalle vor. Mit fair gehandelter Bio-Erdnussbutter als Köder statt Nutella. Das Palmöl, Sie verstehen.

Die Ungläubigen ziehen sich zur Beratung zurück. In den Klubraum von Uschis Kneipe, wo man zwar Sanges-, aber nicht Saufverbot hat. Dort würde man bei einer Flasche Grappa Incidente versuchen, den Nagerschock zu verarbeiten.

Habe ich Ihnen schon die Geschichte der geheimnisvollen Flaschen mit italienischem Tresterschnaps in Uschis Keller erzählt? Nein?

Vor einigen Jahren lenkte Giuseppe P., seines Zeichens Lastwagenfahrer aus dem kleinen Abruzzen-Dorf Campindoli, missgelaunt seinen Sattelzug durch die neblige Norddeutsche Tiefebene. Geladen hatte er edle italienische Spirituosen, die für den skandinavischen Markt bestimmt waren. Eine gesperrte Autobahn später und nachdem er einmal falsch abgebogen war, fand er sich auf der Landstraße in der Nähe unseres beschaulichen Örtchens wieder.

Ebendiese wollte zeitgleich eine ansehnliche Rotte heimischer Exemplare der Gattung *Sus scrofa* überqueren. Genau, Wildschweine. Und ziemlich viele davon. Es kam, wie es kommen musste, Giuseppe landete samt 20 Tonnen Fusel im Graben. Gestatten Sie mir den Hinweis, dass weder Schwarzwild noch Lkw-Fahrer bei dieser Geschichte zu Schaden kamen.

Giuseppe krabbelte, zum Glück wohlbehalten, wortreich in seiner Muttersprache fluchend aus dem Führerhaus. Der Sattelzug lag, äußerlich unbeschädigt, wie ein seitenschlafender Blauwal im Entwässerungsgraben neben der Kreisstraße, leise gluckernd lief Hochprozentiges aus. Maledetto!

Zum Glück kam in diesem Augenblick Kreisbrandmeister August Augustinus in seinem betagten Kombi des Weges und begann unverzüglich mit den nötigen Sofortmaßnahmen am Unfallort.

Sein kundiges Auge hatte schnell die Lage und insbesondere die Ladung des verunglückten Lasters erfasst. Per Mobiltelefon alarmierte er die zuständigen Stellen. Die sich eventuell von den Stellen, die Sie in so einer Situation für zuständig halten würden, geringfügig unterschieden.

Dem am nächsten Morgen auf der Bildfläche erscheinenden Versicherungssachverständigen bot sich dann jedenfalls folgendes Bild: Die Ladung des Lkw war leider durch den Unfall nahezu vollständig zerstört worden, überall lagen Glasscherben und durch den nächtlichen Regen abgelöste Etiketten herum. Der Grappa war über den Abwassergraben in Heiners Angelteich geflossen und hatte dort ein Fischsterben ausgelöst, wovon einige tote Flossentiere, die mit dem Bauch nach oben auf dem Wasser trieben, trauriges Zeugnis ablegten.

Totalverlust der Ladung und ein Teichbesitzer mit Schadenersatzansprüchen, dazu die Bergung und Reparatur des Sattelschleppers, da käme ein bisschen was zusammen, murmelte der Fachmann und notierte alles brav auf seinem Klemmbrett. Zum Glück kein Personenschaden, Fahrer Giuseppe war über Nacht allerdings sicherheitshalber zur Beobachtung dabehalten worden. In einem von Uschis Fremdenzimmern, nicht im Kreiskrankenhaus. Wozu das Gesundheitssystem unnötig mit Kosten belasten, hatte die herbeigerufene Dorfärztin befunden.

Außer einer kleinen Beule und einem kräftigen Kater hatte der Trucker weiter nichts davongetragen. Freundliche Einheimische hatten dem armen Kerl auf den Schrecken wohl erst mal ordentlich einen eingeschenkt.

Dorfleute, dachte sich der Sachverständige und schüttelte den Kopf, immerhin schien hier ansonsten alles mit rechten Dingen zugegangen zu sein, Anzeichen für Versicherungsbetrug waren für ihn nicht erkennbar. Er stieg wieder in seinen silbergrauen Dienstpassat und brauste von dannen.

August, Heiner, Uschi und die Mannen von der Freiwilligen Feuerwehr atmeten erleichtert durch. Sie wirkten müde und erschöpft. Kein Wunder. Hatten Sie es doch in einer Nacht- und Nebelaktion geschafft, einen Großteil der kostbaren Ladung in Uschis Keller zu verfrachten und ein veritables Fischsterben in Heiners jahreszeitlich bedingt komplett unbewohnten Angelteich zu simulieren. Hierzu bediente man sich einiger ohnehin toter, aber noch schwimmfähiger Heringe aus dem Bestand von Fischhändler Rolf.

Fleißige Hände hatten mit warmer Seifenlauge Etiketten von Flaschen gelöst und eine spontane Weißglassammlung war unter den Dorfbewohnern abgehalten worden. An der Unfallstelle hatte man dann einen ansehnlichen Scherbenhaufen aufgeschichtet und die italienischen Originaletiketten untergemischt.

Seitdem und voraussichtlich noch die nächsten zehn bis zwölf Jahre gibt es bei Uschi Grappa Incidente[1] zum Vorteilspreis.

---

[1] „Incidente": Italienisch für „Unfall", „Grappa": Italienisch für „Grappa"

Sie gehören jetzt zu den wenigen Eingeweihten, die die Geschichte hinter diesem Namen kennen. Und Sie wissen auch, was von Uschis Erklärung zu halten ist, dass die Etiketten auf den Flaschen leider, leider Opfer eines Wasserschadens im Keller geworden sind. Und wieso der Tresterfusel bei ihr vergleichsweise billig zu haben ist.

Guiseppe hat sich, Gerüchten zufolge, damals nicht nur in Uschis ungarische Gulaschsuppe verliebt. Jedenfalls fährt er immer noch die Grappa-Tour nach Skandinavien rauf und wenn er an der Raststätte Bökelsberg-West Station macht, um zu übernachten, dann schließt Uschi ihre Kneipe früher als sonst und wird bis zum nächsten Morgen nicht mehr gesehen.

Und Heiners Angelteich?

Der sollte sowieso zwecks Ausbaggerung abgelassen werden. Tick, Trick und Track, die drei dressierten Lockforellen, die durch ihre kunstvollen Sprünge den Verkauf von Tagespässen ankurbeln, hatte Heiner deswegen gar nicht erst eingesetzt.

Seit Menschengedenken hat niemand mehr etwas in dem Tümpel gefangen, dennoch gilt er landauf, landab als Geheimtipp. Dafür sorgen die Angler der Umgebung, die ihre besten Fänge extra anschleppen, um sich mit ihnen breit grinsend vor Heiners Kassenhäuschen ablichten zu lassen.

Heiner ist nämlich ein feiner Kerl und vorbildlicher alleinerziehender Vater von Zwillingen. Nein, er ist nicht verwitwet. Seine Olle hat sich abgesetzt und ist jetzt Geliebte eines Promifriseurs auf Mallorca. Oder Barfrau in einem Puff, die Berichte sind da widersprüchlich.

Jedenfalls hilft ihm, wer kann. Sei es durch ein, sagen wir, improvisiertes Fischsterben durch Grappa-Überdosis oder durch ein Polaroid-Foto mit einem extra zu diesem Zweck aus dem Teich von Jungbauer Wolfgang gekescherten, monumentalen Zuchtkarpfen. Ganz schön schwer so'n Viech. Und glitschig.

Woher ich das weiß?

Und dass der Karpfen „Opa Julius" heißt?

Heiner ist ein Feiner, war er schon immer. Ohne ihn hätte ich vermutlich ein frühes Ende als Bisamrattenfutter gefunden.

Wie das kam?

Nun, in früheren Zeiten wurde alljährlich vor dem Winter der große Fischteich abgelassen, um sich der dort wohnhaften Karpfen zu bemächtigen.

Unter großem Gejohle: „Aal! Dor kommtn Aal. Ach nee dochnich, is nurn Stichling, Herrmann, mach doch ma deine Hose zu!", wurden am Teichabfluss die zappelnden Fischlein in Empfang genommen, in große Bottiche verladen und abtransportiert, auf dass sie im kristallklaren Bachlauf ihren Modergeruch verlören.

Kinder unter 12 Jahren wurden ausgesandt, im Schlick nach gestrandeten Fischen zu suchen, die die plötzliche und menschgemachte Ebbe an ungünstigem Ort erwischt hatte. Es war eine blutige Schlammschlacht sondergleichen. Aale können beißen und vom scharfen Pompesel-Schilfrohr hab' ich heute noch Narben. Nun ja, wir waren geburtenstarke Jahrgänge und ein gewisser Schwund einkalkuliert.

Während die Erwachsenen sich bei saisonal früh hereinbrechender Dunkelheit in der Fischerhütte mit steifem Grog aufwärmten, staksten und schlidderten wir Heranwachsenden durch den Modder, auf der Suche nach Hinterbliebenen.

Auch ich bahnte mir einen Weg durch Morast und Dämmerung, auf der Suche nach der Beute, die den höchsten Ruhm verhieß: dem Großvater-Karpfen. Ein kapitales Exemplar, das jedes Jahr gefangen und nach Wiederanstauung des Teiches wieder eingesetzt wurde, um eine weitere Saison zu gründeln.

So ein Exemplar der Gattung *Cyprinus carpio* kann locker 40 Jahre alt werden. Auf diesen hier hatten also vermutlich schon Weihnachten 45 englische Besatzungstruppen ein begehrliches Auge geworfen. Und da bisher noch niemand „Hab' ihn!" gebrüllt hatte, musste er weiterhin irgendwo da draußen sein.

Und richtig, bei der versunkenen Eiche, von der normalerweise nur ein glitschiger Ast aus dem Wasser herausragte, der uns Sommer als Sprungbrett für gewagte Bauchklatscher ins trübe, blutegelgesättigte Nass diente, genau dort hatte er sich festgefahren.

Das wäre für ihn als passionierten Kiemenatmer bei weiter sinkendem Pegelstand nicht gut ausgegangen.

Ich watete hin, den Fisch zu retten und Ehre über mich und meinen Clan zu bringen. Schlurrrrp, schlurrrrp saugte der tiefe Modder an meinen Beinen. Kampflos würde der Teich seinen König nicht hergeben. Leider überhörte ich im Eifer des Gefechts das Signal zum Abbruch der Suchmaßnahmen.

Der Fisch war keineswegs davon überzeugt, dass ich nur sein Bestes im Sinn hatte. Und da er knapp halb so viel auf die Waage brachte wie ich, war der Ausgang dieses Kampfes alles andere als sicher.

Im Verlauf opferte ich dem Teichgott meine Gummistiefel, trug aber Sieg und Karpfen davon. Allerdings säße ich noch heute, skelettiert und mit einem Fischgerippe im Arm, auf der alten Mooreiche, wäre nicht Heiner nach zwei Kindergrog (50 % Rotwein, 50 % Wasser) aufgefallen, dass noch jemand fehlte.

Man barg mich samt Großvaterkarpfen und erstversorgte mich. Mit Rumgrog. Medizinischem natürlich.

Archäologen zukünftiger Jahrhunderte werden rätseln, wo wohl die zu den im Teichsediment gefundenen Gummistiefeln gehörende Moorleiche abgeblieben ist. Und was ihr Träger dort in dem Sumpf zu suchen gehabt hatte. Ein finsteres Kinderopfer einer untergegangenen Zivilisation vielleicht?

Aber nun von Heiner, Uschi, Guiseppe und frivolen Umtrieben in der Fernfahrerkabine schnell zurück zu unserem aktuellen Problemfall. Besser gesagt Befall. Meikel.

Im Schuppen, überlege ich, müsste irgendwo noch eine nicht letale Kleinnagerfalle liegen und mache mich daher auf den Heimweg.

Erdnussbutter haben wir natürlich keine im Haus, für diese Ausgeburt verkümmerter amerikanischer Geschmacksnerven sollte meiner persönlichen Ansicht nach schon lange ein Einfuhrverbot gelten. Genau wie für Oreo-Kekse und Pornofilme mit Silikonmöpsen. Aber ich schweife schon wieder ab.

Ich zupfe daher, und das bleibt bitte unter uns, einer Scheibe edelsten Serranoschinkens den Speckstreifen weg und mache mich auf den Rückweg.

Im pfarramtlichen Stallgebäude rücke ich die Lebendfalle in Position und röste den Speck mithilfe eines Einwegfeuerzeugs, ein Werbegeschenk eines Potenzmittelherstellers. Die Flamme steht wie eine Eins und es riecht jetzt hier wirklich ziemlich lecker.

Die Falle, eigentlich nichts weiter als ein kleiner Drahtkorb mit trichterförmiger Öffnung und Holzboden, aus dem die durchschnittlich intelligente Maus den Weg nicht wieder hinausfindet, ist nun scharf und wartet auf ihre Beute. Ich verlasse den Saal und geselle mich zu den trinkfreudigen Gosplern im Gasthaus.

Man hat offensichtlich das Nagetiertrauma erfolgreich in einer Grappa-Gruppensitzung wegtherapiert, die Stimmung ist jedenfalls allerbest. Ich lehne die Einladung, den zweifelhaften Tresterfusel mit ihnen zu teilen, dankend ab, mein Augenlicht ist mir dann doch zu kostbar.

„Dada gommmderja unsunser Gammerjäger!", grölt Hans-Jürgen zur Begrüßung, „Gommer un setzich zuuns."

Er zieht einen Stuhl vom Nachbartisch heran. Auf den sich dummerweise gerade eine junge Dame niederlassen will.

Zum Glück habe ich gelegentlich Anflüge von Geistesgegenwart, sodass es mir gelingt, sie aufzufangen, bevor ihr Steißbein schmerzhaften Bodenkontakt erleidet.

„Hohoho du gehsaber ran du alda Schwerenöder du!"

Hans-Jürgen hat für jemanden mit aufrechter republikanischer Gesinnung ganz schön einen in der Krone und den Ernst der Lage offenkundig nicht erfasst. Zugegeben, mein Zugriff hat die Bekleidung des beinahe gefallenen Mädchens ein wenig in Unordnung gebracht, so was passiert halt.

Mit „ein wenig in Unordnung" meine ich, dass ich jetzt weiß, dass sie ein Bauchnabelpiercing und auf Höhe des Blinddarms eine handwerklich tadellos tätowierte Rose trägt.

Und dass ihr BH zum Höschen passt. Die Dame sagt zu mir artig: „Vielen Dank", rückt ihre derangierte Garderobe zurecht und scheuert Hans-Jürgen eine. Mit Schmackes.

Ich mag sie, glaube ich. Trotz des Piercings. Mir läuft es bei der Vorstellung, einen Bauchnabel dergestalt zu traktieren, nämlich regelmäßig kalt den Rücken herunter. Weswegen ich den Nabel ungetackert und naturbelassen bevorzuge. Es sei denn, er ist von der Art Schweineschwänzchen, Sie wissen schon, so einer, wo der Knoten außen sitzt. Da ist es dann auch egal.

Wo waren wir? Ach ja. Bei Hans-Jürgen. Der hält sich die Wange und räumt mit schief sitzender Brille das Feld, wodurch ein Stuhl für mich frei wird. Sehr schön.

Keine zwei Minuten später habe ich eine sitzen. Ja, eine, nicht einen, denn auf meinem Schoß hat sich eine der angesäuselten Sängerinnen niedergelassen.

„Hupsi", haucht sie mir ins Ohr, „das ist aber ein bequemer Stuhl."

Eigentlich war sie auf dem Weg zum Klo gewesen, hatte aber nach dem Aufstehen feststellen müssen, dass ihr Gleichgewichtssinn bereits tüchtig gelitten hat und sich daher zu einer Zwischenlandung entschlossen.

Sodom und Gomorrha, sag ich Ihnen. Langsam wird mir klar, warum Bella normalerweise ohne mich zu diesen Treffen geht. Ihr eisiger Blick vom anderen Ende des Tisches trifft ihre Sangesschwester, die in sittlich grenzwertiger Manier lasziv auf meinen Oberschenkeln herumrutscht.

Es ist in dieser Situation nicht besonders hilfreich, dass mir auch noch die Dame vom Nebentisch freundlich zulächelt, die natürlich mitbekommen hat, in welche Kalamität ich hier geraten bin. Genau, die mit der zusammenpassenden Unterwäsche. Mademoiselle, könnten Sie sich BITTE Ihrem Date zuwenden? Der guckt eh schon so grimmig.

Na ja, vielleicht steht er auch einfach nicht auf Bauchnabelpiercings, wer weiß das schon. Nicht mein Problem.

Ich muss jetzt erst mal schleunigst und dennoch galant die anhängliche Chorfrau von meinem Schoß herunterbekommen, bevor die Lage hier gänzlich außer Kontrolle gerät.

Ich greife zum Äußersten und einmal um die Dame herum, als müsste ich verhindern, dass sie herunterrutscht. Sie kichert sichtlich erfreut, wird dann aber etwas unruhig und flüstert mir ins Ohr: „Ich muss mal ganz schnell für kleine Mädchen. Geh ja nicht weg. Bin gleich wieder da." Kenntnisse der Anatomie haben noch niemandem geschadet. Insbesondere eine vage Vorstellung, wo beim Menschenweibchen die Blase sitzt, kann sich mitunter als hilfreich erweisen. Ein wenig wohlgesetzter Druck hilft der Aufsässigen, sich zu erinnern, weswegen sie aufgestanden war.

Als sie, immer noch leicht schwankend aber mit klarem Kurs in meine Richtung, nach Besuch der Porzellanausstellung zurückkommt, findet sie ihren Platz besetzt. Bella kann bei Bedarf ein ausgeprägtes Revierverhalten entwickeln.

Ich flüstere „Alphaweibchen" in ihr Ohr. Sie grinst. Als ich ihr dann noch ebenso leise mitteile, dass ich aus gegebenem Anlass beschlossen habe, heute Abend den Alphaweibchenbauchnabel noch einer gründlichen Inspektion zu unterziehen, beginnt sie ein wenig unruhig auf meinem Schoß herumzurutschen. Habe ich Ihnen schon von Bellas erogenen Zonen erzählt? Nein? Sehr vernünftig von mir, die gehen Sie schließlich einen feuchten Kehricht an.

„Sei froh", flüstert sie zurück, „dass ich diese Skiunterwäsche drunterhab, sonst…"

„Sonst?"

„Na warte", sie steht auf und verschwindet auf dem Damenklo, um ein paar Minuten später leicht verschwitzt wieder aufzutauchen und sich mit den Worten: „Na? Hat sich dir zwischenzeitlich keine Schlampe an den Hals geworfen? Wir lassen nach, Herr Kollege!" wieder auf meinem Schoß niederzulassen.

„Na? Quicki gehabt?", frotzele ich in Anspielung auf ihren sichtlich auf Touren gekommenen Kreislauf zurück.

„Eher eine Not-OP", sie deutet auf ihre Handtasche, die plötzlich irgendwie geschwängert aussieht.

Wenn ich eins und eins zusammenzähle, dann befindet sich in ihr jetzt zusammengeknüllt das Textil, das vorher, unter dem Wallegewand vor neugierigen Blicken verborgen, Bella vom Nabel (sic!) bis kurz über die Knie vor Auskühlung bewahrt hatte. Ich nutze die Vielfaltigkeit ihrer Robe, um meine diesbezügliche Vermutung zu erhärten. Da um uns herum ohnehin jegliche öffentliche Ordnung und Sittlichkeit ein Opfer italienischer Schnapsbrennerkunst geworden ist, fällt das niemandem weiter auf.

„Du hast eigentlich nie kalte Finger", bemerkt Bella ebenso sachlich wie erfreut, bevor sie leise zu kichern beginnt. Die Kuppe meines wohltemperierten Zeigefingers, das ist das Ergebnis jahrelanger Studien, passt perfekt in ihren Bauchnabel. Besser, man überprüft das ab und an mal.

Für Außenstehende oder vielmehr -sitzende benehmen wir uns weitgehend unauffällig. Wir betreiben höfliche Konversation mit unseren Tischnachbarn und lediglich dem wirklich aufmerksamen Beobachter würde auffallen, dass nur einer meiner für gewöhnlich zwei Arme sichtbar ist. Und vielleicht, dass Bellas Blick ein wenig glasig wirkt, obwohl sie bisher nicht übermäßig dem Alkohol zugesprochen hat.

Ihr Wallegewand verbirgt, was verborgen bleiben soll, doch nach einiger Zeit zunehmend unruhigen Herumgerutsches auf meinem Schoß flüstert sie mir etwas ins Ohr. Ich nicke.

Gute Ortskenntnis ist von Vorteil, insbesondere, wenn man spontan mal ein Plätzchen braucht, um private Dinge ähm sagen wir zu besprechen. Bella und ich verlassen unauffällig den Klubraum und steigen in einem unbeobachteten Moment die im spröden Stil der 70er-Jahre braungeflieste Treppe hinunter zu den beiden Bundeskegelbahnen.

Da heute weder die „Fidelen Pudel von 1962" noch der Kegelklub „Alle Achte" hier eine altersbedingt eher ruhige Kugel schieben, haben wir den zum Glück unverschlossenen Vorraum der Kegelbahn für uns.

An seinem langen Holztisch habe ich einst manche Kindergeburtstags-Currywurst mit Pommes verspeist. Auf seinem langen Holztisch mache ich mich nun über etwas weniger Unschuldiges her.

Die Tatsache, dass wir vermutlich für mindestens zweieinhalb Tage Ortsgespräch wären, würde man uns zwei hier unten in verfänglicher Pose antreffen, hat, das muss ich gestehen, etwas durchaus Anregendes. Auf jeden Fall sind wir Uschi jetzt einen dieser kombinierten Salz-, Pfeffer-, Maggi-, Senf-, Ketchup-, Speisekarten- und Serviettenständer schuldig, die man noch vereinzelt im ländlichen Gastgewerbe vorfindet.

Sagen wir einfach, dieses Exemplar wurde ein Opfer der Leidenschaft und vermeiden wir es, hier ins Detail zu gehen. Belassen wir es dabei, dass ich später am Abend wohl noch werde googeln müssen, wie man Maggiflecken aus farbigem Mischgewebe am besten wieder herausbekommt.

Auf dem Nachhauseweg dann schauen wir noch mal am Stall vorbei. Ein voller Erfolg, wenn ich das in aller Bescheidenheit sagen darf. Der Speck befindet sich wie geplant in Meikel und Meikel wie geplant in der Falle.

Womit ich allerdings nicht gerechnet habe, ist, dass Meikel Familie hat. Als ich nämlich die Stalltür langsam öffne, zischen haufenweise erschreckte Mäuse in alle Richtungen davon. Aufgrund der schummrigen Beleuchtung kann ich ihre Anzahl nicht genau bestimmen, vermutlich wurde der Begriff „Dunkelziffer" einstmals von einem pragmatischen Kammerjäger geprägt.

Ich hebe vorsichtig die Falle vom Boden auf und betrachte nachdenklich den Insassen. Meikel wirkt nachvollziehbarer Weise ein wenig verängstigt. Vielleicht hat er aber auch nur Sodbrennen von dem Speck. Oder es ist gar nicht Meikel, sondern sein verfressener Cousin Manfred, wer weiß das schon.

Bella sitzt neben mir auf der riesigen alten Eichentruhe, die vor Jahrhunderten irgendjemand in den Stall geschafft hat und die seither keinen Meter bewegt worden ist.

Es steht etwas zwischen uns. Die Mausefalle nämlich samt pelzigem Inhalt. Meikel macht Männchen und erwartet sein Urteil.

„Wir können ihn unmöglich von seiner Familie trennen!"
Bella lässt keinen Zweifel daran, dass Meikel ihr Herz erobert hat.
Treue, schwarze Knopfaugen und ein imposanter Schwanz, kein
Wunder, dass der Typ Schlag bei Frauen hat, denke ich zum Glück
nicht laut. Aber sie hat ja Recht.
Mir persönlich ist es ehrlich gesagt herzlich Banane, dass des Pas-
tors Nebengebäude von einer handfesten Nagetierdurchseuchung
betroffen ist. Aber wie bringen wir dem Gospelchor schonend bei,
dass er seine Übungsräume mit einer zahlenmäßig deutlich überle-
genen Mäuseschar teilen muss?
Kennen Sie noch Wickie, diesen ebenso schmächtigen wie vorlau-
ten Nachwuchs-Hornhelmträger aus nordischen Gefilden? Der
fuhr sich immer, wenn er irgendeine geniale Idee ausgebrütet hatte,
mit dem Finger an der Nase entlang.
Bella beißt sich in solchen Fällen in charakteristischer Weise auf die
Unterlippe.
„Wir könnten doch einfach…"
„Nein."
„Aber du weißt doch noch gar nicht..."
„Nein."
„Es wäre auch nur am Dienstag..."
„Nein."
„Ach büdde..."
„Nein."

Langer Rede, kurzer Sinn: Die Ungläubigen proben jetzt einmal die
Woche bei uns. An unserem Ruhetag. Auf der Poledancebühne.
Wo sich sonst gelenkige junge Damen leicht bis gar nicht geschürzt
kunstvoll um die Stange wickeln, dort ertönen nun christlich inspi-
rierte Rhythmen.
Eine klassische Win-win-Situation. Meikel wird mit seiner Großfa-
milie wiedervereint und bleibt fortan von akustischen Belästigun-
gen verschont. Und wir sind jetzt immerhin offiziell landesweit der
einzige Puff mit eigenem Gospelchor.
Halleluja.

Kapitel 37 – Kein Offizier und Gentleman

Oha. Am Nebentisch findet anscheinend ein Balzritual statt, das wohl heutzutage unter den überflüssigerweise importierten Begriff „First Date" fällt. Als mit zeitgenössischen Anpaarungsritualen Unvertrauter beobachte ich interessiert. Vielleicht kann man da ja noch etwas lernen.

Die Akteure sind, meiner amateurhaften Einschätzung nach, unterschiedlichen Geschlechts. Die Sache steht allerdings unter keinem guten Stern. Woher ich das weiß? Er bestellt Spaghetti mit Tomatensoße und sie erzählt von ihrem Ex.

Dem Ex, von dem sie natürlich mental schon total weit weg ist, wurde offenkundig von seiner Neuen (im Folgenden „diese Bitch" genannt), ein Kind angehängt. Und weil er ja so ein herzensguter Kerl ist, steht er voll dazu und macht jetzt auf Familienvater mit Doppelhaushälfte.

Es scheint heute der Erwähnung wert zu sein, dass, wer schwängert, auch für das Produkt des Zeugungsaktes Verantwortung trägt. Wie auch immer. Mit dem Ex hätte sie nicht mehr viel Kontakt. Man träfe sich. Hin. Und auch wieder. Weil er Zuwendung braucht, um mit all dem klarzukommen.

Sowohl ich als auch ihr Date scheinen das gleich zu interpretieren. Da läuft noch was. Neben Seelentrost und Hände halten. Er tippt unterm Tisch in sein Handy. Vermutlich googelt er „Herpesviren".

„Möchten Sie vorweg Kräuter- oder Knoblauchbaguette?"

Die Bedienung unterbricht das muntere, wenn auch etwas einseitige, Geplänkel. Er entscheidet sich für Knoblauch und, ihrem Gesichtsausdruck zufolge, gegen die Chance, heute Abend noch flachgelegt zu werden.

Vom Ex hat sie anscheinend zufällig Fotos auf dem Handy. Also eigentlich geht es um Griechenland. Sie liiiiebt Griechenland. Und da war sie halt eben zuletzt mit ihm. Schau, die Akropolis, bei Sonnenuntergang. Und hier, diese entzückende kleine Badebucht.

Oh. Sie reicht ihm ihr Handy.

Also meins müsste man mir aus meinen toten, kalten Händen reißen und die heikelsten Fotos, die sich bei mir finden, sind die des Kennworts auf dem WLAN-Router, das ich ohne Lesebrille nicht entziffern konnte und deswegen fotografisch vergrößert habe. Aber das gehört hier nicht her.

Und richtig. Während er anfängt, munter durch ihre Urlaubsbilder zu wischen, wird ihr bewusst, was sie gerade getan hat. Das Entgleisen ihrer Gesichtszüge würde seitens der Notrufzentrale vermutlich als „Eisenbahnunfall (schwer) mit Personenschaden" eingestuft werden.

Während sie verzweifelt die Hände nach ihrem Telefon ausstreckt, ist er bereits fündig geworden.

„Oh. Oho. Oh lala."

Seinem grenzdebilen Grinsen zufolge ist er auf eine leicht- bis unbekleidete zweidimensionale Miniaturausgabe seines Gegenübers gestoßen. Sie lächelt verlegen. Vielleicht wird ja doch noch alles gut.

„Gibs her. Das ist mir peinlich."

Ihr Zeigefinger hat das Handy erreicht. Noch ein paar Millimeter nur.

„Da musst du doch nicht für schämen. Du kannst dich doch sehen la...Oh."

Zu spät.

„Ist das...?"

„Ja."

Sie sieht sich hilfesuchend um, vermutlich hofft Sie auf ein sich plötzlich im Boden auftuendes Loch. Oder auf eine spontane Laune der Kontinentaldrift, die aus heiterem Himmel ein Weltmeer zwischen die beiden platziert.

Die Plattentektonik zeigt sich unkooperativ.

Ein Gentleman hätte ihr jetzt das Handy diskret zurückgegeben und über den Vorfall das Mäntelchen des Schweigens gebreitet. Gentlemen sind dieser Tage wohl in short supply, er lehnt sich zurück und wischt weiter. Sie greift ins Leere und schlägt mit dem Kinn unsanft auf die Tischplatte.

„Au. Gibs her. Bitte."

Ihr Flehen bleibt unerhört.

Seiner Frage „Und auf so was stehst du?" entnehme ich, dass auch er Unerhörtes entdeckt hat. Zumindest kann man sicher davon ausgehen, dass es sich nicht nur um Fotos vom Ex im Anzug beim Fine Dining am Fuß der Akropolis handelt.

Im Restaurant ist es sehr ruhig geworden. Man hätte eine Nudel auf den Boden fallen hören können. Ups. Das war eine von meinen. Ich darf mich beim Essen einfach nicht zu sehr ablenken lassen. Ist auch gar nicht gut für den Magen im Übrigen.

Die Sympathien verschieben sich nun zuungunsten des ungehobelten Flegels. Jemand muss einschreiten und ihr Telefon seinen schmierigen Pfoten entreißen. Ein kräftiger Tritt gegen mein Schienbein zeugt davon, dass Bella klare Vorstellungen davon hat, wer das sein soll.

„Tu was!"

Ich hätte allerdings dieser gezischten Aufforderung nicht bedurft. In meinem kalten Herzen nämlich regt sich Mitleid für die junge Dame, die zwischen seitenspringendem Ex und unerzogenen Totalausfällen wie dem, der ihr feixend gegenübersitzt, im beziehungstechnischen Niemandsland vegetiert.

Doch jetzt gilt es zu handeln und nicht zu lamentieren, denn Bella funkelt mich über ihren gemischten Salat mit ohne Frühlingszwiebeln hinweg gefährlich an. Ich fokussiere mich also auf den Schwachpunkt dieses Typen: Sein eigenes Handy, ein Modell im obersten Preissegment.

Es liegt unbeachtet an der Tischkante. Wie überaus ärgerlich wäre es, wenn dieser überteuerte Protzkommunikator kalifornischer Machart einen hässlichen Sprung im Display davontrüge, käme so ein ungeschickter Trottel wie zum Beispiel ich beim Aufstehen aus Versehen mit dem Hintern dagegen.

„Du entschuldigst mich kurz", sage ich formvollendet höflich, lege meine Serviette beiseite, erhebe mich, umkreise den Tisch, zupfe unterwegs Bellas Jacke zurecht, die auf der Rückenlehne ihres Stuhles ein wenig verrutscht zu sein scheint und nehme wieder Platz.

„Wir wollen doch nicht...", beginne ich den Satz, den Bella mit „...dass was auf dem Boden landet" vollendet.

In diesem Augenblick gewinnt die Schwerkraft ihren kurzen Kampf um das jetzt bedenklich weit über die Tischkante ragende Protzhandy.

Der Restaurantfußboden ist gefliest.

KLONK. KNRCKS.

Das Grinsen auf dem Gesicht des rüden Rüpels gefriert zu einer unattraktiven Grimasse. Vor Schreck rutscht ihm das Handy seiner Tischgenossin aus der Hand, das diese geistesgegenwärtig mittels Hechtsprungs an sich bringt. Gute Reflexe haben sie, diese jungen Leute, das muss man ihnen lassen.

„Menno, das war ganz neu. Und voll teuer."

Zum weinerlichen Weichei mutiert, hält er das jetzt durch eine fürwahr unschöne Delle verunstaltete Gerät in seinen Händen, wie der Ornithologe das aus dem Nest gestürzte Küken einer vom Aussterben bedrohten Unterart des Alpensteinadlers.

Und Sie sagen immer, Männer wären zu zärtlichen Gefühlen nicht fähig. Vermutlich würden sich seine wohl alsbald in Jähzorn und Hass gegen den Übeltäter verwandeln, der diese frevelhafte Tat verantwortet, denken Sie?

Unschuldig blicke ich hinter meinen Penne alla Mamma hervor.

Zugegeben, insgeheim hatte ich schon überlegt, ob unsere Privathaftpflichtversicherung eigentlich einen Selbstbehalt hat. Denn so feinmotorisch hochbegabt bin ich jetzt auch nicht, dass ich mit dem verlängerten Rücken ein Handy millimetergenau an die Tischkante manövrieren kann.

Aber da Fortuna Kavalieren alter Schule heute wohlgesonnen ist, saß ich wieder an meinem Platz, als ein kleiner Wackler am Nebentisch den kostspieligen Absturz auslöste. Die Art, wie die Kellnerin herüberzwinkert, lässt in mir einen Verdacht aufkeimen, was die Erschütterung verursacht hat.

Das Date endet klassisch: Ein Teilnehmer verlässt heulend den Ort des Geschehens, der andere bleibt allein am Tisch zurück.

Immerhin zeigt sie Klasse und verputzt anstandslos auch noch seine Portion Spaghetti. Bis zur letzten Nudel.

Ich nicke ihr anerkennend zu, sie lächelt dankbar zurück. Irgendwie ist sie schon ganz süß. Geistesgegenwärtig ziehe ich gerade noch rechtzeitig mein Schienbein unterm Tisch aus der Gefahrenzone. Einen weiteren blauen Fleck brauche ich heute nicht.

Auf der Rückfahrt sagt Bella, deren Groll nie lange anhält (vor allem, weil sie mein Flirttalent kennt) dann ziemlich unvermittelt:

„Bisschen neugierig wär' ich ja schon, was da wohl auf diesen Fotos war."

Ich nicke stumm.

Ja. Wir sind die Guten. Aber so gut nun auch wieder nicht.

Kapitel 38 – Wilma in der Wanne

„Männer sind wie Staubsauger. Wenn Sie anfangen, laut zu werden und zu stinken, dann brauchst du einen neuen."

Vielstimmiges Gejohle und Beifall dröhnt aus dem Wohnzimmer. Für kein Geld der Welt würde ich es riskieren, jetzt in Bellas Damenkränzchen hineinzuplatzen.

Nun bin ich weder sonderlich lautstark und auch olfaktorisch noch nicht unbedingt eine Zumutung, aber ich habe nicht ohne Grund ein Alter erreicht, in dem man als Mann weiß, wann es Zeit ist, auf leisen Sohlen das Haus zu ver- und das Feld dem schönen Geschlecht zu überlassen.

Langsam ziehe ich die Haustür hinter mir zu. Es ist mir, ohne Aufmerksamkeit zu erregen, gelungen, mich an dem erhitzten Zirkel radikalfeministischer Teilzeitamazonen vorbei zu schleichen. Am Garderobenschrank habe ich mir dabei allerdings übelst den großen Onkel gestoßen.

Nun, wir wollen meinen mannhaft ertragenen Schmerz hier wirklich nicht weiter thematisieren, doch gestatten Sie mir den Hinweis auf meinen gerade fertiggestellten Ratgeber „Lautlos leid–n - stumme Schreie für alle Lebenslagen", ab Dezember erhältlich überall, wo es Bücher gibt.

Bevor ich ins Auto einsteige, um dort hinzufahren, wo ein Mann noch ein Mann sein darf, lasse ich schnell noch einmal meinen Blick schweifen. Alles vorbereitet für den in einigen Stunden zu erwartenden Auszug der Gladiatorinnen?

Mit Schaudern erinnere ich mich, wie nach dem letzten Damenkränzchen Goldschmiedin Tatjana eine Flasche Baileys und eine halbe Schachtel Lindt-Pralinen in den Terrakottatopf meines Olivenbaumes gekotzt hatte.

Er befindet sich immer noch in traumatherapeutischer Behandlung.

Und dann war da die Sache mit Gisi, Bine und der Schubkarre gewesen. „Ich fahre!", hatte Gisi gerufen und Bine über den Hof kutschiert. In einer Kreisbahn um Bellas Auto als Gravitationszentrum. Man musste nicht Astrophysik studiert haben, um vorherzusehen, wie das Ganze ausging.

Es kam, wie es kommen musste. Bines Kniescheibe und der Kotflügel von Bellas geliebtem Kugelporsche hatten dran glauben müssen. Auch die Schuldfrage war schnell geklärt. Wie hatte ich Trottel nur vergessen können, die Schubkarre wegzuschließen? Das war ja wohl grob fahrlässig.

Eingedenk dieser Ereignisse ziehe ich es seither vor, möglichst großen Abstand zwischen mich und Bellas Besucherinnen zu bringen. Ich brause also los, dahin, wo, wie bereits erwähnt, Männer noch Männer sein dürfen.

Vor Evas Salon für medizinische Fußpflege ist ein Parkplatz frei. Nein, nein, nicht was Sie denken. Hier auf dem Land muss jeder sehen, wo er bleibt und da Eva von den verhornten Quanten der Einheimischen allein nicht leben kann, ist ihr Nagelstudio seit einiger Zeit obendrein Paketshop des geflügelten, wenn auch latent unpünktlichen, Götterboten.

Piep. Routiniert scannt Eva meine Retoure und wirft sie auf den Haufen mit all den anderen Paketen voll schlechtsitzender figurformender Unterwäsche, einmal getragenen Abendkleidern und sonstigem Tinnef, der alsbald in geschredderter Form den Weg zurück nach Asien antreten wird.

Dort freuen die Menschen sich dann ganz doll, dass statt leerer Überseecontainer unser Wohlstandsmüll ankommt und entsorgen ihn lachend und singend umweltgerecht, bevor sie ihre 14-Stunden-Schicht in der schlecht beleuchteten Textilfabrik antreten und neue Fummel für trendbewusste Erstweltler nähen.

„Warte noch kurz!"

Eva verschwindet hinter dem Bambusvorhang, einem Erbstück von ihrer Vormieterin, die professionelle Thaimassagen anbot und im Dorf nur als Frau Hiernixficki bekannt war.

Sie hatte eine sehr resolute Art, etwaige Missverständnisse von vornherein zu vermeiden.

Frau Hiernixficki hieß eigentlich Hildegard Koslowski und stammte aus Herne, konnte aber mit einer philippinischen Großmutter punkten. Sie besaß, das berichten alle, die mal bei ihr waren, fürwahr goldene Händchen. So war sie schnell zur Anlaufstelle für alle Rückenprobleme geworden.

Derart erfolgreich war sie im Mobilisieren morscher Wirbel, dass dem ortsansässigen Orthopäden nichts anderes übrig blieb, als sie zu ehelichen. Er heißt jetzt auch Koslowski und genießt mit ihr zusammen einen sorgenfreien Lebensabend auf irgendeiner fernen Insel.

Sylt oder so.

Eva taucht mit einem Paket auf, dessen Form und Größe mir vertraut vorkommt.

„Guck mal, das ist doch bestimmt für Euch, oder? Ist leider bisschen nassgeworden. Der Regen gestern."

Sie reicht mir die Pappschachtel mit spitzen Fingern. Ein paar Wassertropfen fallen auf meine Schuhe.

In der Tat, von dem Absender, einer Handelsagentur mit nichtssagendem Namen, erhalten wir häufig auffällig unauffällige Pakete. Mit Betriebsmitteln, die ein Unternehmen der Erwachsenenunterhaltungsbranche eben so laufend benötigt. Damit alles wie geschmiert läuft. Sie verstehen.

Etwas später im Büro des „Diana" packe ich das Paket aus und will gerade „Wer von Euch hat das Catwoman-Kostüm bestellt?" in den Flur brüllen, als mein Blick auf den beiliegenden Lieferschein fällt. Ich schlucke und lege die gehäutete schwarze Latexmieze sorgfältig wieder zurück.

Mit den Worten: „Ich muss noch mal kurz los" marschiere ich an der verdutzten Bella vorbei, das sorgfältig wieder zugeklebte Paket unter den Arm geklemmt, es zügig seinem rechtmäßigen Empfänger zu übergeben. Besser gesagt seiner rechtmäßigen Empfängerin.

Kennen Sie diese Kindergärtnerinnen-Karikatur mit Faltenrock, Dutt und Strickjacke? Erzieherin Doris, seit Menschengedenken Leiterin des evangelisch-heidnischen Gemeindekindergartens, war ziemlich sicher das Vorbild dafür.

Mit leichtem Unbehagen stehe ich nun vor ihrer Haustür.

Dingdongdöng. Der melodiöse Dreiklang-Gong erweckt hinter dem geätzten 70er-Jahre-Drahtglas der Reihenhaustür eine gewisse Betriebsamkeit. Allerdings eher bodennah. Entweder kommt Doris auf dem Bauch angerobbt oder sie besitzt ein Haustier.

Zumindest bellt es nicht. Oder sie.

Ich fühle mich an eine dieser Tierdokus erinnert, wo aus stillem Tümpel urplötzlich ein riesenhaftes Krokodil auftaucht und das ahnungslos am seichten Ufer trinkende Gnukalb zu sich in die Tiefe zieht.

Solche Geräusche nämlich ertönen nun aus dem Haus. Nur ohne dramatische Musik.

Nun gibt es in der Norddeutschen Tiefebene reichlich Tümpel, doch weder Krokodile noch Gnus sind hier sonderlich häufig. Aber was zum Teufel hatte dann dieses laute „PLATSCH", gefolgt von „BLUBBB", einem dumpfen „BOING" und einem durch Mark und Bein gehenden „AUAAAAA" zu bedeuten?

Ich beschließe, die in mir schlummernde Zivilcourage nicht unnötig zu wecken, stelle das Paket auf die Fußmatte und entferne mich langsam und unauffällig rückwärts vom Ort des Geschehens.

„Hallo?"

Eine klägliche Stimme aus dem Milchglasfenster neben der Haustür bremst mich aus.

„Ich, äh, hab' nur ein Paket für Sie. Kam irrtümlich bei uns an. Habs vor die Tür gelegt, ist das recht?"

Leises Schwappen und Plätschern ist die Antwort. Gut, ich nehm' das mal als „Ja", denke ich, und wende mich zum Gehen. Plötzlich ein tiefes Stöhnen, dann ein spitzer Schrei.

Verwirrt studiere ich erneut das Klingelschild. Nein, kein Irrtum, dies war definitiv die Dienstwohnung unserer braven örtlichen Kindergärtnerin und nicht der Sitz einer Fachfirma für die Synchronisation importierter Medien der Kategorie „Erwachsenenunterhaltung".

„Wer ist da?"

„Ich hab' ein Paket für Sie", wiederhole ich.

„Das haben Sie schon mal gesagt. Ich will wissen, ob ich Sie kenne Herrgottnocheins auaauaaua."

Hoppla. Da ist aber jemand geladen. Ich gestehe gefügig, dass ich nicht Herrgottnocheins Auaauaaua heiße und nenne meinen Namen.

„Sie sind der Mann von Bella, stimmts?"

Ich lebe seit Geburt in diesem Kaff und wen kennt hier jeder Hans und jede Fränzin? Mein zugereistes Weib. Mehr muss man über mein Sozialleben nicht wissen. Oder über Bellas. Knurrend bestätige ich meine Eigenschaft als nutzloser Anhang.

„Ich bräuchte", klingt es jetzt schon deutlich verzagter, „mal ihre Hilfe."

Warum denn nicht gleich so. Der edle Recke in mir schreckt hoch, bereit sich jeder Gefahr zu stellen und holde Maiden jedweden Baujahres aus höchster Not zu erretten. Ok, gewisse Baujahrespräferenzen gäbe es da schon, aber das gehört jetzt hier nicht her.

„Äh. Klar. Ok. Was soll ich tun?"

Zugegeben, besondere Eloquenz zeichnet ihn nicht aus, diesen hilfreichen Recken. Ein eher schlichtes Gemüt. Anweisungsgemäß bückt er sich und hebt eine massive steingraue Vogeltränke (Baujahr 1975, Asbestgehalt 100 %) an, unter der sich ein Schlüssel für Notfälle findet. Und für die Katzensitterin.

Nun gut. Ich schließe die Haustür auf und blicke in zwei ernste, bernsteinfarbene Augen, die mich abschätzig mustern. Da ich weder aussehe noch rieche wie ein Thunfisch, verliert die pechschwarze Katze umgehend das Interesse an mir und verschwindet.

Ich folge dem leisen „Hierher." Und stehe alsbald vor einer Tür mit einem Keramikschildchen, auf dem eine Frau abgebildet ist, die wie Wilma Feuerstein aussieht. Sie sitzt in der Badewanne und schrubbt sich mit einer langstieligen Bürste genüsslich den Rücken.

„Nun kommen Sie schon rein, jetzt ist eh alles egal."

Ich riskiere noch schnell einen Blick auf Wilma in der Wanne und stelle fest, dass ihre Brüste sittsam mit Schaum bedeckt sind. Ja, Entschuldigung, ich bin auch nur ein Mann, wir achten nun mal auf so was. Ist vermutlich genetisch.

Langsam öffne ich die Badezimmertür.

„Hallo?"

So ganz war ich dann doch nicht auf den Anblick vorbereitet, der sich mir jetzt bietet. In der lebensgroßen Badewanne liegt eine lebensgroße Wilma, allerdings ohne jeglichen Schaum vor dem Busen.

Dafür mit schmerzverzerrtem Gesicht.

„Hexenschuss. Wasser ablassen. Bitte. AU."

Angesichts der Uhrzeit erzähle ich Ihnen jetzt mal die jugendfreie Variante dessen, was sich da zugetragen hat.

Wilma, oder vielmehr Doris, war in der Badewanne eingeschlafen, durch mein Klingeln hochgeschreckt und dann von einem stechenden Schmerz in der unteren Wirbelsäule heimgesucht worden.

Quasi bewegungsunfähig schaffte sie es nur mit Mühe und unter Schmerzen, sich über Wasser zu halten und nicht kläglich im eigenen Sud zu ersaufen. Der Stöpsel zum Ablassen lag in unerreichbarer Entfernung und an ein Aussteigen aus der Wanne war schon mal gar nicht zu denken.

Und dann komme ich ins Spiel. Beherzt greife ich der nackten Dame zwischen die Beine und ziehe den altmodischen schwarzen Gummistöpsel aus dem Wannenboden. Umgehend beginnt der Wasserstand abzusinken. Zumindest dem Tod durch Ertrinken hätten wir damit ein Schnäppchen geschlagen.

Normalerweise würde ich jetzt noch von den acht brennenden Duftkerzen, der leisen Musik und dem wasserfesten batteriebetriebenen Freudenspender in Form eines Krokodils berichten, den ich aus dem Wasser gezogen habe, aber vor 22 Uhr muss die Variante mit dem Einschlafen in der Wanne reichen.

Doris ist nämlich eine achtbare Frau, über deren Liebesleben bisher nicht einmal Bellas Freundinnen irgendetwas in Erfahrung bringen konnten. Und bis man von denen als „vermutlich asexuell" eingestuft wird, muss wirklich schon einiges passieren. Besser gesagt nicht passieren. Sie verstehen.

Mein Vorschlag, einen Rettungswagen zu rufen, wird mit den Worten: „Dann kommen Ben und Jule, die waren beide in der Maikäfergruppe" brüsk zurückgewiesen. Stimmt. Dann wäre die Story von der nackten Kindergärtnerin und ihrem Tête-à-Tête mit der schießwütigen Hexe und dem brummenden Krokodil Stadtgespräch.

Ein Teil meines Gehirns ist unnützerweise gerade damit beschäftigt, sich Doris in einem schwarzen Latexganzkörperkostüm vorzustellen, während der Rest fieberhaft nach einer diskreten Lösung für diese delikate Situation sucht. Der Abfluss rülpst. Die Wanne ist leer.

„Mir ist kalt."

Während ich die frierende Frühpädagogin mit einem flauschigen Bademantel zudecke, kommt mir der rettende Einfall.

„Moment. Ich muss mal kurz telefonieren."

Hoffentlich geht er ran, der alte Schwerenöter.

Doris schaut besorgt aus der kalt und kälter werdenden Emaillebadewanne zu mir hoch. Würde ich auch, wäre ich mir auf Gedeih und Verderb ausgeliefert.

„Ja?", quäkt es leicht ungehalten aus meinem Handy.

Ah. Glück gehabt. Er ist da.

Sagen wir, es gibt da einen hoch angesehenen Doktor der Orthopädie und Promiskuität, mit dessen Hochangesehenheit es ganz schnell vorbei wäre, würde ich aus dem Nähkästchen plaudern[1].

---

[1] Siehe Band 3, Kapitel 22 („Fast Foot")

In Rekordzeit steht er samt Arzttasche vor der Haustür. Auch ihn findet die Katze langweilig.

Dank einer vom Doc verabreichten Spritze kehrt eine gewisse Beweglichkeit in die Kindergärtnerin zurück und es gelingt uns, sie mit vereinten Kräften aufs Sofa zu bugsieren. Ich geleite den Medizinmann zur Tür. Er verabschiedet sich mit: „Damit sind wir dann quitt, mein Bester."

Mist. Wieder einen Gefallen weniger auf dem Konto. Und diesen hatte ich nicht mal für irgendwelche egoistischen Zwecke verbraten, sondern um den makellosen Ruf von Doris zu retten. Die grünt allmählich wieder durch und fragt „Wo ist denn das Paket, wegen dem Sie gekommen sind?"

Ich trage es gehorsam ins Wohnzimmer. Als ihr Blick auf den charakteristisch diskreten Karton fällt, schluckt sie trocken. Und noch mal, als ihr klar wird, dass er schon einmal geöffnet worden war und ich vermutlich seinen frivolen Inhalt kenne.

„Ach, nun ist auch egal."

Wenn man bedenkt, dass ich sie kurz zuvor schon im deutlich körperbetonteren weiblichen Gegenstück zum Adamskostüm gesehen hatte, liegt in der Aussage eine gewisse Weisheit. Ich verabschiede mich höflich und verspreche, über die Angelegenheit zu schweigen wie ein Paketbotengrab.

~

Zwei Wochen später. Es ist Lack&Leder-Abend im Diana und die regelmäßigen Gäste rätseln, wer denn die heiße Katzenlady ist, die alle Blicke auf sich zieht.

„Sag mal, kennst du die?", fragt Bella.

„Keine Ahnung. Bestimmt irgendwer neu zugezogenes. Sag, wie gehts eigentlich Bines Knie?"

Kapitel 39 – Aufspringer und Abspanngucker

Es gibt zwei Arten von Kinobesuchern. Solche wie mich, die am Ende des Hauptfilms gern noch versonnen ein paar Outtakes und ein bisschen was vom Nachspann angucken, um dann langsam und gemächlich aus dem Kinosessel auf- und in die Realität wieder einzutauchen.

Und es gibt Bella.

Die steht, noch bevor der finale Seufzer des sterbenden Protagonisten in Dolby Surround durchs Lichtspielhaus schallt, auf und scheucht hoch, was ihr den Weg zum Ausgang versperrt. „Sentimentale Trottel!"

Eine Spur der Verwüstung markiert regelmäßig die Reihe, in der Bella und ich saßen.

Denn selbst den hartgesottensten Sitzenbleiber hält es kaum länger als 5 Sekunden auf seinem Platz, wenn neben ihm Bella, die Fäuste in die Hüften gestemmt, passiv-aggressiv mit der Fußspitze trommelt. Popcorntüte, Colaflasche oder Regenschirm bleiben da gern mal auf der Strecke.

Auch heute habe ich wenig Hoffnung auf einen davon abweichenden Verlauf. Der Film nähert sich seinem Ende, der baumlange Typ im Sitz vor mir schließt hörbar den Reißverschluss seiner Jeans, an dem sich dankenswerter und in wenig jugendfreier Weise seine Begleiterin zu schaffen gemacht hatte.

Was daran dankenswert war, also jetzt mal aus Sicht eines unbeteiligten Dritten? Der Kerl ist über zwei Meter groß, mit vollem Haupthaar gesegnet und nur aufgrund subversiver Aktivitäten der Dame neben ihm in seinem Sessel etwas tiefer gerutscht. Wodurch ich freie Sicht hatte. Und er vermutlich auch seinen Spaß.

Es kommt nun, wie es immer kommt. Die letzte Filmminute läuft, die nehmen wir noch mit, die ist schließlich bezahlt. Bella spannt ihre Beinmuskulatur an, springt auf wie von der Tarantel gestochen, spurtet Richtung Exit und... wird jäh ausgebremst.

„AUA!", schreit jemand vor uns.

Ich kann nicht unmittelbar einen Kausalzusammenhang herstellen zwischen dem Schmerzenslaut und der Tatsache, dass Bellas Regenjacke sich offenbar irgendwo verhakt und so ihren plötzlichen Aufbruch unsanft, aber höchst wirkungsvoll gestoppt hat. Dann geht die Saalbeleuchtung an und mir ein Kronleuchter auf.

Mein Blick folgt der Kordel, mit der man die Kapuze des aus wasserabweisendem Hightech-Kunststoff gefertigten Kleidungsstücks so zusammenziehen kann, dass man Kenny aus South Park ähnelt. Sie wissen schon, das ist der, der aus unerfindlichen Gründen in jeder Folge sein Leben lassen muss.

Bella hat sich offenkundig Kennys älteren Bruder geangelt. Vor aller Augen, denn die feuerpolizeilich vorgeschriebene Illumination des Saales verhindert jede Art finsterer Machenschaft schon im Ansatz, fummelt er an seinem Hosenlatz und versucht verzweifelt, die zwischen den Zähnen des Reißverschlusses festhängende Strippe loszuwerden.

Bellas Gesichtsfarbe nimmt den Farbton der altmodischen, dunkelroten Samtpolster des Filmpalastes an. Die Freundin des Festhängenden blickt sich verzweifelt nach einem Loch im Boden um, in dem sie verschwinden kann und ich benötige wohl demnächst eine Zwerchfelltransplantation. Ich mache mir wenig Hoffnung, dass dieses strapazierte Organ meinen Lachanfall unbeschadet übersteht.

Perspektivisch sehe ich jedenfalls durchaus Chancen, dass Bella zukünftig das Kino als Allerletzte verlassen wird. Kurz bevor die Putzkolonne anrückt.

Der Lulatsch hält sich mittlerweile Bellas knallgelbe Jacke vors Gemächt, während seine Freundin vor ihm kniet und beidhändig versucht, die Kapuzenkordel und den Reißverschluss davon zu überzeugen, ihre noch so neue, aber umso innigere Beziehung doch bitte wieder aufzugeben.

Schuld bin natürlich, wie mir gerade mitgeteilt wird, ich. War ja klar. Schließlich wäre es meine Idee gewesen, unsere Jacken auf die freien Plätze vor uns zu legen.

Die dann doch noch besetzt wurden. Allerdings erst, nachdem es schon dunkel war und die Werbung vom Fliesenmarkt lief.

Sonst hätte Bella niemals ihren Anorak so hastig da wegnehmen müssen, um freie Bahn für die beiden spät eintreffenden Turteltäubchen zu machen. Und dabei zu übersehen, dass sich die Kordel am Getränkehalter verhakt hatte. Überhaupt war die viel zu lang und der Designer ein Schwachkopf.

Vom Getränkehalter war besagte Kordel dann, aufgrund sittenwidriger Aktivitäten, über die um diese Tageszeit hier keine Details verlauten sollen, an ihren jetzigen Aufenthaltsort gewandert. Wie gesagt, das alles wäre nie passiert, wenn ich gleich die Jacken auf meinem Schoß gestapelt hätte.

Wie peinlich das Ganze. Zum Glück waren wir extra für diesen Film in die große Stadt ins Kino gefahren. Hier kennt uns keiner und wenn die blöde Kuh jetzt endlich die Jacke aus dem Hosenstall von ihrem Macker zieht, dann können wir...

„HEINI? BELLA? SEID IHR DAS? DAS IST JA EIN ZUFALL!"

„Behalten Sie die Jacke", zischt Bella dem Lulatsch zu, vermutlich von der Vorstellung geplagt, mit welchen seiner Körperteile die inzwischen so alles in Berührung gekommen ist.

Währenddessen verwickle ich Peter und Birgit in ein zwangloses Gespräch. Die beiden hatten offenkundig nur zwei Reihen hinter uns gesessen und ich klopfe nebenbei verzweifelt mein Gedächtnis darauf ab, ob wir vielleicht irgendwas Verfängliches gesagt haben, in dem sie vorkamen. In der Anonymität der Großstadt ist man da ja manchmal ein wenig unvorsichtig. Kann ja keiner ahnen, dass der örtliche Autohändler samt Zweitgattin einem eventuell zuhört.

Erstaunlicherweise ist in der Reihe vor uns urplötzlich niemand mehr. Dort, wo eben noch verzweifelt mit der Kordel im Hosenschlitz gerungen wurde, gähnte plötzlich Leere. Nein. Doch nicht. Aus dem Halbdunkel des Fußraums glitzern mich zwei verzweifelte Augenpaare an und zwei Zeigefinger werden an zwei Münder geführt. Aha. Aus irgendeinem Grunde ist hier Diskretion gefragt, zum Glück eine meiner größten Stärken.

Ich lotse Bella, Birgit und Peter mit einem überzeugend geheuchelten „Ach, das ist aber nett Euch zu treffen, trinken wir doch noch ein Glas Wein zusammen" in Richtung des rechten Ausgangs. Bellas Regenjacke und die beiden jungen Leute flüchten in gebückter Haltung nach links.

Es wird schließlich doch alles ganz nett, die beiden sind ja alte Bekannte und durchaus unterhaltsam. Irgendwann fragt Peter dann Bella „Sag mal, hast du gar keine Jacke dabei? Draußen kübelt es wie aus Eimern." Sie windet sich mit „Die... liegt im Auto, wir parken direkt vor der Tür" heraus.

Tun wir natürlich nicht. Wir stehen in einem Parkhaus am anderen Ende der Welt, weil wir eigentlich in ein anderes Kino wollten, das netflixbedingt allerdings seinen Betrieb hatte einstellen müssen. Unverschämterweise ohne uns davon zeitgerecht in Kenntnis zu setzen.

Ich stapfe missgelaunt durch den strömenden Regen in Richtung unseres Autos, während Bella in meiner Jacke und mit zwei Glas Riesling intus beste Laune zu haben scheint. Sie erzählt mir von dem Gespräch mit Birgit und Peter und dem darin thematisierten Beziehungsdrama mit seiner Exfrau Julia.

Wobei es sie nicht im Geringsten stört, dass ich selbst daran teilgenommen habe. Zum einen, weil sie weiß, dass ich wie immer, wenns um Zwischenmenschliches geht, sowieso nur mit einem halben Ohr hingehört habe, zum anderen, weil so nun mal ihr Gehirn funktioniert. Offenkundig verarbeitet sie Gehörtes besser, wenn sie es mir noch einmal erzählt. Egal ob es um ein Telefonat mit ihrer Cousine geht oder um einen Vortrag über die Geschichte des Tontaubenschießens, in den sie zufällig hineingeraten war, als sie im Gemeindehaus gelbe Säcke holen wollte.

Auf jeden Fall sind dergestalt mir wiedergekäute Informationen dann quasi unbegrenzt aus Bellas Gedächtnis abrufbar. Aus meinem natürlich nicht, ich nicke ab und an interessiert, während die Worte zum linken Ohr rein und zum rechten wieder raus migrieren, ohne zwischendurch auf irgendwelchen nennenswerten Widerstand gestoßen zu sein.

Nicht, dass das Bella irgendwie stören würde, ich bin nur ein Hilfsmittel zur Gedankensortierung. So eine Art mobiler Setzkasten gewissermaßen, in dessen Fächer man das gesammelte Informationstreibgut aus einer Konversation einsortiert.

„Sag mal", unterbreche ich kurz ihren Redestrom, ich glaube, es geht gerade darum, dass Julia eine Tischtennisplatte durchgesägt hat, von der ihr ihrer Meinung die Hälfte zustand, „kam dir das Mädel in der Reihe vor uns nicht auch irgendwie bekannt vor?" Bella überlegt kurz und verneint dann. Gut, die Frau ist ihr definitiv noch nie über den Weg gelaufen, darauf würde ich jetzt mein klein' Häuschen verwetten. Für mich hingegen würde ich das so nicht unterschreiben, irgendwo in meinem Hirnkastl verbirgt sich das fehlende Puzzleteil, da bin ich mir sicher.

Julia hat übrigens noch nie Tischtennis gespielt. Peter auch nicht, die Platte gehörte einem Nachbarn, der sie bei den beiden im Gartenschuppen über den Winter hatte unterstellen dürfen. Was Julia, blind vor Zorn und Eifersucht, wohl irgendwie verdrängt hatte.

Wir stehen endlich vor Bellas Auto. Ich warte triefend auf das Klicken der Zentralverriegelung.

„Au Scheiße."

Das klang jetzt nicht so gut. Wie sich herausstellt, befindet sich Bellas Autoschlüssel in ihrer Jacke. Die sie vorhin nolens volens den beiden Freunden cineastischen Oralverkehrs vermacht hatte.

Tja. Jetzt ist hier wohl nicht nur das Parken, sondern auch guter Rat teuer.

Zum Glück fällt in diesem Augenblick bei mir der Groschen. Schlagartig wird mir klar, wo ich die junge Dame schon mal gesehen habe. Und auch, warum sie möglichst unerkannt aus der prekären Situation entkommen wollte. Sie sitzt in Peters Autohaus am Empfangstresen und hat mir neulich erlaubt, einmal ins Bonbonglas zu greifen. Als Trost für meine vierstellige Werkstattrechnung.

Praktischerweise stellt Peter sein Team auf der Firmenhomepage mit Foto und Namen vor, es gelingt uns dank mobilem Internet daher relativ zügig, sie zu identifizieren.

Nach einigem Hin und Her schaffen wir es sogar, die Autohausfrau telefonisch zu erreichen. Im ICE, in dem sie zusammen mit ihrem Lover und Bellas gelber Jacke auf dem Weg Richtung Süden ist. Bei dem Wetter durchaus nachvollziehbar, für uns allerdings im Moment eher nachteilig.

Mir ist kalt, ich bin nass und Taxis sind offensichtlich gerade Mangelware. Normalerweise fahren hier pro Minute fünf Stück vorbei. Und jetzt? Kein einziges. Kann natürlich auch daran liegen, dass der Verkehr sich, aus welchem Grund auch immer, gerade ganz fürchterlich staut.

Bellas Augen folgen meinem Blick auf das Gebäude auf der anderen Straßenseite. Das Hotel Triumph, ein viergeschossiger Gründerzeitbau, der sowohl der Bombardierung durch die Alliierten als auch dem Abrissboom der 90er glücklich entgangen ist.

„Wir bleiben über Nacht in der Stadt?"

Das war eher eine Feststellung als eine Frage, denn ich bin bereits dabei, mir einen Weg durch die wartenden Autos zu bahnen. Hach ja, das Großstadtleben, wie habe ich es vermisst.

Das „Triumph" ist überregional bekannt als diskreter Treffpunkt für Stelldicheins und Techtelmechtel. Hier trifft sich, was Rang, Namen und das Bedürfnis nach erotischer Abwechslung hat. Die Frau des Generaldirektors mit dem Prokuristen in Zimmer 10, der Staatssekretär mit der Wetterfee vom Nachrichtenkanal in der 14 und die Softwaremillionärin mit ihrem Toyboy in der Adlersuite.

Dass die gehobenen Gasträume nach Vögeln benannt sind, das schiebe ich persönlich auf den legendären Humor der Hotelgründerin Annegret de la Chattenoir, die dieses Haus vor dem Ersten Weltkrieg als gesellschaftlichen Treffpunkt etabliert hatte. Selbst der Kaiser, so munkelt man, hätte gern mal vorbeigeschaut, so er denn in der Stadt weilte.

Die Zimmer kann man auch tagsüber für eine beliebige Anzahl Stunden anmieten; entsprechende Gesellschaft für gemeinsame Freizeitgestaltung, darauf legt man hier sehr viel Wert, ist allerdings selbst zu organisieren.

Wie gesagt, das hier ist immerhin das „Triumph" und nicht irgendeine Bumsbude, wo sich Krethi und Plethi und noch schlimmeres Volk für ordinäre Verlustierungen treffen.

Ein kleiderschrankgroßer livrierter Türsteher wirft einen prüfenden Blick auf uns, grüßt höflich und lässt uns die altmodische Drehtür passieren. Ich hinterlasse auf dem edlen Marmor eine Tropfspur. „Willkommen im Hotel Triumph. Sie hatten reserviert? Nein. Vermutlich nicht. Ich schau mal, was ich für Sie tun kann." Die Menschenkenntnis des grau melierten Herrn ist beeindruckend. Er blättert in einem dicken, in Leder gebundenen Buch und schüttelt nachdenklich den Kopf. Leider, leider sei man komplett bis unters Dach ausgebucht. Allerdings, er wirft einen Blick auf die dank meiner Jacke halbtrockene Bella und auf meine triefende Armseligkeit, dürfe man, der Scherz sei ihm verziehen, uns ja nicht einfach im Regen stehen lassen. Durch eine kurzfristige Absage sei vor wenigen Minuten etwas frei geworden. Er könne uns daher die Turmfalkensuite anbieten. Und das zum Preis eines normalen Doppelzimmers.

Aha, offensichtlich hatte da jemand im Voraus bezahlt und sein geplantes intimes Beisammensein war kurzfristig geplatzt. Nun, uns soll es recht sein. Wir zögern nicht. Beinahe hätte ich gewitzelt, dass ich schnellstens aus meinen Klamotten heraus wolle, was ja durchaus nicht untypisch sei für dieses Etablissement, besinne mich dann aber eines Besseren.

Es klopft an der Zimmertür. Draußen steht eine junge Frau in einer englischen Internatsuniform und säuselt „Hallo, Herr Lehrer, darf ich reinkommen zum Nachsitzen?"
Ich drehe mich zu Bella, die auf dem breiten Lotterbett herumlümmelt und frage sie, ob sie eventuell ein Schulmädchen beim Zimmerservice bestellt hat.
„Oberstufe?"
„Bisschen drüber."
„Dann nicht."

Der offensichtlich für irgendeine Art Rollenspiel angeheuerte Internatszögling wirkt irritiert. Ich kläre sie daher kurz auf, dass sie bei uns an der falschen Adresse ist und von uns beiden ganz sicher keiner auf die Idee käme, seine Schulzeit durch sexuelle Eskapaden aufzuarbeiten.

Die junge Frau entschuldigt sich höflich für das Missverständnis, die piepsige Schulmädchenstimme sinkt um einige Oktaven, was meine empfindlichen Ohren wohltuend zur Kenntnis nehmen. „Verdammt, was mach' ich denn jetzt?", höre ich sie murmeln, während sie sich zum Gehen wendet.

Irgendwo tief in mir wohnt ein galanter Ritter, der eine Jungfrau in Not nicht einfach sich selbst überlässt. Lachen Sie nicht, auch im Mittelalter wurden die Kriterien, nach denen man als Jungfrau eingestuft wurde, durchaus pragmatisch gehandhabt.

„Kommen Sie erst mal rein, vielleicht können wir Ihnen helfen."

Sie blickt mich verdutzt an. Was wollte der Typ von ihr? Ich versichere schnell, dass meine Absichten durchaus ehrbar und wir keinesfalls an irgendwelchen Dienstleistungen ihrerseits interessiert wären. Man sei, gewissermaßen, in der gleichen Branche tätig und unter Kollegen, da hülfe man sich schließlich.

„Fast bisschen schade. Ich heiße übrigens Marie.", grinst sie, als sie sich uns gegenüber auf das samtrote Sofa fläzt und ihr Handy herauszieht. Bella und ich sitzen züchtig in Hotelbademänteln auf der Bettkante und sind ein bisschen froh, dass sie nicht eine halbe Stunde früher hereingeplatzt ist.

Wir erfahren, dass sie eigentlich für die ganze Nacht gebucht war und am Morgen mit der Bahn wieder nach Hause fahren wollte. Sie studiert eine Großstadt weiter und kommt nur zum Arbeiten hier her. Wer will schon in Netzstrümpfen seinem Professor über den Weg laufen. Oder Schlimmerem.

Der letzte Zug Richtung Heimat, so entnimmt sie dem Smartphone, fällt aus wegen Weichen-, Stellwerks- oder Störungsstörung. Was bedeutet, dass sie irgendwo für die Nacht unterkommen muss.

Den ausgefallenen Arbeitseinsatz würde sie bezahlt bekommen, aber das erhoffte Trinkgeld entfiele und abzüglich Agenturprovision, Reisespesen und Hotelkosten bliebe dann nicht mehr viel übrig.

„Hätte ich auch zu Hause bleiben und mein Meerschweinchen streicheln können".

Sie tut uns ein bisschen leid.

„Wenn sie nicht schnarcht, kann sie doch auf dem Sofa schlafen, was meinst du?"

Bella geht die Sache wie gewohnt pragmatisch an. Na meinetwegen. Ein bisschen später daddelt Marie auf der Couch noch ein bisschen auf ihrem Handy herum. Bella und ich liegen im Bett, als sie zu mir herangerobbt kommt und etwas in mein Ohr flüstert.

„Du kannst sie ja fragen, ob sie so was macht", entgegne ich.

„Meinst du wirklich, ich soll? Und du hast nichts dagegen?"

„Warum sollte ich. Wenn du Spaß daran hast..."

„Du bist ein Schatz."

Sie krabbelt aus dem Bett und geht zu Marie rüber. Ich höre die beiden ein Weilchen tuscheln, dann schlafe ich ein. War ein langer Tag.

Als ich gegen zwei Uhr kurz wach werde, riskiere ich einen Blick auf die beiden, wie sie gerade eine weitere Runde beginnen. Ein netter Zug vom Hotel, im Zimmer eine Spielkonsole mit Mario Kart für die Gäste bereitzustellen, denke ich. Und schlafe wieder ein.

Kurz nach vier bemerke ich, wie Bella unter meine Decke schlüpft und es sich in meinem Arm bequem macht.

„Und? War sie gut?", frage ich.

„Sehr gut sogar."

Bella legt ihren Kopf auf meine Brust und schläft zufrieden ein.

Das Hotel rühmt sich nicht zu Unrecht seiner Diskretion. Es verfügt über mehrere Nebenausgänge, die unauffälliges Betreten und Verlassen ermöglichen. Einer soll sogar direkt auf einen U-Bahnsteig hinausführen. Frühstück aufs Doppelzimmer für drei Personen? Überhaupt kein Problem.

Ausgecheckt wird telefonisch, die Rechnung erscheint kurz darauf wie von Geisterhand unter dem Türschlitz. Barzahlung ist selbstredend möglich, gern auch im Voraus.

Solange man kein Schaf mit in den Fahrstuhl nimmt, wird hier so ziemlich alles toleriert. Womit wir beim einzigen Schwachpunkt sind. Nein, nicht die Schafshaltung, sondern der Fahrstuhl. In ebendem treffen wir nämlich auf dem Weg nach unten auf Peter.

In Begleitung seiner Exfrau Julia. Moment, waren wir dem nicht gestern noch mit seiner aktuellen Gemahlin Birgit unter für uns eher unglücklichen Umständen im Kino begegnet? Wir fünf wünschen uns freundlich-neutral einen guten Morgen und schweigen höflich.

Bis Marie dann Bella zuzwinkert und sagt: „Das müssen wir unbedingt mal wieder machen."

Die Fahrstuhltüren öffnen sich. Erdgeschoss.

Peter sagt todernst: „Diese Aufzugfahrt ist nie passiert."

Bella, Julia und ich stimmen zu.

„Nie", „Niemals", „Welche Aufzugfahrt?"

Wir steigen aus, Marie grinst, gibt Bella und mir einen Kuss und verschwindet durch die Drehtür. Am Bahnhof wartet ein Schließfach mit ihren Klamotten, wer will schon in Schulmädchen-Uniform in eine Vorlesung gehen.

Julia und Peter verabschieden sich voneinander, sie geht zu einem der Seiteneingänge, offensichtlich ist sie nicht das erste Mal hier. Peter räuspert sich, murmelt etwas von: „Ich geh dann auch. Man sieht sich", und ward nicht mehr gesehen.

Bella und ich sehen uns an, zucken mit den Schultern und gehen nebenan erst mal einen Kaffee trinken, während wir auf James warten, der versprochen hat, uns den Ersatzschlüssel für den Kugelporsche vorbeizubringen.

Marie kommt jetzt gelegentlich zu Besuch bei uns vorbei, um mit Bella Mario Kart zu spielen. Und manchmal auch was anderes. Space Invaders vielleicht.

Kapitel 40 – Der Liegeradhering

„Komisch. Letzte Woche habe ich in diese Hose noch problemlos reingepasst."

„Man wächst mit seinen Aufgaben", sage ich, ohne nachzudenken.

„Aber doch nicht am Hintern, du Blödmann. Moment. Das ist gar nicht meine Hose."

„Du passt in meine nicht rein? Oh."

Ich reite mich rein. Tief.

Bella steht plötzlich vor mir, untenrum nahezu unbekleidet und mit einer Damenjeans in der Hand. Vermutlich haben wir neuerdings so eine Art Teleportationsportal im Schlafzimmer, anders kann ich mir nicht erklären, wie sie derart schnell bei mir am Küchentisch auftauchen konnte.

„Wie kommt die in unseren Wäschekorb?"

Bellas Augen funkeln gefährlich, denn diese Frage ist zugegebenermaßen nicht ganz unberechtigt. Das einzige andere weibliche Haushaltsmitglied mit Zugang zu unserer Waschmaschine ist nämlich zurzeit hochschwanger.

Würde man sie in den Kreis der Verdächtigen einbeziehen, dann hätte der eine ziemlich ausgeprägte Beule irgendwo und entzöge sich jeglicher präzisen Umfangsberechnung mithilfe der Zahl Pi.

Nein, es muss eine andere Erklärung für das knackige Stück Fremddamenoberbekleidung geben. Zählen Hosen überhaupt zur Oberbekleidung? Egal. Dieser interessanten Fragestellung widme ich mich besser zu einem günstigeren Zeitpunkt. Vorher muss nämlich erst mal noch eine mittelgroße Kuh vom Eis.

„Es ist", eröffne ich daher traditionell, „nicht das, wonach es aussieht."

Ich gestehe freimütig, dass es Balsam für mein wundes Ego ist, wenn Bella mir Eskapaden mit Trägerinnen hautenger Jeans zutraut. Weswegen mich kurz die Versuchung durchzuckt, ihr eine Mär von wilder Leidenschaft und im Rausch der Erregung abgeworfenen Textilien aufzutischen.

Moment. Es klingelt an der Haustür. Routiniert spähe ich durchs Küchenfenster, nehme der ebenso verdutzten wie nacktbeinigen Bella mit den Worten: „Ich darf mal eben" die Hose aus der Hand und mache mich auf, sie ihrer rechtmäßigen Besitzerin zurückzugeben.

Nun ist unser Haushalt regional durchaus für seine laxen Moralvorstellungen bekannt, aber ohne Hose an die Haustür gehen, nein, soweit sind wir dann doch noch nicht. Bella hört also gezwungenermaßen von der Küche aus zu, was ich mit der unbekannten Besucherin zu bereden habe.

„Hier bitte."

„Oh, super. Und du hast den fischigen Geruch ganz rausgekriegt. Vielen Dank, das wäre mir echt peinlich gewesen."

„Keine Ursache. Schüssdenn."

Tja. Was würden Sie sich an Bellas Stelle aus diesen aufgeschnappten Dialogbruchstücken zusammenreimen, ha?

Leise pfeifend komme ich zurück in die Küche.

Tapp. Tapp. Tapp. Bellas nackter Fuß klopft im Takt von „Spiel mir das Lied vom Tod" auf das dunkle Eichenparkett.

„Ich höre?"

Ein Weilchen betrachte ich versonnen das Auf und Nieder ihrer rot lackierten Zehen.

„Also das kam so..."

Begonnen hatte alles noch vergleichsweise harmlos, als ich nämlich bei der routinemäßigen Sichtung unserer Vorräte auf eine Dose Bratheringe stieß, deren Deckel sich verdächtig stark hochwölbte. Die Preisauszeichnung vom HL-Markt ließ mich Übles ahnen. Eine Mark neunundneunzig.

Vorsichtig trug ich das suspekte Blechgefäß vor mir her und aus dem Haus.

Trennung ist in unserer Beziehung ein großes Thema. Nee, nicht was Sie denken. Es geht um Mülltrennung. Die nehmen wir sehr ernst. Für explosionsgefährdete Bücklinge kann da keine Ausnahme gemacht werden.

Aufgrund eines dieser als Feiertag getarnten Sauf- und Fressgelage, mit denen wir Heiden damals an das Christentum herangeführt werden sollten, verschoben sich die Müllabfuhrtermine. Und braune und gelbe Tonne fielen auf denselben Wochentag. Halleluja. Der Weg mit meiner heiklen, öligen Fracht führte also nicht nur eine Treppe hinauf, sondern auch noch zur Haustür hinaus, über den Hof, die Einfahrt entlang bis hin zum Straßenrand, wo seit den frühen Morgenstunden die Abfallbehälter in trauter Eintracht ihrer Entleerung harrten.

Hier mein Entsorgungsplan:

1. Vorsichtiges Absetzen der Heringsdose auf die gelbe Tonne
2. Aufklappen des Biotonnendeckels
3. Langsame Öffnung der Blechbüchse mit Spritzrichtung Straße
4. Entleerung des fischigen Inhalts in die Biotonne unter einhändigem Nasezuhalten
5. Dosenverklappung in die gelbe Tonne
6. Unverzügliche Schließung aller Tonnen und rasche Entfernung vom Tatort

Soweit die Theorie. Leider hatte ich in meine Rechnung ohne den Brathering, den eingefleischten Liegeradfahrer Horst-Rudolf und die attraktive Arzthelferin Judith (James' Halbschwester und langjährigen Lesern von Person bekannt[1]) gemacht.

Die Müllkübel stehen auf einem schmalen Grünstreifen zwischen dem frei von jedweder Budgetrestriktion ausgebauten Radweg, auf dem sich bequem zwei Leopard-Panzer begegnen können, ohne sich die Außenspiegel abzufahren, und der notdürftig mit Rollsplit ausgebesserten Ortsverbindungsstraße.

Radfahrer sind allerdings auf dem Radweg selten anzutreffen, sie bevorzugen weiterhin die Asphaltstraße und beschweren sich lautstark über jedes noch so kleine Schlagloch, das zu ihrem Podex durchschlägt und fordern von der Gemeindeverwaltung Kostenerstattung für Hämorrhoidensalbe.

---

[1] Siehe Band 3, Kapitel 31 („Butterschmalz und Wolpertinger")

Es ist daher wenig verwunderlich, wenn man als Radfahrerin auf dem Fahrradweg mit allem rechnet, aber nicht mit Gegenverkehr. Ok. Oder mit einem Typen und seiner Fischdose.

Judith jedenfalls radelte, zeitgenössisches Liedgut auf den Ohren und gedankenversunken, nichtsahnend heran.

Aus der anderen Richtung näherte sich, knapp unterhalb des Wahrnehmungshorizontes erwachsener Menschen, der ebenfalls bereits erwähnte, überzeugte Liegeradfahrer Horst-Rudolf. Aus seiner Perspektive hat er die bodennahe Flora und Fauna bestens im Blick, bei Luftangriffen wäre er hingegen aufgeschmissen.

Fahrtrichtungsänderungen sind bei einem Liegerad so eine Sache, notgedrungen änderte Horst-Rudolf seinen Kurs zwei Strich Richtung Norden, um an mir vorbeizukommen.

Meine Konzentration galt der beuligen Blechdose, weswegen ich dem Radverkehr nur geringe Aufmerksamkeit widmete.

Horst-Rudolf sah mich, aber wegen der ihn haushoch überragenden Biotonne nicht die entgegenkommende Judith.

Judith sah mich, aber wegen der ihn haushoch überragenden Biotonne nicht den entgegenkommenden Horst-Rudolf.

Ich sah die Dose und fürchtete ein Entgegenkommen des Herings.

Es kam, wie es kommen musste.

Judith riss am Lenker, um nicht mit Horst-Rudolf zu kollidieren. Der wich seinerseits auch aus und landete im Gartenzaun. Die überraschte Judith landete auf mir und der überraschte ranzige Brathering landete samt begleitender öliger Soße auf ihrer Hose.

Personen- und Sachschäden blieben zum Glück überschaubar. Nur Horst-Rudolfs Ego trug leichte Blessuren davon. Judiths Aufprall war von mir und den Mülltonnen abgebremst worden. Und der Hering hatte eh schon bessere Zeiten gesehen. Als er zwischen Hansekoggen die Ostsee durchschwamm.

Da Judith bei wohlwollender Betrachtung ja quasi irgendwie so was wie Verwandtschaft ist, bat ich sie herein, verarztete einen winzigen Kratzer an ihrem linken Ellenbogen mit einem Bärchenpflaster und forderte sie höflich, aber bestimmt auf, sich umgehend ihrer Hose zu entledigen.

Mit spitzen Fingern trug ich das olfaktorisch herausfordernde Bein-kleid vor mir her in Richtung Wäschekeller. Judith platzierte sich derweil dekorativ halb nackt auf dem Sofa und blätterte lasziv in einem Bildband wie eine von diesen tiefenentspannten Frauen aus dem Möbelhausflyer.

Zusammen mit weiteren Wäschestücken der Kategorie „Baum-wolle 40 Grad, navy bis mittelblau, hohe Schleudertouren, mit Vor-waschgang" stopfte ich Judiths fischelnde Jeanshose in die Wasch-maschine. Sie sehen, bei uns wird nicht nur der Müll penibel ge-trennt, sondern auch Textiles.

Bevor mich die auf dem Sofa lümmelnde Judith auf unkeusche Ge-danken bringen konnte, komplimentierte ich sie mit der Bitte, ihrer Mutter herzliche Grüße auszurichten, wieder hinaus.

Selbst in der geliehenen Jogginghose aus meinem Kleiderschrank machte sie eine ziemlich gute Figur.

Warum meine Jogginghose? Die kann man um die Körpermitte hinreichend weit zusammenschnüren, um ein Herunterrutschen zu verhindern und beinlängentechnisch liegt Judith halt deutlich näher bei mir als bei Bella.

Außerdem vermisse ich das Teil nicht, denn ich gehe nie joggen.

Die Jogginghose lag dann am übernächsten Morgen frisch gewa-schen bei uns vorm Haus auf der Gartenbank, wo Bella sie fand, „Überall lässt der Kerl seinen Scheiß rumliegen", murmelte und das gute Stück zurück in meinen Kleiderschrank beförderte.

Wie ich allerdings erst jetzt erfahre.

So. Nun kennen Sie die vollkommen harmlose Geschichte von Ju-dith und dem überjährigen Hering. Jetzt muss nur noch Bella sie mir auch glauben. Die ist nämlich bei allem, wo ihre Spinnefreundin Christine und sei es noch so indirekt die Finger im Spiel hat, von geradezu pathologischem Misstrauen durchdrungen.

Nur weil ich ein einziges Mal…aber das ist eine andere Geschichte.[1]

---

[1] Siehe Band 3, Kapitel 30 („Um Haaresbreite")

Kapitel 41 – Konfitüren-Kapitalismus

Bei Lidl gibt es diese Woche induktionsfähige Dampfentsafter. Lohnt sich natürlich für uns nicht, dafür fällt nicht genug Obst an. Was anderes. In welcher Ebay-Kategorie würden Sie einen induktionsfähigen Dampfentsafter einstellen? OVP?

Bella protestiert energisch. Schließlich sei alsbald mit einem lawinenartigen Anfall von Äpfeln, Birnen und sonstigem Kern- und Steinobst aus eigenem Anbau zu rechnen. Nachdenklich blicke ich dem Eichelhäher hinterher, der gerade den letzten halb reifen Gravensteiner davonträgt.

Meinen Einwand, dass auf dem freien Markt für den Gegenwert des Entsafters etwa ein Hektoliter Fruchtsaft der Handelsklasse 1 zu erwerben wäre, lässt sie nicht gelten. Selbstverständlich würde sich so ein Gerät erst nach einigen Jahren amortisieren, das wäre betriebswirtschaftliches Basiswissen.

Meine Nachfrage, ob denn ein Entsafter wohl degressiv oder linear abzuschreiben wäre und über welchen Zeitraum, trägt erstaunlicherweise nicht zur Versachlichung der Diskussion bei. Ich werde mit dem Steuerberater beratschlagen, ob man das Ding irgendwie als Betriebsausgabe durchkriegt.

Bella schwärmt von dem Jahr mit der Beerenschwemme, als Tante Alma kistenweise Stachel-, Johannis- und Gottweißwasnochbeeren angeschleppt hat. Was hätte man da für so ein Gerät gegeben! Ihre Tante Alma ist meines Wissens seit mindestens 20 Jahren tot und lebte nahe Stuttgart. Im unwahrscheinlichen Fall einer erneuten Beerenschwemme erscheint mir daher ein Transport der Ernte über eine Entfernung von 750 Kilometern hin zu unserem induktionsgeeigneten (!) Dampfentsafter jetzt nicht unbedingt vereinbar mit dem Bemühen um einen schmalen CO_2-Fußabdruck.

Papperlapapp, werden meine Einwände beiseite gewischt. Außerdem, so beginnt der erwartete Gegenangriff, sei ja auch ich nicht frei von der Neigung zur Anschaffung unnützer Gerätschaften, die kostbaren Stauraum im Keller verbrauchen, um dann irgendwann auf dem Recyclinghof landen.

Resigniert seufzend räume ich im Geist schon mal ein Plätzchen im Kellerregal frei für die Neuanschaffung. Irgendwo würde das Ding wohl reinpassen zwischen dem kabellosen Eierkocher von Tchibo und dem Reise-Joghurtbereiter, den es mal als Prämie für ein Fernsehzeitschriftabo gab.

Ich werde mich nicht dazu herablassen, auf Kommentare von irgendwelchen Strebern mit Physik-Leistungskurs einzugehen, die darauf hinweisen, dass man Dampf überhaupt nicht entsaften kann. Also, jedenfalls nennt man das dann nicht so. Was weiß ich, ich hab' ein Dünnbrettbohrer-Abi.

„Wir brauchen noch mindestens 2 Pfund"
Bellas Worte klingen in meinen Ohren, während ich durch Brombeergestrüpp krauche. Mein Körper trägt die Spuren von Begegnungen mit dornigen Ranken, Brennnesseln, Stechfliegen, Heckenrosen und etwas, das wie ein Klapperschlangenbiss aussieht.
Dazu Quaddeln von Pferdebremsen und angepissten Erdwespen.
Das sind dann wohl, sinniere ich, diese 7 Zeichen der Hautalterung, von denen die in der Fernsehwerbung immer sprechen.
Immerhin habe ich keinen Spliss. Was immer das auch ist, es muss schrecklich sein, darunter zu leiden.
Jedenfalls hätte zurzeit selbst ein erfahrener Tätowierer Mühe, auf meiner Haut Platz für ein Motiv zu finden, das die Ausdehnung einer platt gedrückten Erbse überschreitet.
Danke, ich benötige keine Vorschläge, an welchen pikanten Stellen SIE sich bereits haben stechen lassen.
Stolz präsentiere ich, brombeersaftverschmiert, sonnenverbrannt und vom dorneninduzierten Blutverlust geschwächt, das Eimerchen mit der Ausbeute.
Bella wirft einen uninteressierten Blick hinein und sagt:
„Frier den Kram erst mal ein, ich hab' heute keine Lust mehr auf Saft machen."

Gestatten Sie mir einen kurzen Exkurs. Es geht um ländliche Naturalwirtschaft. Und Wechselkurse. Und den schädlichen Einfluss von Influencern auf verfügbare Regalfläche in unserem Vorratskeller.

Aber eins nach dem anderen. Beginnen wir mit einem kurzen historischen Abriss.

Seit Menschengedenken wird hierzulande gehandelt. Mit inflationssicheren, aber vergänglichen Waren aus eigener Produktion. Über die Jahrhunderte hat sich so ein Wechselkurssystem etabliert, das Weltkriege, Währungsreformen und selbst die Kartoffelkäferplage von 1887 überstand.

Für ein Glas von Bellas hausgemachtem Brombeergelee gibt es zum Beispiel locker einen Halbzentnersack Frühkartoffeln von Bauer Lürsen. Oder vier obszön geformte Zucchini aus Tante Roswithas Gemüsegarten. Oder 30 pastellfarbene Eier von Ingeburgs psychedelischen Hühnern. Oder...

Na egal. Sie haben das Prinzip verstanden. Reibungslos wurden neue, unbekannte landwirtschaftliche Erzeugnisse aus fernen Ländern in das System integriert. Kartoffeln beispielsweise. Oder Tomaten. Auch nicht für jeden Gaumen geeignete Güter werden so gehandelt. Eichenpfähle etwa.

Jeder gibt, was er hat und kriegt, was er braucht. Es sei denn, er hat nix, dann wird auch hierzulande gnadenlos auf den schnöden Mammon mit Draghis Unterschrift drauf zurückgegriffen.

Man ist zwar vom Land, aber nicht aus Dummsdorf.

Natürlich gibt es auch in diesem System skrupellose Marktteilnehmer, die versuchen, ein bisschen schlauer als die anderen zu sein. Und beispielsweise einen gegen zwei Glas Hausmacher Mettwurst eingetauschten Sack Futterwurzeln zu selbst angebauten Biomöhren zu veredeln.

Leichtgläubige Neubürger überraschen dann ihre Besucher aus der Großstadt mit lokal gesourcetem Gemüse. Dessen leicht gummiartige Konsistenz und nur entfernt an die gewohnten Produkte aus dem Supermarkt erinnernde Form und Farbe gilt in jenen Kreisen als Beleg für Authentizität.

Dann gibt es noch die gewieften Arbitrageure, die kleine Kursschwankungen zwischen benachbarten Dörfern zu ihren Gunsten ausnutzen und so ansehnliche Vorräte an Quittengelee oder Fliederbeersaft[1] zusammenraffen. Problematisch wirds erst, wenn Langeweile auf Foodblogger stößt.

Plötzlich nämlich tauchen ungenießbare Handelsgüter auf, die auch nicht als Baumaterialien zu verwenden sind, sondern einfach nur Lagerfläche im Keller verbrauchen. Physaliskonfitüre mit Kardamom. Zimtsenf mit Sternanisbröckchen. Quittensalsa. Gojibeerenpesto mit Fleur de sel.

Alles liebevoll in Tiegelchen und Gläschen mit stoffbezogenem Deckel im pseudomediterranen Landhausstil, durch an grober Bastschnur baumelnde Pappschildchen mit Kleinmädchenhandschrift individualisiert und so als Handelsware unbrauchbar gemacht. „Gurkengelee süßsauer für Lisi".

Was das Ganze mit Influencern zu tun hat?

Wenn Sie vor die Wahl gestellt werden zwischen dem garantiert veganen Zwetschgen-Quinoa-Brotaufstrich von der 22-jährigen Instagram-Biggi und Tante Almas Pflaumenmus, dann wissen Sie instinktiv, was davon den höheren Handelswert besitzt.

Würde man nun also die Sache dem Markt überlassen, jenem ebenso zuverlässigen wie mitleidlosen Erfüllungsgehilfen des Neoliberalismus, all diese kulinarischen Fragwürdigkeiten, vom hämischen Zeitgeist in einer schlaflosen Nacht hervorgewürgt, wären binnen Tagen weg vom Fenster.

Leider stehen einer radikalen Entschlackung des Konfitürenlagers irrationale Argumente entgegen.

„Da hat sich die Leo doch so viel Mühe mit gemacht."

„Gisi probiert halt gern mal was Neues aus."

„Peter mochte ihre Heidelbeerguacamole, sagt Julia."

Julia und Peter sind geschieden.

---

[1] Fliederbeeren heißen in anderen Landesteilen Holunderbeeren und sind diese fitzeligen Steinfrüchte des schwarzen oder roten Holunders. Zack, wieder was gelernt, gell?

Also bleibt mir nichts anderes übrig, als regelmäßig die angesammelten Gläser daraufhin zu kontrollieren, ob sich nun endlich ein Schimmelpilz dazu herabgelassen hat, darauf zu siedeln und sie dann mit den Worten: „Och, guck mal, wie schade, das ist schlecht geworden" wegzuwerfen.

Im Kofferraum klirrt und klappert es, vermutlich führt das gesammelte Altglas letzte Gespräche auf dem Weg zum Schafott in Gestalt zweier halbkugelförmiger Sammelcontainer, die von weitem aussehen, als hätte dort jemand Dolly Buster in Übergröße eingebuddelt. Und in Rückenlage.

Es waren ursprünglich drei gewesen, für Weiß-, Braun- und Grünglas. Der für Braunglas war dann Opfer einer Kollision mit einem Mähdrescher geworden. Wer stellt solche Dinger auch so nahe am Feldrand auf, hatten diese Recyclingfritzen denn noch nie was vom Schwengelrecht gehört?

Das Schwengelrecht ist nicht, was Sie olles Ferkel vermutlich wieder denken, sondern sichert traditionell dem Bauern das Recht zu, sein Feld bis an den Rand zu bewirtschaften und zu diesem Zweck ggf. mit seinem Arbeitsgerät über die Grundstücksgrenze hinauszuschwengeln.

In diesem Fall war es Jungbauer Wolfgang gewesen, der mit dem Heck eines Dreihunderttausendeuro-Mähdreschers das Braunglas-Sammelbehältnis touchierte. Irreparabel.

Wenn ich bedenke, wie viel Lebenszeit ich damit verbracht habe, mit einer leeren Olivenöl-Flasche unentschlossen zwischen dem Braun- und dem Grünglascontainer hin- und herzuwanken, dann bin ich Wolfgang für die Reduzierung auf die Auswahl „Weißglas" und „Der Rest" recht dankbar.

Normalerweise fährt ja Wolfgangs Schwester Leo das landwirtschaftliche Großgerät, aber die war gerade außer Landes oder so und nun musste er selber ran.

Sie können sich die Dorfdiskussionen in etwa vorstellen, was Wolfis Fähigkeiten im Umgang mit großem Gerät betraf. Hätte er halt keine Übung drin, wär' ja klar.

Die Schwester, höhöhö, die sei darin dann wohl ein Naturtalent, ergänzte ein naiver Neubürger, dessen Vorstellung von Humor offenkundig bei den tranigen Herrenwitzen der 1950er stehen geblieben war.

Totenstille im Dorfkrug. Über Leo macht hier niemand Witze. Wollen Sie wissen, wieso?

Bevor ich Ihnen die traurige Geschichte von Leo und ihrem gebrochenem Herzelein erzähle, lassen Sie mich schnell noch die Marmeladengläser in den Weißglascontainer werfen.

Moment. Mein Handy klingelt.

„Schmeiß bloß die Marmeladengläser nicht weg, ich brauch welche!"

Teufel, das war knapp. Nachdenklich wiege ich das Schraubglas in der Hand, in dem sich noch ein klebriger Rest Himbeergelee made in France befindet.

Und alles, weil ich ein einziges Mal den persischen Höflichkeitskodex missachtet hatte. Oder vielmehr seinen norddeutschen Verwandten.

Sie haben wieder keine Ahnung, wovon ich rede?

Also es geht darum: Höflich ist es in Persien, etwas Angebotenes dreimal abzulehnen und erst dann zuzugreifen. Führt immer wieder zu kulturellen Missverständnissen mit verfressenen Barbaren wie mir, aber dazu ein andermal mehr.

Der germanische Trägheitskodex für Zweierbeziehungen hingegen besagt, dass man erst nach der dritten Aufforderung darangeht, eine Aufgabe zu erledigen. Wie zum Beispiel Altglas wegbringen. In diesem Falle war ich aus einer Laune heraus schon nach einmaligem Hinweis zur Tat geschritten.

Und hätte beinahe Bellas laufende Brombeergeleeabfüllung torpediert. Woher sollte sie auch ahnen, dass ausgerechnet dieses Mal die ansonsten quasi unerschöpfliche Reserve an bei uns im Keller lagernden und bestens wiederverwertbaren Marmeladengläsern beinahe schnöde der gewerblichen Altglasverwertung zugeführt worden wäre.

Nochmal Glück gehabt. Aber jetzt, wie versprochen, zu Leo.

Kapitel 42 – Leg dich nicht mit Leo an

„Jörgs geklauter Gabelstapler ist wieder aufgetaucht." Bella wuchtet zwei Einkaufsbeutel auf den Küchentresen und blickt mich erwartungsvoll an.

„Ähm. Schön für Jörg. Waren sicher paar Kids, die damit ne Spritztour gemacht haben."

„Spritztour ja. Kids nein."

Sie grinst schelmisch.

Was? Wie? Wo? Meine Neugier schreckt aus trägem Schlummer hoch.

Wenn Bella spitzbübisch guckt wie jetzt, dann ist das ein untrügliches Anzeichen für unerhörtes oder zumindest grenzwertig untugendhaftes Geschehen in unserer Gemeinde.

„Erzähl!", sagen meine Neugier und ich daher unisono.

„Also", beginnt Bella und der ganze Raum knistert vor Spannung. Möglicherweise ist es aber auch nur die Gummibärchentüte, die ich zielsicher aus einem der nachhaltigen Baumwolleinkaufsbeutel gezogen habe.

„Du kennst doch Wolfis Schwester?"

„Die Leo? Klar."

Sie kennen Leo auch, oder? Nein?

Jungbauer Wolfgangs Schwester heißt in Wirklichkeit Claudia. Oder Stefanie. Oder irgendsowas, mein Namensgedächtnis, Sie wissen schon. Claudia-Stefanie war, ihrer Leidenschaft für schwere Fuhrwerke folgend, beim Bund gewesen. Und hatte sich da zur Panzerfahrerin ausbilden lassen. Seither heißt sie Leo, so einfach ist das hier auf dem Dorf.

Leo fährt alles, was einen Dieselmotor hat. Je schwerer und lauter, desto besser. Und Sie hat ein Händchen dafür. Leo parkt kaltlächelnd und ohne mit der Wimper zu zucken rückwärts und millimetergenau einen Mähdrescher auf dem Edeka-Parkplatz ein.

Traktoren, Schaufelbagger, Radlader, Sattelschlepper? Leo hat für alles den passenden Führerschein. Und natürlich auch für Gabelstapler.

Was uns zu dem von Jörg führt. Der ist ein ziemlicher Kaventsmann. Der Dieselstapler, nicht Jörg, der ist nur einssechzig und eher untersetzt.

Jörg hat eine Spedition. Und da dem Speditör bekanntlich nichts zu schwör ist, hat er auf seinem Firmengelände einen Gabelstapler stehen. Einen von der Sorte, der sehr schwere Dinge sehr hoch heben kann, ohne umzukippen. Einen Überseecontainer zum Beispiel. Oder auch ein Auto.

Und eben dieses Trumm von einem Flurförderfahrzeug war am Montagmorgen nicht zum Dienst angetreten. Die Suche auf dem Firmengelände hatte keine Hinweise auf seinen Verbleib ergeben. Seltsamerweise gab es auch keine Einbruchspuren. Der Stapler war wie vom Erdboden verschluckt.

Jörg fluchte leise. Wie sollte er das seiner Versicherung erklären? War er gegen Alienentführungen von beweglichen Wirtschaftsgütern des Anlagevermögens überhaupt hinreichend abgesichert? Würde man ihm gar eine Mitschuld geben, wegen ungenügender Absicherung des Betriebsgeländes?

Ziemlich zeitgleich und nur wenige Kilometer entfernt blickte Ortsbürgermeister Lenny Piepenbrook aus seinem Küchenfenster und traute seinen müden Augen kaum.

Vor seinem Haus standen nämlich Jörgs vermisster Gabelstapler und ein BMW. Der allerdings quer dazu und in ca. sechs Metern Höhe aufgegabelt.

Lenny trat vor die Haustür, seinen Lieblingskaffeebecher aus Rathausbeständen in der Hand. Aus dem dunkelblauen Kombi in lichter Höh auf der Staplergabel am Ende des Teleskopmasts tönten verzagte Hilferufe.

Eine Stimme kam ihm seltsam bekannt vor.

Das klang fast wie seine Frau. Aber nein, das konnte nicht sein, die war ja vorgestern zu ihrer Schwester in den Schwarzwald gefahren.

Das Auto dort oben wackelte jetzt leicht. Wer auch immer sich darin befand, sollte lieber keine unvorsichtigen Bewegungen riskieren.

Wir müssen jetzt, ehe wir uns an die Bergung des Fahrzeugs machen, kurz ein wenig ausholen.

Und uns mit Leos Herz beschäftigen. Das Gerüchten zufolge aus Panzerstahl ist und sich niemandem öffnet. Nicht Männlein und nicht Weiblein. Keine(r) hatte bisher bei ihr landen können. Und dann kam er. Weltmännisch, gepflegt und Gebietsverkaufsleiter bei einem bedeutenden Hersteller von Landmaschinen. Er und Leo teilten die Leidenschaft für schweres Gerät und bald auch das Bett.

Ich hatte es Leo gegönnt, sie ist nämlich echt nett.

Leider haben wir die Rechnung ohne Inge Piepenbrook gemacht, selbige eigentlich verehelicht mit unserem Ortsvorsteher Lenny. Auf einer dieser berüchtigten Tanzveranstaltungen des Landfrauenverbandes hatte sie sich an den schmucken Landmaschinenmenschen herangeschmissen. Er stach heraus aus der Menge, denn nicht viele hier im Landkreis können einen doppelten Windsorknoten binden.

Halb zog sie ihn, halb sank er nieder, die alte Geschichte.

Leider hatte er vergessen, Leo zu informieren, dass sie ab jetzt in einer offenen Beziehung lebt und sie ist da ein klein wenig altmodisch.

Das intime Beisammensein im Dienstwagen auf dunklem Waldweg endete jedenfalls für die Bürgermeistersgattin und ihren Lover auf der Gabel.

Leo lieferte die beiden dem Bürgermeister frei Haus und machte sich mit gebrochenem Herzen aus dem Staube. Angeblich fährt sie jetzt in einer brasilianischen Bauxitmine einen dieser Trucks, auf deren Ladefläche locker unser ganzes Rathaus Platz fände.

Wenn auch in Einzelteilen.

Die ganze Sache wurde, wie die meisten für alle Beteiligten hochnotpeinlichen Angelegenheiten, mit bemerkenswerter Diskretion abgewickelt.

Jörg kam persönlich zu Lenny, ließ dessen Gattin samt Gespielen und Gefährt vorsichtig wieder hinunter und fuhr mit dem Stapler heim. Leo ist ab und an für Jörg Laster gefahren. Und kam daher problemlos an selbigen Stapler ran. Jörgs Versicherung sollte wohl besser nicht erfahren, dass die Zahlenkombi für das Torschloss vom Firmengelände und die Alarmanlage aus lauter Einsen besteht. Das Auto war professionell aufgegabelt worden und hatte nicht mal einen Kratzer abbekommen. Inge Piepenbrook sprang aus dem Wagen und verschwand im Haus, der Gebietsverkaufsleiter stellte den Wählhebel auf „D" und brauste ab in Richtung der heimischen Firmenzentrale irgendwo im Süddeutschen.

Für einen lokalen Unternehmer wie Jörg ist es nie von Schaden, beim Bürgermeister einen Gefallen gut zu haben, insofern kann davon ausgegangen werden, dass er dichthält. Nächste Woche ist Unternehmerstammtisch, da werden wir dann sehen, wie dicht.

Bei Piepenbrooks dürfte jetzt erst mal kräftig der Haussegen schiefhängen, aber in wenigen Monaten ist Kommunalwahl, da wird das Mäntelchen des Schweigens über die Sache gebreitet werden. Das wär' ja ein gefundenes Fressen für die Opposition, die hier sonst kein Bein an die Erde kriegt.

Tja. Eigentlich alles unter Dach und Fach.

Bis zu der schicksalhaften Begegnung im Zahnarztwartezimmer ein paar Tage später. Dort nämlich traf Bella auf Jörgs Frau Suse. Die hat panische Angst vorm Dentisten. Und manche Leute kompensieren das bekanntlich, indem sie reden. Viel reden.

So wanderte des Bürgermeisters kleines, finsteres Geheimnis schließlich bis zu mir, wo es nun absolut sicher verwahrt liegt.

Bis ich irgendwann mal was vom ollen Lenny will. Hoffen wir also, dass er die nächste Wahl übersteht, sonst nützt er mir ja nix. Sie halten doch dicht, oder?

Kapitel 43 – Robert aus Wuppertal

„Schau mal, was ich auf der Fensterbank im Wohnzimmer gefunden habe..."

Sätze, die so anfangen, enden selten gut für mich. Bella hat nämlich diesen vorwurfsvoll-resignierten Tonfall gewählt, den sie für Situationen bereithält, in denen ich mal wieder etwas verbockt habe.

Mit etwas Mühe identifiziere ich den schlappen Beutel, den sie mir nun vor die Nase hält, als eine zimmertemperierte Packung Tiefkühlerbsen. Die ich vermutlich beim Einkäufe hereinschleppen gestern Abend hatte aus der Hand legen müssen, um irgendwas anderes irgendwo zu verstauen.

Ursache dieser unerfreulichen Szene ist die ungünstige Kombination meines lausigen Kurzzeitgedächtnisses mit der vollkommenen Unfähigkeit, Gegenstände zu jonglieren. Da mir meine mangelnde Merkfähigkeit wohl bewusst ist, vermeide ich es tunlichst, Dinge aus der Hand zu legen.

Da ich aber völlig unbegabt darin bin, drei Marmeladengläser, ein Stangenweißbrot sowie besagte TK-Erbsen zu balancieren und gleichzeitig meinen Haustürschlüssel aus der Hosentasche zu ziehen, ohne einen Scherbenhaufen zu hinterlassen, musste ich etwas davon ablegen. Schnell. Irgendwo.

Was ich dann gezwungenermaßen schließlich aus der Hand lege, das verschwindet augenblicklich in einem gedächtnistechnischen Dimensionsloch. Und taucht mit Glück irgendwann irgendwo wieder in meinem Bewusstsein auf. Meistens erst, wenn Bella es mir unter die Nase hält.

Ich stehe im Übrigen mit dieser Problematik keineswegs allein auf weiter Flur. Oder im weiten Flur, je nachdem. Alle Menschen fallen nämlich grob gesagt in eine von zwei Kategorien.

Die Abstellerin oder die Jongleurin.

(Männer sind nach neuesten wissenschaftlichen Erkenntnissen auch Menschen und daher in dieser Abhandlung mitgemeint)

Stellen wir uns folgende Situation aus dem Alltag vor:

Sie kommen schwer beladen mit Einkäufen heim. Auf der Nase balancieren Sie ein Paket, das der Nachbar für Sie angenommen und Ihnen grade aufgedrängt hat. Die Haustür ist verschlossen und niemand da, der Ihnen aufmachen kann.

Ihren Haustürschlüssel haben Sie natürlich nicht greifbar und auch nur eine vage Vorstellung davon, wo an ihrem Körper er sich befinden könnte. Außerdem, selbst wenn Sie es wüssten, Sie hätten sowieso keine Hand frei, um ihn herauszuziehen und aufzuschließen.

Die Abstellerin entledigt sich ruhig und kontrolliert eines Gepäckstücks nach dem anderen, stellt diese sorgfältig und sortiert vor der Tür ab, greift zielsicher in ihre Handtasche, zieht den Schlüssel heraus, öffnet die Haustür und geht hindurch. Danach holt sie ihren Kram rein.

Die Jongleurin hingegen, von der Erkenntnis beseelt, dass der Boden Lava ist, vermeidet es, Dinge abzustellen. Sie verlagert zunächst alles auf den linken Arm, um mit der rechten Hand in ihre Manteltasche zu greifen. Wo sie außer einem benutzten Tempotaschentuch nichts findet.

Das Spiel wiederholt sich auf der anderen Seite. Allerdings findet sich hier immerhin ein halblebiges Hustenbonbon, aber auch kein Schlüssel. Mit den Zähnen zieht sie am Schulterriemen der Handtasche und öffnet den Verschluss. Es riecht nach ausgelaufenem Handdesinfektionsmittel.

Tasche, sechs Einkaufstüten und das Paket vom Nachbarn werden auf den linken Arm verlagert. Mit der rechten Hand durchsucht sie die Handtasche und zieht nacheinander ein Handy, ein Notizbuch, eine Haarbürste, einen Akkuschrauber und einen Tampon (originalverschweißt) hervor.

Ah. Da ist er ja der Schlingel. Triumphierend hält sie den Haustürschlüssel hoch. Seht! Ich habe Feuer gemacht!

Dummerweise geht durch diese kleine Geste die sorgfältig gehaltene Balance verloren und mit lautem Getöse landen Einkaufstüten, Handtascheninhalt, Paket und Jongleurin im Dreck.

Zu allem Überfluss geht in diesem Augenblick die Haustür wie von Geisterhand auf und der Lebensabschnittsgefährte (m/w/d) schaut heraus.

„Überraschung. Ich hatte früher frei und bin schon zu Hause. Freust du dich?"

Die Tagesschau berichtet über ein erschütterndes Familiendrama.

„Und was machen wir jetzt mit den Erbsen?", unterbricht Bella seufzend und angesichts der jäh ebenfalls unterbrochenen Kühlkette nicht ganz unberechtigt, meine Gedanken.

„Du könntest Tim Mälzer anrufen, seine Nummer hast du ja." Zack fliegt mir ein Beutel angetauter Hülsenfrüchte ins Gesicht. Ok, das ist ein Insider, den muss ich Ihnen erklären.

Denn immer, wenn sie auf meiner unzureichenden Merkfähigkeit herumreitet, bietet sich diese Retourkutsche an.

Bella hat nämlich mal ihre Geheimzahl für die EC-Karte vergessen. Und diese nach drei Falscheingaben dem Geldautomaten geopfert. Auf Mallorca. Zwei Stunden vorm Rückflug.

Woraufhin sie, durch dieses Ereignis traumatisiert und bargeldlos, zu zwei Erkenntnissen gelangte. Die erste lautete 7248 und war die richtige Geheimzahl. Und die andere bestand darin, diese Ziffern umgehend zu speichern. In ihrem Handy. Angereichert um ein paar Stellen und getarnt als Mobiltelefonnummer von Tim Mälzer. Der hatte nämlich, so schwor sie hoch und heilig, gerade vorher neben ihr am Gepäckaufgabeschalter 114 gestanden.

Diese kleine Eselsbrücke wäre vermutlich für immer ihr süßes Geheimnis geblieben, hätte sie nicht viele Monate später den taktischen Fehler begangen, ihr Handy entsperrt auf dem Café-Tisch liegen zu lassen, um mal schnell für kleine Königstigerinnen zu müssen.

„Ihr passt eben auf, ja?"

So was kann man natürlich mal machen, unter Vertrauten.

Ich habe Ihnen ja ab und an von Bellas Freundinnen erzählt, Sie wissen schon, dieser Haufen ebenso promiskuitiver wie trinkfreudiger Hyänen. Kaum war sie um die Ecke Richtung Klo verschwunden, schon schnappten gierige Hände zu.

Man weiß schließlich nie genug über die Menschen, mit denen man sich so umgibt. Dachten sich die Damen und sezierten Bellas Adressbuch. Na schau, wen die alles so kennt. Und da, Maike, wer ist das denn? Das ist aber keine von uns. Geht die uns etwa fremd? Achnee, guckma hier!

Langer Rede, kurzer Sinn, noch bevor Bella auf dem Klo ihren Reißverschluss wieder zu hatte, ward an den vermeintlichen Tim Mälzer bereits eine SMS äußerst schlüpfrigen Inhalts versendet. Als sie zurückkam, lag das Handy wieder an Ort und Stelle.

„Was kichert ihr denn so blöde?"

Ein paar Stunden später zu Hause. Bella stand unter der Dusche und sang was von Abba, als ihr Mobiltelefon über den Esstisch vibrierte.

„Telefon!", brüllte ich, um sowohl das Wasserrauschen als auch Waterloo zu übertönen.

„Geh du mal ran, ist sicher die Mama", brüllte es zurück. Na super. Bestimmt wieder Zoff mit Herrn Meisel.

Es war dann nicht Frau Schwiegermutter, die ihr Leid über ihren triebhaften Nachbarn klagen wollte. Sondern ein netter, mir aber unbekannter Herr, der sich für die SMS bedankte und mich bat, auszurichten, er wäre demnächst mal in der Gegend und ein Beischlaftermin sicher einzurichten.

Ich bin ja grundsätzlich ein hilfsbereiter und freundlicher Mensch und fragte daher höflich nach, mit wem ich denn das Vergnügen hätte. Nicht dass es da zu Verwechslungen käme.

„Ist wohl ne ganz Wilde, die Dame höhöhö", sagte er und stellte sich als der Robert aus Wuppertal vor.

Ich versprach, seine Anfrage umgehend an die zuständige Sachbearbeiterin weiterzuleiten und wünschte ihm noch einen schönen Abend. Wir schieden als Freunde.

„Und? Wars die Mama?"

Bella kommt restfeucht ins Zimmer und verwandelt nebenbei geschickt ein weißes Badetuch in einen Turban. Zwei Dinge verstörten mich. Genaugenommen sogar drei. Da waren zum einen Bellas unverhüllte Brüste, die, frischgeduscht und genau auf meiner Augenhöhe, der Konzentrationsfähigkeit nicht unbedingt förderlich waren.

Und dann diese Sache mit dem rolligen Reisenden Robert. Aus Wuppertal. Ein Abenteuer mit einem verbalen Grobmotoriker aus dem Bergischen Land? Na gut, dafür hatte der vermutlich andere Quali- oder Quantitäten. Aber würde sie ihm ihre Handynummer geben und dann noch ohne jede Not mich einen Anruf unklarer Genese annehmen lassen?

Fragen über Fragen.

„Das war der Robert", begann ich beiläufig und konzentrierte mich dabei auf Bellas Gesichtsausdruck. „Er würde dich gerne nächsten Dienstag mal so richtig durchvögeln. Ab 17 Uhr im Best Western an der Autobahnausfahrt, Zimmer 207."

„Er will bitte WAS?"

Teufel. Die Frau war gut.

Ihr Erstaunen wirkte absolut authentisch. Hatte sie eventuell heimlich Schauspielunterricht genommen?

„Hat er gesagt. Wortwörtlich. Ich bin nur der Überbringer der Nachricht. Kannst ihn ja zurückrufen. Falls dir 17 Uhr zu früh ist, zum Beispiel."

Unter Bellas linkem Auge zuckte ein winziger Muskel. Außerdem verrutschte der kunstvoll arrangierte Turban auf ihrem Kopf millimeterweise. Hätte dieser unaussprechliche isländische Qualm-Vulkan damals ein Handtuch umgewickelt gehabt, der Flugverkehr hätte frühzeitig gewarnt werden können, dass ein Ausbruch bevorsteht.

Wortlos hielt ich ihr das Handy hin. Ein Anruf von Tim Mälzer. Das war zugegebenermaßen ungewöhnlich. Sie drückte, immer noch bis auf den Turban, der zunehmend dem Schiefen Turm von Pisa nacheiferte, splitternackt, die Rückruftaste. Von Bildtelefonie haben Sie schon gehört, oder?

Unser Robert aus Wuppertal wunderte sich jedenfalls über den Videoanruf einer ihm vollkommen unbekannten Frau. Moment. War die etwa nackt? Meine Herren, die ließ ja wirklich nichts anbrennen. Bella bemerkte relativ schnell ihren Irrtum, vor Schreck fiel ihr das Handtuch vom Kopf. Sie bückte sich reflexartig nach dem Frottee, was dank immer noch eingeschalter Kamera Robert sehr interessante Ein- und Anblicke verschaffte.

Ich lag zu dem Zeitpunkt bereits mit einem Zwerchfellkrampf unterm Esstisch und hätte ihr pauschal jeden Seitensprung verziehen. Bella versuchte nun, zeitgleich ihre Blöße zu bedecken und die Kamerafunktion des Handys zu deaktivieren. Was für einen Oktopus eine leichte Übung wäre, gestaltete sich, angesichts ihrer überschaubaren Anzahl für diesen Zweck einsetzbarer Extremitäten, dann doch relativ schwierig.

Vor allem ihre Angewohnheit, sich nach dem Duschen einzucremen, wurde ihr nun zum Verhängnis. Ich persönlich bin ja der Meinung, die Evolution hätte dem Menschen Bürzeldrüsen spendiert, wäre es nötig, sich ständig das Gefieder nachzufetten, aber das tut hier nichts zur Sache.

Ihr entglitten sowohl Situation als auch Mobiltelefon und mir die Gesichtszüge. Sie wissen, wer den Schaden hat...

Das Handy samt irritiertem Robert schlug hart auf den Terrakottafliesen auf und trug, dem deutlich hörbaren Knackslaut zufolge, einen satten Displaysprung davon.

Heinz, unser Haus-, Hof- und Windhund, schreckte aus seinem wohlverdienten Schlaf hoch und eilte herbei. Wenn irgendetwas in Tischnähe herunterfällt, so steht es anscheinend in seiner Jobbeschreibung, hat zeitnah eine eingehende Untersuchung auf kulinarische Verwertbarkeit stattzufinden.

Die Ereignisse überschlugen sich nun. Heinz und Bella, beide angesichts der Jahreszeit ohne Winterfell, lieferten sich ein Kopf an Kopf-Rennen um das Handy, das nunmehr unter einen der Esszimmer-Stühle gerutscht war.

„Verdammter Köter, geh da weg."

„Wäff! Wäff! Wäff!"

Langer Rede, kurzer Sinn. Das Display wurde gründlich abgeschleckt und Robert aus Wuppertal hat dadurch vermutlich eine lebenslange Abneigung gegen Oralverkehr davongetragen. Woraus Sie richtig folgern, dass der Wettbewerbsteilnehmer mit der längeren Nase den Sieg errungen hat. Vorübergehend.

Ich weiß nicht, wie das bei Ihnen ist, aber in diesem Haushalt ist nichts Unübliches daran, dass eine fluchende nackte Frau und ein Hund mit einem Handy im Maul um den Esszimmertisch kreisen. Überhaupt nichts.

„Gib! Das! Her!"

„Wäff!"

„Aus! Pfui!"

„Wäff!"

„Du kommst ins Tierheim!"

„Wäff!"

„Wir kaufen eine Katze!"

Das ging jetzt unter die Gürtellinie! Heinz zögerte kurz und brachte mir dann schwanzwedelnd das Telefon.

„Braver Hund. Nein. Nicht Sie, Robert. Sie ruft wieder an. Schüß."

Ihnen geht es sicher genauso, spätestens jetzt war ich von Bellas Unschuld in dieser Angelegenheit absolut überzeugt. Ich beorderte Heinz in sein Körbchen und Bella ins Schlafzimmer. Weil da der Kleiderschrank steht, was dachten Sie denn schon wieder. Hier ist alles FSK16!

Meistens jedenfalls.

Bevor nun zwecks Entschlüsselung des Robert-Mysteriums fortgeschrittene Techniken der Smartphoneforensik zur Anwendung kommen konnten, waren einige vorbereitende Maßnahmen nötig. Mit spitzen Fingern legte ich das angeschlabberte und angeknackste Handy auf ein Stück Küchenkrepp. Nach einer aus hygienischen Gründen angezeigten Reinigung des Kommunikators machte ich mich ans Werk. Hatte Robert nicht etwas von einer SMS gesagt? Aha. Der oder die Übeltäter hatten genug kriminelle Energie aufgebracht, die verräterische Textnachricht zu löschen, aber vergessen, im Papierkorb nachzusehen.

Ich zeigte der mittlerweile wieder züchtig bekleideten Bella die wirklich nicht sonderlich subtil formulierte SMS an den vermeintlichen Fernsehkoch. Etwaige Restzweifel, dass die vielleicht doch von ihr stammen könnte, wären spätestens damit vollständig ausgeräumt, denn, unter uns, sowas kann sie besser. Deutlich besser. „Diese miesen untervögelten Schlampen! Na wartet, Euch werde ich…"

Vorbeugend möchte ich dringend davon abraten, Bella üble Streiche wie den hier beschriebenen zu spielen.

Hätte Alexandre Dumas ihre Konsequenz bei der Umsetzung perfider Rachepläne gekannt, Bella wäre statt des Grafen von Monte Christo zu einer bekannten Figur der Weltliteratur geworden.

Ich möchte hier nicht allzu viel vorwegnehmen, aber eventuell kam es dazu, dass vier nur mit Kochschürzen bekleidete Frauen mittleren Alters anlässlich des Castings für den Fotokalender eines bekannten Fernsehkochs auf Robert aus Wuppertal trafen. In Feinripp und im Zimmer 207 des Best Western.

Kommen wir nun jedoch zurück zum eigentlichen Thema. Das haben Sie schon vergessen? Es ging um meine gelegentliche, nun ja, Zerstreutheit. Die mir bereits einen beziehungsinternen Spitznamen samt hochnotpeinlicher beziehungsexterner Nachfragen bezüglich seiner Genese eintrug. Aber der Reihe nach.

Alles begann im Keller.

Dort unten befand ich mich aus einem mir heute nicht mehr erinnerlichen Grund und tat da irgendwas, was ich auch bereits vergessen habe.

Und dann rief Bella von oben „Bringst du mir bitte das Top mit den Spaghettiträgern mit rauf? Liegt auf dem Bügelbrett."

Behauptet sie jedenfalls steif und fest.

Ich war ja, wie bereits erwähnt, mit irgendwas beschäftigt, hörte daher nur mit halbem Ohr zu und stand kurz darauf mit einer Packung feinster italienischer Teigware bei ihr im Schlafzimmer. Sie trug einen trägerlosen BH und dazu einen irgendwie merkwürdigen Gesichtsausdruck. Versteh einer die Frauen.

Aufgrund dieses kleinen, harmlosen Fauxpas muss ich mich seither von ihr mit dem wenig schmeichelhaften Ehrentitel „Professor Hastig" anreden lassen. Sie wissen schon, dieser zerstreute Typ aus der Sesamstraße, der ständig den Faden verliert.

Das ist ja an und für sich nicht weiter schlimm, mit einem unverdienten akademischen Ehrentitel stehen mir politische Karrierewege bis in höchste Staatsämter offen. In diesem Fall ging die Sache für mich allerdings, im Gegensatz zu den Guttenbergs dieser Welt, rufschädigend aus.

Unsere Mitarbeiterin Lena, Kenner der Materie wissen um ihre bewegte Vergangenheit im horizontalen Gewerbe, nimmt selten ein Blatt vor den Mund. Und fragte mich dann neulich:

„Sag mal, warum nennt dich Bella manchmal Professor Hastig? Heißt das, dass du im Bett zu früh..."

„NEIN VERDAMMT!"

Und die Moral von der Geschicht?

Hör gut aufs Weib, du dummer Wicht.

Kapitel 44 – Aloha!

Ich stehe braun gebrannt und gut gelaunt am Strand von Hawaii. Wir feiern bei smaragdgrüner Pazifikwellenbrandung die Eröffnung meines Surfshops und eines der süßen Hulamädchen legt mir sanft die Hand auf die Schult...

„Hey. Bist du wach? Hörst du das auch? Da piept doch was!"

Verwirrt blinzle ich ins Halbdunkle. Verdammt. Hatte ich etwa vergessen, Bella zu der Party einzuladen? Kein Wunder, dass sie etwas ungehalten ist.

„Aloha!", murmele ich.

„DA! Schon wieder! Hörst du?"

Das Zifferblatt meiner Uhr verschwimmt vor meinen Augen.

„Es...ist halb...drei?!?"

„Da. Piept. Was."

Gut. Ok. Ich kenne meine Pflichten in diesem Haushalt. Seufzend setze ich mich auf und gehe im Kopf die Piepton-Checkliste durch.

Mein Handy? Liegt stummgeschaltet ladend auf dem Nachtschrank.

Rauchmelder Schlafzimmer? Blinkt schläfrig an der Decke vor sich hin.

Ich schlurfe durchs Haus und arbeite routiniert Punkt für Punkt ab.

1. Mobilteil des Festnetztelefons? Check.

2. Mobilteil? Check.

Rauchmelder Flur? Check.

Rauchmelder Gästezimmer? Check.

Waschmaschine? Check.

Und so weiter. Nein. Alles ok. Da piept nix. Zurück ins Bett.

„PIEP."

Wie ein Tiger schleiche ich auf leisen Sohlen lauschend durch die Dunkelheit. Wie ein sehr müder Tiger. Wo kommt dieser gottverdammte Piepton her, der mich hier festhält? Meine Gäste am Strand von Waikīkī wundern sich bestimmt schon, wo ich bin. Das ist doch geschäftsschädigend.

Im Badezimmer war ich noch nicht. Ein verpennter Zausel und ich gucken skeptisch die elektrische Zahnbürste an. Ich von vorn, er von hinten aus dem Spiegel. Kann die eventuell piepen? Wir schütteln unisono den Kopf. Oder vielleicht Bellas Spielzeugentchen auf dem Wannenrand? Sie erinnern sich doch an den vibrierenden FSK18-Gummierpel[1], oder? Na egal. Der ist jedenfalls unschuldig. Zumindest in dieser Hinsicht. Ansonsten hat er es faustdick hinter Flossen. Ich lasse meinen Blick schweifen. Alles absolut unverdächtig. Ob ich doch wieder ins Bett?

„PIEP."

Ich stehe im stockdunklen Flur. Angeblich hört man ja besser, wenn man nix sieht. Außerdem hat Bella das Licht ausgemacht, während ich im Badezimmer war. Meine prähistorischen Jägerinstinkte erwachen. Sehr langsam. Wenn die Frequenz konstant ist, müsste es eigentlich jede…

„PIEP."

Das könnte von überallher kommen. Ich beschließe, die Sache systematisch anzugehen und bewege mich ein paar Schritte Richtung Südflügel. Aua. Die Zarge der Küchentür und mein linker kleiner Zeh streiten, wer härter ist. Der kleine Zeh verliert nach Punkten.

„PIEP."

Leiser. Oder?

Ich verharre bewegungslos und zähle Sekunden. Ziemlich langweilig. Vor allem, wenn man stattdessen mit den Zehen im hawaiianischen Sand spielen könnte. Wo zudem keine hyperaggressiven Küchentüren herumliegen. Sondern bestenfalls ein paar Bikini-Schönheiten.

„PIEP."

Hab' ich dich.

Der piezoelektrisch erzeugte Misston kam definitiv aus dem Schrankzimmer.

---

[1] Siehe Band 2, Kapitel 21 („Feuer frei!")

Ja. Wir haben ein Schrank- oder von mir aus auch Ankleidezimmer. Ein Erbstück unserer Vorgängerin. Sie erinnern sich doch an Madame Sofie, die ebenso geschäftstüchtige wie elegante Dame von Halbwelt?

Madame besaß (oder vielmehr besitzt, sie erfreut sich bester Gesundheit) mehr und vermutlich hochwertigere Garderobe als eine durchschnittliche philippinische Diktatorengattin. Mit dem Unterschied, dass sie das alles nicht irgendwelchen wehrlosen Untertanen abgepresst hat, sondern triebhaften Besserverdienern verdankt.

So kamen wir also zu einem Ankleidezimmer allererster Kajüte. Mit vorteilhafter indirekter Beleuchtung, flauschigem Teppich, vielen, vielen verspiegelten Schranktüren und mehr Stauraum als in einem handelsüblichen 100-Meter-Binnenschiff.

„PIEP."

Das kam aus dem Schrank. Nanu?

Was zum Henker könnte im Schrank wohnen und piepen? Und das nachts um drei? Ich öffne eine der etwa 200 deckenhohen Schranktüren und horche hinein. Schweigen und Zedernholzgeruch schlagen mir entgegen. Eine Kombination, die geschwätzige Kleidermotten in den Wahn treibt.

„PIEP."

Ratlos stehe ich vor dem Monsterschrank. Wie sollte ich zig Kubikmeter Klamotten vor dem Morgengrauen durchsucht bekommen, um den nervigen akustischen Übeltäter aufzuspüren?

„PIEP."

Ein Geistesblitz erhellt meine müden Synapsen. Ich öffne alle Schranktüren und lösche das Licht.

Denn, das weiß der Fachmann aus langjähriger, leidvoller Erfahrung, was piept, das blinkt meistens auch.

Ich warte gespannt im Finstern.

„PIEP."

Da! Ein zartes rotes Leuchten. Doch weder zwischen den Wintermänteln noch bei den Pullovern funzelt es.

Ich brauche eine Trittleiter!

Man muss nun wissen, dass der Kleiderschrank aussieht, als wäre er von kundiger Meisterhand individuell für dieses Zimmer gefertigt worden. Da aber Madame Sofie Stacheldraht in der Hosen- oder vielmehr Handtasche hat und jeden sauer verdienten Pfennig dreimal umdreht, trügt dieser Schein.

Sie hatte wochenlang recherchiert, dicke Kataloge gesichtet, Möbelhauspersonal in den Wahn getrieben und war schließlich bei einem Hersteller fündig geworden, der ein Schrankmodell von der Stange und mit exakt den benötigten Maßen für dieses Zimmer liefern konnte.

Fast exakt.

Denn weder links noch rechts passte ein Blatt Papier zwischen Schrank und Wände. Auch die Tiefe war optimal gewählt. Nur ganz oben, unter der Zimmerdecke, da verblieb ein Zwischenraum von knapp zwei Zentimetern. Unser kleines Wollmausrefugium, wie Bella es scherzhaft getauft hat.

Und aus der Tiefe des dunklen Spaltes, den Sofies Geiz uns hinterließ, drang es. Ein fahles, rotes Leuchten. Irgendetwas haust dort oben, von dessen stromverbrauchender Existenz wir bisher nichts geahnt hatten. Und das nun, mit letzter, versiegender Kraft, um Hilfe fleht.

„PIEP."

Nun habe ich nicht gerade Bergarbeiterpratzen, aber weiter als bis zum Handgelenk passen meine Flossen beim besten Willen nicht in den schmalen Raum zwischen Zimmerdecke und Schrank. Unerreichbar blinkt es mir aus der Finsternis entgegen.

„PIEP."

Ich hole eine Taschenlampe.

Ich überlege. Die nächste geeignete Handleuchte befindet sich in meinem Nachtschrank. Ich steige die Trittleiter wieder herunter und schlurfe mürrisch ins Schlafzimmer. Der Anblick, der mich dort erwartet, entschädigt dann allerdings für einiges nächtliches Ungemach.

„PIEP."

Achtung. Sicherheitshinweis.

73

Die nachfolgenden Zeilen enthalten grafische Schilderungen mindestens eines, wenn auch sehr ansehnlichen, aber doch unbekleideten weiblichen Hinterteils und sind nicht für alle Altersgruppen geeignet.

Schicken Sie Opi lieber ins Bett.

„PIEP."

Bella nämlich liegt bäuchlings und ausgesprochen malerisch einmal quer über unsere gemeinsame Bettstatt.

Auch diese ein Erbstück von Madame Sofie und flächenmäßig geeignet für eine Orgie unter Beteiligung der örtlichen Fußballmannschaft inklusive Gattinnen und Ersatzspielern.

Uns wurde glaubhaft versichert, dass derlei theoretisch mögliche Unzüchtigkeiten niemals stattgefunden haben und die historische Höchstbelegung bei höchstens vier Leuten lag. Vielleicht fünf, Sofie war sich da nicht so ganz sicher.

„Ich hatte einen kleinen Schwips, wisst ihr?"

Auf jeden Fall sind die Bettlaken eine Spezialanfertigung, die es nur bei Bordellbedarf Brodersen zu kaufen gibt. Verraten Sie uns nicht, aber wir setzen sie als Betriebsausgabe ab.

Bellas Arme umklammern mein zusammengeknülltes Kissen, das sie sich unter den Kopf gestopft hat.

Gäbe es eine Besucherritze, so befände sich ihre linke Pobacke in ihrer Betthälfte und die rechte auf meinem Territorium. Das kann ich präzise beurteilen, weil sich das Schlabberschlafshirt vorwitzig hochgeschoben hat. Versonnen blicke ich eine Weile auf Bellas Hintern.

„PIEP."

Seufz. Erst die Arbeit und dann das Vergnügen. Ich decke Bella vorsichtig zu, sie soll sich ja nichts wegholen, während sie den Schlaf der Gerechten schläft. Dem anscheinend nichts mehr entgegensteht, seit sie die Jagd auf das Geisterpiepen erfolgreich an mich delegiert hat.

Mit der Taschenlampe unterm Arm will ich gerade das Schlafzimmer verlassen, als mir eine Idee kommt. Der Schalk in meinem Nacken hat wohl Nachtdienst.

Ich klappe langsam die Bettdecke noch mal ein Stückchen hoch und greife dann kurz in die Nachttischschublade.

„PIEP."

Ja, ja. Gleich. Mit einem zufriedenen Grinsen auf dem Gesicht steige ich die Trittleiter hoch und bringe Licht ins Dunkle. Aha. Hatte ich mir schon gedacht. Irgendein Genie hatte bei der Montage des Kleiderschranks den Rauchmelder an der Decke übersehen. Dessen Batterie nun am Ende war.

„PIEP."

Blöd nur, dass an dieses Ding kein Herankommen ist. Einfach weiterpiepen lassen, bis sich irgendwann das letzte Elektron vom Minus- zum Pluspol gequält hat, ist keine Option. Im Gegensatz zu Bellas ist es um meinen Schlaf geschehen und an die Rückkehr nach Waikīkī nicht zu denken.

„PIEP."

Genervt steige ich die Trittleiter wieder hinunter. Selbst mein Rumpeln und Poltern in der Putzkammer oder meine beherzten Schläge mit einem Besenstiel gegen das piepsende Drecksteil können Bella nicht aus Morpheus Armen vertreiben. Sie ratzt wie ein satter Säugling. Ich reiße dem rüde aus seiner Halterung beförderten Rauchmelder sein alkalines Herz heraus.

Ah. Diese Ruhe.

Ich blicke auf die Uhr. Noch zwei Stunden bis zum Aufstehen. Ich bugsiere Bella, die mich dafür im Schlaf anknurrt, ein Stück beiseite und suche mir ein freies Plätzchen. Ich schlafe augenblicklich ein, nur um gefühlt Sekunden später ein Kissen an den Kopf geworfen zu bekommen.

Bella steht, die Hände auf die Hüften gestützt, vor dem Bett.

„Warst du das?"

Sie dreht sich um und zieht ihr Hemd hoch.

Von Bellas rechter Pobacke guckt mich interessiert, wenn auch leicht grenzdebil, ein Augenpaar an.

Sie kennen doch diese Wackelaugen, die man überall draufkleben kann? Mit ein bisschen Glück halten die auch auf nackter Haut.

Hab' ich gehört.

Kapitel 45 – Röstfried Langschlitz

„Na? Was gibts denn heute Schönes?"
Bella kickt ihre Schuhe in die Garderobenecke und schnüffelt theatralisch in die Luft, „Nein. Sag nichts. Lass mich raten. Angesengtes Mikrofasertuch an karamellisiertem Ceranfeld? Und als Hauptgericht die Sieben vom Asia-Express. Zweimal."
Ich suche fieberhaft nach einer schlagfertigen Antwort, während ich mit einem dieser kleinen Metallkratzer versuche, den Herd von verräterischen Kunststoffresten zu befreien. Ein mittelmäßig liebevoller Klaps auf den Hintern erinnert mich daran, wer in diesem Haus das Sagen hat.
Gut, es war mein Fehler gewesen, den blöden Hadern[1] auf dem Kochfeld liegen zu lassen, in den Keller zu steigen, nichts ahnend die Sicherungen für die Küche wieder reinzudrücken und nicht nachzuprüfen, ob der Herd eingeschaltet war.
Allerdings ist das nicht die ganze Geschichte.
Ich bin nämlich ziemlich sicher, dass der verkohlte Toaster in der Mülltonne draußen, der sich nur durch ein heraushängendes Kabel verraten hat und mir ansonsten vermutlich gar nicht aufgefallen wäre, mit den herausgeflogenen Sicherungen in einem Kausalzusammenhang steht.
Bella ahnt noch nichts davon, dass ich ihrem finsteren Röstgeheimnis auf die Schliche gekommen bin und frotzelt fröhlich weiter.
„Einmal mit 5 Chili-Sternchen für echte Kerle und einmal Weichei-Spezial mit ohne Scharf für dich?"
„Wie immer", entgegne ich brummelnd.
Der Asia-Express kennzeichnet freundlicherweise seine scharfen Gerichte durch eine entsprechende Anzahl Chili-Symbole auf der Speisekarte. Meine Anregung, stattdessen kleine Totenköpfe zu verwenden, stieß auf wenig Gegenliebe.
In der Regel meide ich alles ab einer Chili aufwärts.

---

[1] Altsüdmitellhochdeutsch für „Putzlumpen"

Bella hingegen wurde, so meine Theorie, nicht nur mit einem bezaubernden Lächeln geboren, sondern auch ohne Rezeptoren für Capsaicin. Sie wissen schon, dieses Teufelszeug, das Serienmodellen wie mir vorgaukelt, dass gerade ein Brandanschlag auf ihre Geschmacksknospen verübt wird.

Der Besitzer des Asia-Express versichert glaubhaft, dass er außer Bella niemanden kennt, der seine Gerichte in der Variante „Hot" essen kann. Oder vielmehr hinterher noch in der Lage ist, davon zu erzählen.

„Hot" ist genauso ein Euphemismus wie „Mild" für drei Chilis. Oder „Spicy" für vier.

Auf Bali gäbe es ein Mönchskloster, dessen Bewohner statt mit Muttermilch mit Tabasco gesäugt würden und Jahr um Jahr den Verzehr immer schärferer Speisen trainierten. Deren Hohepriester sei angeblich in der Lage, einen Löffel Nr. 7 „Hot" ohne Kreislaufzusammenbruch zu schlucken.

Bella besteht darauf, die leergefressenen Einwegverpackungen mit dem CO_2-Fußabdruck eines Yetis heute höchstselbst rauszubringen. Spätestens jetzt bin ich sicher, dass sie etwas zu verbergen hat. Na warte, Schätzchen.

Ich beobachte, wie ich mir unwillkürlich die Hände reibe.

Nun ist es nicht so, dass uns die gelegentliche Anschaffung eines Toasters finanziell vollständig aus der Bahn werfen würde. Was die Angelegenheit pikant macht, ist, dass in diesem Jahr schon vier dieser nützlichen Haushaltskleingeräte von Bellas zarter Hand gemeuchelt wurden.

Zumindest ist dies die offizielle Zahl. Eventuell, so schwant mir plötzlich, haben noch weitere Exemplare hinter meinem Rücken den Weg in die Mülltonne gefunden? Und vielleicht ist es ja gar kein Zufall, dass Rowenta im örtlichen Gewerbegebiet ein neues Warenverteilzentrum plant?

Man muss dazu wissen, dass Bella die Angewohnheit hat, auch Brotsorten zu rösten, die dafür vom lieben Gott und seinen mehlbestäubten Erfüllungsgehilfen in der Backstube nicht vorgesehen waren. Weder was deren Rezeptur noch die verwendeten Zutaten noch ihre Ausmaße betraf.

Hinter diesem Bräunungsdrang steckt Bellas ausgeprägte Vorliebe für alles Knusprige, die sie neben ihrer bereits beschriebenen Leidenschaft für Scharfes intensiv kultiviert.

Ich rechne deswegen quasi stündlich damit, dass sie mich gegen zwei 25-jährige eintauscht.

Schon damals, nach unserem ersten gemeinsamen Abend, hätte ich stutzig werden müssen. Als sie nachts um zwei splitterfasernackt in meiner Küche stand und den Toaster ausgiebig begutachtete.

„800 Watt Langschlitz mit Defrost-Funktion, Carbonwendel, Röstzoneninnenbeleuchtung und stufenloser Bräunungsgradvorwahl", murmelte Bella, als sie wieder zu mir ins Bett stieg, „damit kann ich arbeiten", bevor sie mich, zufrieden seufzend, ebenso unsittlich wie angenehm berührte.

Leider überlebte das stylishe Hightech-Röstgerät unser erstes gemeinsames Frühstück nicht. Gutgelaunt stand ich, leise eine fröhliche Weise pfeifend, vor dem Spiegel im Bad und dann plötzlich im Dunkeln. Halbseitig rasierbeschäumt tastete ich mich zur Tür. Was roch denn hier so komisch?

„Zefix Halleluja leggme doch am Arsch Scheißglombverreggts!"

Aus der Küche drangen Rauchwolken und fremdsprachliche Flüche. Bella stand mit einer Würstchenzange in der Hand vor dem Toaster, dessen Innenleben ihrem Versuch einer ambulanten Knustresektion nicht standgehalten hatte.

Die verliebtheitsbedingte Überdosis Glückshormone in meiner Blutbahn ließ bei mir kein Mitleid mit dem gemeuchelten Elektrokleingerät aufkommen. Sah sie nicht absolut hinreißend aus, so barfuß in meiner Küche und meinem Bademantel mit dem Logo einer weltweiten tätigen Hotelkette?

Nein, der war natürlich nicht geklaut. Würde ich Ihnen sonst so freimütig von seiner Existenz berichten?

Ich verdanke dieses flauschige Luxustextil vielmehr einer falsch codierten Zimmerkarte und dem unerwarteten Auftauchen einer nur mit einem Bauchnabelpiercing bekleideten Dame.

Aber das ist eine ganz andere Geschichte, die Sie sicherlich nicht weiter interessieren wird. Wir wollen hier ja schließlich keine neuen Sitten einführen und plötzlich vom Haupthandlungsstrang abschweifen. Wo gibts denn so was.

Äh. Wo war ich? Ach ja. Die Sache mit dem Toaster.

Toaster Nr. 1 hatte mithin gleich zu Beginn unserer Beziehung das Zeitliche gesegnet. Bella bestand, peinlich berührt ob dieser frühzeitigen Aufdeckung einer ihrer dunkleren Seiten, darauf, noch am selben Tage mit mir den örtlichen Elektronikmarkt auf- oder besser heimzusuchen.

Eigentlich hätten bei mir alle Alarmglöckchen klingeln müssen, als ich mitbekam, wie zielstrebig sie in dem fußballfeldgroßen Paradies für kurzlebigen Multimedia-Schnickschnack den Gang mit den Toastern ansteuerte.

Und dann waren da noch diese beiden rotbepolohemdeten Jünglinge. Die gehörten, ausweislich des überdimensionierten Logos auf ihrer Kluft, zum hiesigen Stammpersonal und steckten, als Bella an ihnen vorbeirauschte, tuschelnd die Köpfe zusammen.

Zu meiner Entlastung kann ich nur vorbringen, dass ich in zweifacher Hinsicht abgelenkt war.

Zum einen (ich erwähnte bereits meinen Hormonstatus) durch das aufreizend vor mir herwackelnde, hochattraktive weibliche Hinterteil und zum anderen durch eine Wand von 1000 flackernden Flachbildschirmen, die auch Menschen ohne Neigung zur Epilepsie die Hirnwindungen verknoteten.

Diese wurden einheitlich mit dem Programm eines Musiksenders versorgt. Auch ohne die zugehörige Beschallung war mir klar, dass ich nicht zu seiner Zielgruppe gehörte. Freunde arrhythmischen Sprechgesangs klunkerbehängter Gettokids würden allerdings voll auf ihre Kosten kommen.

Bella stand vor dem Regal mit der Highend-Brotrösthardware und verschaffte sich einen Überblick über das Sortiment, bevor sie fachfraulich zur Tat schritt und Fachchinesisch vor sich hinmurmelnd kritisch die auf den Kartons aufgedruckten technischen Leistungsparameter verglich.

Dieser hier, von dem hätte sie das Vormodell gehabt. Hervorragende Röstleistung im unteren Drehzahlbereich und gefälliges Design. Leider vom Preis-/Leistungsverhältnis unattraktiv. Der silberne dort oben hingegen, wenn der nicht diese anfällige Krümelschubladenmechanik hätte...

Ich habe, was die Vorzüge von Küchengeräten angeht, die Aufmerksamkeitsspanne einer Fruchtfliege mit ADHS, aber auch die zwei Hilfsverkäufer, die uns eben noch fasziniert zugeschaut hatten, wirkten plötzlich abgelenkt. Was mochte wohl... Ich folgte den Blicken der beiden. Oh. Oho.

„Guck da nicht so hin, Otto, das ist ja peinlich!", fauchte drüben bei den Spielekonsolen eine ältere Dame ihren Gatten an, während sie gleichzeitig versuchte, ihrem Enkel die Augen zuzuhalten.

Otto blickte derweil unverwandt und mit heruntergefallener Kinnlade auf die Videowand.

Auf selbiger waren nämlich, statt der lautlos rappenden Kappenträger, plötzlich ebenfalls lautlos und dazu in nicht jugendfreier Weise agierende Schauspieler zu bewundern. Schien eine Low-Budget-Produktion zu sein, für Kleidung der Protagonisten hatte es jedenfalls nicht gereicht.

Nicht nur Otto betrachtete fasziniert das muntere Treiben der großformatigen Nackedeis. Auch die beiden Rothemden sowie so ziemlich jeder andere im Laden hatte den Kopf in Richtung TV-Abteilung gedreht.

Und Bella hatte plötzlich so einen merkwürdig lüsternen Blick. Allerdings waren ihr die überdimensionierten Genitalien auf den Bildschirmen vollkommen schnuppe. Hatte sie doch auf einer Aktionsfläche eine Palette originalverpackter Designertoaster erspäht.

„Den nehmen wir!", frohlockte sie, während sich eine 75-Zoll-Flachbildbrustwarze in meine Netzhaut brannte.

Die Bildschirme wurden schwarz. Ein leises Raunen ging durch die Menge, näherte sich die nicht vorhandene Handlung doch gerade ihrem Höhepunkt.

Irgendjemand Verantwortliches hatte dem Treiben Einhalt geboten und den Stecker gezogen.

„In schwarz oder lieber silber?"

„Ich...äh..."

„Gebürstetes Alu gäbs auch noch. Sollen wir den nehmen?"

Ich nickte irritiert. Federnden Schrittes trug sie ihre Beute Richtung Kasse. Sollte das Ganze wirklich komplett an ihr vorbeigegangen sein?

Die Bergedorfer Gangsterrapper waren zurück und bevölkerten wieder die Videowand.

Wie ich einige Tage später erfahren sollte, würde man im Elektronikmarkt so schnell keine technikaffinen Schülerpraktikanten mehr beschäftigen. Bestenfalls welche von der Klosterschule. Obwohl die Großbildfernseher-Verkaufszahlen an dem Tag deutlich über Durchschnitt lagen.

Auch unser örtliches Wochen- und Käseblatt berichtete in aller Ausführlichkeit von den überdimensionalen Obszönitäten. Es ist natürlich reiner Zufall, dass der Chefredakteur ein alter Bekannter von mir ist. Ziehen Sie bitte keine voreiligen Schlüsse.

Auf der Heimfahrt saß ich am Steuer, Bella auf dem Beifahrer- und unser neuer Toaster auf dem Rücksitz.

Wir hatten ihn Röstfried Langschlitz getauft.

„Was ich mich frage, ist", begann Bella unvermittelt, „ob Beschnittene wirklich länger können."

Ich wäre beinahe an einem Hustenbonbon erstickt.

Röstfried hielt dann nur unwesentlich länger durch als ein hauptberuflicher Pornodarsteller auf Viagra. Bellas Versuch, auf seinem heißen Schlitz ein Körnerbrötchen der Spezies „Vital-Knüstchen" aufzubacken, hatte seiner ausgeklügelten Hightech-Auswurfmechanik den Rest gegeben.

Schmollend und schmurgelnd hatte er das halbe Pfund Vogelfutter, das sich während des Aufknusperungsvorgangs von besagtem Gebäckstück gelöst hatte, in eine Art zähe schwarze Schlacke verwandelt, die seine Eingeweide verklebte und sein vorzeitiges Ende besiegelte.

Unsere Liebe war jung und Bella sichtlich betreten. Noch war nicht jene Routine eingetreten, mit der ich heutzutage seufzend verschmorte Haushaltskleingeräte zurück in den Elektronikmarkt trage, vorbei an den mitleidigen Blicken des bärbeißigen Securitymannes am Eingang.

Ich zeige dann der jungen Frau am Serviceschalter die Quittung und den exekutierten Toaster und daraufhin lachen wir beide und ich kaufe einen neuen. Immerhin sind die so nett und entsorgen das malträtierte Altgerät kostenfrei und fachgerecht.

Falls Sie jetzt meinen, tja, da müsse man wohl in ein robustes Profi-Gerät aus dem Fachhandel für Gastronomiebedarf investieren, dann lassen Sie mich Ihnen folgenden Insiderinfo geben:

Gute Hotels führen Karteikarten mit den Vorlieben ihrer Stammgäste. Und mit deren Untugenden.

Woher ich das weiß und was das mit Bella und den Toastern zu tun hat?

Das kam so:

Auf unseren Besuchsfahrten zu Schwiegermama übernachten Bella und ich regelmäßig in einem verkehrsgünstig, aber dennoch wildromantisch in einem handelsüblichen Mittelgebirge gelegenen Schlosshotel.

Meistens einmal auf der Hinfahrt, um Kraft zu sammeln, und einmal auf der Rückfahrt, als Reha-Maßnahme. Besagtes Hotel, dessen Namen ich unter Androhung rechtlicher Schritte hier nicht nennen darf, verfügt über eine ansehnliche Sammlung verschiedenartiger Sterne auf Bronzetafeln.

Und es notiert, und hier unterscheidet sich der Grandhotelier vom Frühstückspensionisten, was über regelmäßige Besucher zu wissen ist.

Über Bella zum Beispiel:

„ACHTUNG. NACHRICHT AN FRÜHSTÜCKSBUFFET BEI ANREISE! ALLE TOASTER WEGRÄUMEN!"

Dass wir in diesem noblen Etablissemang noch kein Hausverbot haben, ist vermutlich einzig darauf zurückzuführen, dass ich bei jedem Besuch die Hotelbesitzerin mit galanten Komplimenten überhäufe.

Die ist nämlich gleichzeitig Chefin der hauseigenen und weitgerühmten Patisserie.

Meine Vorratskäufe an Trüffeln, Petit Fours, edlen Pralinen und Baumkuchen im Volumen des Bruttosozialproduktes von Malta erkaufen mir ihr Wohlwollen und lassen sie über die kleine Feuersbrunst, die zu einer Teilrenovierung des Frühstücksraums geführt hatte, gnädig hinwegsehen.

Bella wurde nach diesem bedauerlichen Zwischenfall von ihrer absolut humorlosen Privathaftpflichtversicherung rausgeworfen. Und dass wir noch eine Feuerversicherung haben, verdanke ich auch nur meinem guten Draht zu Konrad, unserem langjährigen Versicherungsmakler.

„Wenns bei Euch mal brennt", hatte er gesagt, „und im Umkreis von einem Kilometer um Eure Hütte findet sich ein verkohlter Toaster, dann geh ich persönlich zur Schadenabteilung und sorg dafür, dass ihr keinen müden Penny seht. Nix. Nada. Nullinger. Hamwaunsdaverstanden?"

Band 5 („La Bella famiglia")

Kapitel 46 – Honey do!

Was Bella sagt:

„Es müsste mal jemand XY erledigen."

Was Bella meint:

„Los, beweg deinen Hintern und erledige XY sofort. Hopp!"
Wobei XY für irgendeine lästige Tätigkeit im Haushalt steht. Glühbirne im Vorratskeller austauschen zum Beispiel, weils da finster wie im Bärenarsch ist.

Was mein Gehirn daraus macht:

„Oh. Sie sagt was. Moment. Es kommt ‚jemand' und ‚irgendwann' darin vor. Betrifft uns also bestenfalls peripher. Hörnerv abschalten zwecks Energieeinsparung. Wenden wir uns stattdessen wieder diesem hochinteressanten Etikett auf dem Honigglas zu."
Natürlich ist mir bewusst, dass da ein neues Leuchtmittel reingeschraubt werden muss. Für etwa drei Sekunden, wenn ich unten im Dunkeln stehe und das Glas mit den eingemachten Stachelbeeren nicht finde. Dann fällt mir ein, dass mein Handy ja eine eingebaute Taschenlampe hat.

Leidensdruck, das müssen Sie wissen, ist vergänglich wie Schnee auf einer warmen Motorhaube. Es handelt sich hierbei um eine wichtige Schutzfunktion, die die Evolution in ihrer unermesslichen Gnade dem männlichen Gehirn spendiert hat, um es vor Überlastung zu bewahren.

Und es überlastet leicht. Jeder, der schon mal mit einem zu tun hatte, wird mir da uneingeschränkt beipflichten. Die ausgleichende Gerechtigkeit, dieses verschlagene Biest, hat dafür das weibliche Gehirn mit etwas ausgestattet, das man im Angelsächsischen als „Honey-do-List" bezeichnet.

Die Honey-do-List (die „Schatz-du-musst-noch-Liste") ist ein nie versiegendes Füllhorn an Aufgaben, die unbedingt zu erledigen sind. Von mir in diesem Fall.

Es gibt in der Literatur keinen belegten Fall, in dem es einem Mann gelungen wäre, das Ende der Honey-do-List zu erreichen. Im Gegenteil, es verhält sich nach meiner Erfahrung dabei wie mit der Hydra. Sie wissen schon, dieses Viech aus der griechischen Mythologie, dem stets zwei neue Köpfe nachwachsen, wenn man einen abgeschlagen hat. Fragen Sie mal den ollen Herkules, was das für eine Landplage war. Und der war immerhin ein Halbgott. Sind Sie zufällig ein Halbgott? Nein? Dann habe ich schlechte Nachrichten für Sie. Ganz schlechte. Hydra wird Sie nämlich überleben. Ich gehe jede Wette ein, an meinem Grabstein wird dereinst ein gelber Post-it-Zettel kleben. Mit Aufschrift „Regenrinnen sauber machen!"

Missmutig steige ich hinab in die finstere Gruft, Erleuchtung zu bringen den Essiggurken, den Dosenwürstchen und den Kartoffeln, die hoffnungsvoll zarte Keime in Richtung des blassen Lichtes recken, das gelegentlich vom Kellerflur her unter der schweren Türe hindurchdringt.

Ich weihe Sie nun in ein Geheimnis ein. Ich besitze nämlich noch ein paar 60-Watt-Glühbirnen, die, wie Sie wissen, mittlerweile verboten sind. Und da ich nicht die polnische Regierung bin und auf EU-Richtlinien pfeifen kann, bewege ich mich damit rechtlich auf sehr dünnem Eis.

Theoretisch gibt es Ersatzprodukte. Energiesparlampen. LED-Birnen. Glühwürmchen aus artgerechter Haltung. Aber mit all dem verhält es sich wie mit blauer Ersatzflüssigkeit in der Fernsehwerbung. Das ist nur bedingt in die Praxis übertragbar. Nicht mal Gräfinnen menstruieren blau.

Schraubt man nämlich eines dieser neumodischen Leuchtmittel in den genormten E27-Lampensockel der altbewährten Kellerlampe, die schon in Zeiten alliierter Luftschläge zuverlässig ihren Dienst tat, so stößt man auf ein Kompatibilitätsproblem.

Das Wort gab es damals noch nicht mal.

Doch, doch, es leuchtet. Durchaus. Und je nach gewählter Stärke der LEDs derartig hell, dass es bleibende Netzhautschäden verursacht, wenn man so leichtsinnig ist, direkt in die Lichtquelle zu sehen. Im Keller werden plötzlich Ecken taghell erleuchtet, die seit Äonen im Dunkeln lagen. Dort wären sie möglicherweise auch besser liegengeblieben, aber das ist ein anderer Punkt auf der Honey-do-List (s. o.)

Schließt man nun den Glasdeckel der Kellerlampe und verschraubt ihn VDE-gerecht, so trifft ein ungesundes Knirschen den überraschten Gehörgang. Krrrrrkksszzz.

Das hochmoderne, energiesparende und klimaschonende Leuchtmittel hat nämlich nur so in etwa die vertraute Form einer Glühbirne. Ein paar Millimeter dicker ist es, wem fällt das schon auf. Oder ein paar Millimeter länger.

Die DIN-Kellerlampe verzeiht derartige Schlamperei nicht.

Was nicht exakt die Ausmaße einer Glühbirne aufweist, wie sie weiland schon der alte Edison handgewendelt hat, das passt nicht. Tut uns leid, aber da sind keine Toleranzen vorgesehen, spricht aus dem Grab der Chef-Lampenkonstrukteur von Siemens&Halske.

Was uns zu der Fragestellung bringt, die schon Generation von Elektrotechnikern, Informatikern und interessierten Endanwendern umtreibt:

Liegt hier nun ein Aufwärts- oder ein Abwärtskompatibilitätsproblem vor?

Die Freunde des glühdrahtlosen Leuchtmittels verweisen hier auf die Einhaltung der Normen für den Schraubsockel. Man sei doch wohl so was von abwärtskompatibel, schließlich könnte man das Ding überall reinschrauben, Strom an und Tadaaaa: Es ward Licht. Und fertig sind die damit.

Pustekuchen, würde ich als Lampenhersteller da sagen, du darfst hier alles reinschrauben, was die Form einer Glühlampe hat und ich versorg es dir mit Strom. Ob es dann leuchtet, Heavy metal spielt oder Pheromone zur Willigmachung heißer Hasen verdampft, ist mir herzlich wumpe.

Und inmitten dieser sicherlich interessanten akademischen Diskussion stehe ich. Im Dunkeln. Und schraube das LED-Gelumpe wieder raus und die semilegal vorrätig gehaltene Osrambirne rein.

Für die paar Minuten, die das Ding durchschnittlich pro Tag brennt, muss kein AKW länger am Netz bleiben.

Mein Gewissen ist rein, der Keller hell und wenn Sie dichthalten, haben wir gemeinsam diesen Punkt von der Honey-do-Liste abgehakt. Ich plaudere auch nicht aus, dass Sie sich rasch noch einen neuen 1000-Watt-Staubsauger auf Lager gelegt haben, bevor die Dinger verboten wurden.

Und nun verrate ich Ihnen noch einen absoluten Geheimtipp. Wir sind schließlich unter uns hier. Sitzen Sie bequem? Hier kommt er: Erschüttern Sie das Fundament Ihrer Beziehung, indem Sie ein Honey-do-Projekt erledigen. Freiwillig. Unerwartet. Ohne viel Aufhebens. Doch. Das geht.

Ich sehe, Sie glauben mir nicht. Klingt unglaubwürdig. Ich nehme Ihnen das nicht übel, wir werden von klein auf Misstrauen konditioniert. Das beginnt schon ganz früh; ich persönlich erinnere mich zum Beispiel an ein Kindershampoo mit dem prosaischen Namen „Ohne Tränen".

Einige Millionen nicht eingehaltene Werbeversprechen später, gereift und mehr oder weniger in Ehren ergraut, kann ich Ihnen versichern, dass mein Ratschlag seriös, praxiserprobt und darüber hinaus noch vollkommen kostenlos ist.

Aber zurück zum Thema, hier geht es schließlich nicht um meine persönliche Glaubwürdigkeit, sondern um Ihren Haussegen. Lassen Sie mich Ihnen das Konzept anhand eines Praxisbeispiels erläutern. Ein rein fiktives Praxisbeispiel. Komplett erfunden. Erstunken und so was von erlogen.

Für unseren Versuchsaufbau benötigen wir zunächst ein klassisches Hollandfahrrad. Haben Sie es vor Augen? Exakt. Einer dieser Drahtesel, aus dessen Stahl man bequem auch ein bis zwei Schlachtschiffe der Bismarck-Klasse hätte anfertigen können.

Es wohnt in Ihrer Garage. Und nervt.

Es nervt Sie. Allerdings nervt es die mit Ihnen in häuslicher Gemeinschaft lebende Person noch deutlich mehr. Möglicherweise weil es auf der Seite der Garage steht, die dem kugeligen Kleinwagen besagter Person zusteht. Und das Aussteigen erschwert. Aber nur auf der Fahrerseite.

Das ist alles nur Spekulation. Müßig. Sie haben jedenfalls den Fehler gemacht, zu versprechen, sich um die Entsorgung dieser pedalisierten Hinterlassenschaft der Vorbesitzerin Ihrer Immobilie zu kümmern.

Und werden nun jeden Abend, den der liebe Gott werden lässt, daran erinnert.

„Wie war dein Tag, Schatz?" wird ersetzt durch „Das Scheißtrumm steht da immer noch, du wolltest doch..."

Die Fortsetzung des Satzes erfolgt meist nonverbal in Form vorwurfsvollen Augenrollens.

Danach geht man zur Tagesordnung über und vergisst die Angelegenheit. Für 24 Stunden.

Nehmen wir nun an, Ihnen wäre beim Herumwerkeln in besagter Garage und während der Abwesenheit von Weib und Kugelporsche das Fahrrad aufgrund einer kleinen Unaufmerksamkeit volle Möhre gegens Schienbein gefallen. Eventuell haben Sie anlassgerecht sogar gotteslästerlich geflucht.

Mit dem unzeitgemäßen Ungetüm haben Sie, vermutlich aufgrund einer schmerzbedingter Großhirnrindenunterfunktion, spontan kurzen Prozess gemacht. Ohne dabei einen Gedanken darauf zu verschwenden, dass Sie hier versehentlich dem Kodex zuwiderlaufend ein Honey-do-Projekt erledigen.

So etwas tut man normalerweise nur verbunden mit Wehklagen, lautstarkem Protest und unter Einbeziehung der Kollegen Zeter und Mordio. Auf jeden Fall aber niemals ohne unmittelbaren Zwang. Ein Schlamassel. Ein unseliger Präzedenzfall, für den Sie jahrelang büßen werden.

Oder nicht.

Es kann nämlich auch kommen wie in diesem Fall. Und Sie gewinnen unversehens das, was man neudeutsch „the moral high ground" nennt. Dazu muss lediglich die Dame Ihres Herzens den ebenso menschlichen wie taktischen Fehler begehen, sich fest auf Ihre Schluffigkeit zu verlassen.

Gebetsmühlenartig rappelt sie zur Begrüßung ihr: „Du denkst noch an das Fahrrad von Sofie?" herunter, bar jeder Hoffnung auf baldige Befolgung, aber man (oder vielmehr in diesem Fall frau) kann so eine offene Flanke, die das Gegenüber automatisch in die Defensive drängt, ja nicht ungenutzt liegen lassen.

Jetzt schlägt Ihre große Stunde. Vor dem Spiegel haben Sie den für Sie ungewohnten Gesichtsausdruck eingeübt. Enttäuscht und indigniert blicken Sie auf. Tief getroffen von diesem ungerechten Vorwurf. Und holen zum vernichtenden Gegenschlag aus.

„Das ist schon seit ner Woche weg."

Wie gesagt, Ähnlichkeiten mit tatsächlichen Geschehnissen oder real existierenden Personen sind rein zufällig und vollkommen unbeabsichtigt.

Wirklich. Machen Sie sich keine Sorgen um Bella. Derartige Kleinigkeiten steckt sie locker weg. Und die Honey-do-Liste ist noch lang.

Kapitel 47 – Wurstfinger

„Iiiiih nimm SOFORT deine Eisfinger da weg!"

„Pah. Andere Männer wären froh, wenn sie da mal einer anfasst."

„Andere Männer haben da vermutlich ein paar Zentimeter Reserve für kalte Tage und jetzt nimm deine Hände aus meinen Hosentaschen!"

„Ist aber SOO schön warm da."

Nagut. Seufz.

Kennen Sie noch diese Fäustlinge für Kleinkinder mit Schnur dran, die hinterm Rücken verbunden sind und nicht verloren gehen können?

Gibt es so was eigentlich auch für Erwachsene?

Frage völlig uneigennützig. Für eine - sagen wir - Bekannte. Mit kalten Fingern. Sehr kalten Fingern.

„Hey. Da ist ja der Einkaufswagenchip. Und ist das ein 2-Euro-Stück?"

Bella steht hinter mir und hält mich fest umklammert. Offenkundig haben ihre frostigen Flossen eine gewisse Bewegungsfähigkeit wiedererlangt und kontrollieren den Kleingeldbestand in meiner rechten Hosentasche.

Das Ganze wäre jetzt nicht weiter der Erwähnung wert, würden sich Bellas Taschenbillard-Experimente nicht mitten auf dem Marktplatz abspielen, wo wir beide in der Schlange vor Zonen-Andis Bratwurst-Bude auf unsere Thüringer warten.

Bitte unterlassen Sie unpassende Wurst-Witze.

Andi stammt eigentlich aus Sachsen-Anhalt und hat, Sie vermuten richtig, kurz vor der Wende rübergemacht. Seine Thüringer jedenfalls sind Weltklasse und als alter Pragmatiker hat er aus der Not eine Tugend und aus seinem Spitznamen eine geschützte Herkunftsbezeichnung gemacht.

Jeder hier hat eine grobe Vorstellung davon, dass Thüringen irgendwo in den FüNeuBuLä[1] liegt und verbindet daher mit der Leuchtschrift „Zonen-Andis Beste Bratwurst" authentische Ware aus Nahost.

Andi jedenfalls kauft sich jedes Jahr einen neuen Oberklasse-Benz. Und ein Mietshaus.

„Bratwurst-Bude" ist für seinen marmornen Imbiss-Palast schlichtweg die Untertreibung des Jahrhunderts. Die Zeiten, als er aus einem ungeheizten Wohnwagen heraus seine Ware feilbot, sind schon sehr lange vorbei. Andi kleckert nicht, der klotzt. Außer mit Senf vielleicht manchmal.

Am Unternehmer-Stammtisch vertraute er mir an, dass ihn dauernd Venture-Kapitalisten anrufen und die faseln dann was von bundesweitem Franchise-Konzept und ganz groß rauskommen und so. Er erzählt ihnen dann, wie viele Google-Aktien er hat und dann werden die plötzlich ganz still.

Bratwurst, das weiß jeder, ist nicht gleich Bratwurst. Bella und ich haben daher ein Bratwurststanderkundungsschema perfektioniert, das auf konzentrischen Kreisen basiert. Man beginnt auf einer weiten Außenbahn rund um das Zielobjekt und arbeitet sich dann Ring für Ring voran.

Pro Umlaufbahn werden Stichproben begutachtet. Dazu nähert man sich Kunden des auszuspähenden Bratwurstbräters und beobachtet ihr Konsumverhalten. Wie ist der Gesichtsausdruck? Ekstatisch? Freudig erregt? Leicht gequält? Unzufrieden? Oder gar angeekelt?

Dann analysiert man die Kaubewegungen. Vorsichtig und zaghaft? Oder beherzt? Daraus lassen sich wichtige Rückschlüsse auf Temperatur, Knuspergrad und Knorpsigkeit gewinnen. Buden mit knorpeligen Speckgnubbelwürsten scheiden auf diese Weise bereits in einer sehr frühen Phase aus.

---

[1] Fünf Neue BundesLänder

Je weiter wir uns dem Mittelpunkt dieses kleinen Grillgutuniversums nähern, desto intensiver werden die Versuche, auch visuelle Überprüfung durchzuführen. Dazu riskiert man verstohlene Blicke auf frisch angebissene Würste anderer Kunden. Hier scheidet sich feines Brät vom groben.

Auf diese Weise konnten wir uns schon manch eine kulinarische Enttäuschung ersparen. Bella wärmt sich unterdessen die klammen Finger an einer heißen Wurst. In meiner Hosentasche fehlt ein 2-Euro-Stück. Und der Einkaufswagenchip.

Ich brauche mehr Senf.

Nun will ich ja nicht prahlen, aber ich bin mir doch sehr sicher, dass die moderne Astronomie sich an dieser Methodik orientiert hat, als sie zu der Erkenntnis kam, dass im Zentrum einer Galaxis in der Regel ein schwarzes Loch heimisch ist.

Interdisziplinarität. So wichtig.

Die Bratwurstologie ist dabei keineswegs eine neue Wissenschaft; ihre Anerkennung als Forschungsgebiet aber nur noch eine Frage der Zeit. Schließlich ist auch Karate erst seit kurzem olympische Sportart, obwohl man bereits seit über 100 Jahren damit Leute stilgerecht vermöbelt.

Skateboardfahren, wenn ich diese Analogie noch ein bisschen weiter strapazieren darf, ist mittlerweile übrigens auch olympisch, Tauziehen hingegen nicht mehr. Als Astronom würde ich doch langsam ins Zweifeln kommen, ob ich da aufs richtige Pferd gesetzt habe.

Noch etwas Senf?

Kapitel 48 – Ute, Uta und ein wenig Utah

„Ich versteh das nicht. Wir hätten schon lange an der Kreuzung vorbeikommen müssen, wo es zu Uta geht."

„Bestimmt Straßenräuber."

„Hä?"

„Gibt gutes Geld beim Hehler für ne frisch asphaltierte Bundesstraße."

„Blödmann."

Bellas Humor ist gerade auf Kurzurlaub in der Karibik.

Bequem rekele ich mich auf dem Beifahrersitz. Heut bin ich, zumindest was die Navigation betrifft, nur schmückendes Beiwerk. Sagte doch meine Herzallerliebste vor Fahrtantritt wortwörtlich zu mir:

„Ich kenn die Gegend hier wie meine Westentasche".

Nun gut. Schaumermal.

Ich hege ja den Verdacht, dass Designer von Damenmode auch bei Westen nicht der Versuchung widerstehen können, auf Taschen oder ähnlich nützliche Features zu verzichten. Oder sie nur durch eine Naht anzudeuten. „Da wäre ihre Tasche gewesen. Wenn Sie einen Dödel hätten. Höhöhö."

Natürlich haben wir ein Navi. Aber das spricht mit einer Stimme, die der von Bellas Erzfeindin Christine verdächtig ähnelt. Weswegen es konsequent boykottiert wird. „Von der lass ich mir gar nix sagen."

Mein Vorschlag, auf die Männerstimme auszuweichen, erntete nur Hohnlachen.

Wir sind jedenfalls, mehr oder weniger zielgerichtet, auf dem Weg zur Hochzeit von Uta. Uta ist Bellas Cousine und war schon dreimal verheiratet, was der Sache eine gewisse Routine verleiht. Falls man es denn schafft, rechtzeitig am Ort des Vermählungsgeschehens einzutreffen.

Uta ist vielleicht nicht ihren Männern, aber doch der Branche treu geblieben. Ihr erster war Fernfahrer, Nummer 2 immerhin schon Spediteur, der dritte Gatte ein hohes Tier bei einem Nutzfahrzeughersteller und nun fürchte ich ein wenig, dass uns heute der Verkehrsminister als Bräutigam vorgestellt wird.

Wie sich später herausstellen wird, hat die Post frecher Weise den Briefkasten abmontiert, den Bella als Wegmarke benutzt, um an der richtigen Stelle abzubiegen.

Weswegen wir jetzt vier Dörfer weiter vor einer geschlossenen Bahnschranke stehen.

„Hier war nie eine Bahnstrecke!"

Das verblichene Blechschild von der Königlich Württembergischen Eisenbahn am ehemaligen Bahnwärterhäuschen lässt mich anderes vermuten, aber wer bin ich, Bella zu widersprechen.

Norden, Süden, Osten, Westen. Das sind für Bella nur abstrakte Konzepte. Ihr Navigationssinn (doch, doch, sie besitzt so etwas) funktioniert komplett anders als meiner. Wegbeschreibungen, die für uns beide (im Wortsinne) zielführend sind, wurden leider noch nicht erfunden.

Bella merkt sich Landmarken und gelangt auf diese Weise (meist) an ihr Ziel. Wobei es sich bei „Landmarke" nicht um einen Wasserturm oder eine Felsformation handelt. Sondern um die Ecke, an der mal der Kirschbaum stand, aus dessen Holz später Tante Elses alter Küchentisch wurde.

Dieses Konzept stößt naturgemäß an seine Grenzen, wenn man einen Weg das erste Mal fährt. Und dazu über eine ausgeprägte Links-/Rechts-Schwäche verfügt. Und Landkarten sowie andere gängige Navigationshilfsmittel verabscheut wie der Teufel das Weihwasser.

Man kann ja schließlich immer noch nach dem Weg fragen.

Diese Lösung stünde mir leider nicht offen. Jeder weiß, dass dir als Kerl umgehend die Klöten auf Rosinengröße schrumpfen, wenn du jemanden nach dem Weg fragen musst. Weswegen zu diesem letzten, verzweifelten Mittel nur Männer mit bereits abgeschlossener Familienplanung greifen.

Mitunter führt Bellas Navigationsmethode zu durchaus unerwarteten Erkenntnissen. Wir hätten ohne sie zum Beispiel niemals das entzückende Boutiquehotel „Waldklause" im Südharz entdeckt. Mit eigener Fischzucht. Gut, wir hatten das Maritim in Travemünde gebucht, aber hey, Forellen!

„Wir müssen über die Bahn, dann da vorn links und stoßen nach etwa 10 Kilometern wieder auf die Gleise. Noch mal rüber, rechts halten, bis wir auf die Bundesstraße kommen. Richtung Süden und dann in die dritte Querstraße links."

„Woher willst DU das wissen. Du warst hier noch nie."

Weil ich vorher mal auf die Karte geguckt habe, um mich grob zu orientieren, vielleicht?

Ok. Ich habs versucht. Zum Glück haben wir noch Kekse im Handschuhfach und warme Decken, falls uns die Nacht überrascht.

Irgendwo im Schwarzwald.

„Verdammt. Ich muss nur dies kleine Haus mit den bunten Fensterläden finden. Dann weiß ich genau, wo wir sind. Davor ist so eine niedliche Babyziege auf dem Rasen herumgetollt."

Wir halten in einer Busbucht. Es riecht nach frischer Farbe. Ein kapitaler Ziegenbock blinzelt mir zu.

„Wann, sagtest du, bist du das letzte Mal hier vorbeigekommen?"

Bella überlegt.

„Voriges Jahr. Im Frühling."

Ich deute aus dem Autofenster.

Sie blickt auf den Ziegenbock.

Dann auf mich. Dann wieder auf ihn.

„Bähäää", vertone ich hilfreich.

„Ich habs ja auch so kapiert, danke."

Vom kleinen Haus, das mal bunte Fensterläden hatte, mit dem Zicklein davor, das kein Zicklein mehr ist, ist es dann nicht mehr schwer. Der karierte Sonnenschirm vor der Eisdiele ist immer noch kariert und auch die Leiter steht noch am alten Obstbaum, bei dem man abbiegen muss.

Ich summe leise „Near a tree by a river there's a hole in the ground"[1], als wir am Feuerwehrhaus mit dem roten Hahn als Wetterfahne vorbeifahren.

„Doofie. Gleich sind wir da. Uta hat versprochen, uns ein Zimmer in der Alten Linde zu reservieren. Wird dir gefallen. Top renoviert." Es ist erfreulich einfach, einen Parkplatz direkt am Hoteleingang zu finden.

Das Schild „Betriebsferien" am Kasten mit den Speisekarten könnte eventuell damit in einem Kausalzusammenhang stehen.

„Braut oder nicht. Ich. Bring. Sie. Um." Bella ist müde. Und hungrig. Üble Kombi. Ganz übel.

Wieder eine halbe Stunde und ein Telefongespräch mit Uta später, das hier wiederzugeben mich meine FSK-16-Freigabe kosten würde, stehen wir vor dem 3-Sterne-Hotel garni „Zum Wildbach". Ein Hotel garni heißt bekanntlich so, weil es da garnix zu essen gibt. Mein Magen knurrt.

Bevor wir uns in Morpheus' Arme werfen können, steht also noch Nahrungsbeschaffung auf dem Programm. Zum Glück rauscht hinter unserer Pension nicht nur harntreibend der Wildbach, sondern auch die Autobahn.

An der die Raststätte Sanktnimmerlein-West dem Reisenden Labung verspricht.

Als Quasi-Einheimische weiß Bella, dass dorthin ein kleiner Wirtschaftsweg führt, auf dem eigentlich nur Lieferanten und Einsatzkräfte verkehren.

„Eigentlich" ist hier ausnahmsweise kein entbehrliches Füllsel. Sie erraten, warum. Falls nicht, empfehle ich ein Lustiges Taschenbuch als altersgerechte Lektüre.

Die schlecht beleuchtete Schotterpiste hat sich nämlich als fester Treffpunkt all jener etabliert, die diskrete intime Zusammentreffen in rustikaler Atmosphäre schätzen. Ja, natürlich meine ich Parkplatzsex, wie viel deutlicher muss ich denn noch werden herrjehnocheins.

---

[1] Für Spätgeborene: Eine Liedzeile aus „The Riddle" von Nik Kershaw

Bella und ich gehen Hand in Hand diese Allee des Rufschadens entlang. Aus den abgestellten Fahrzeugen dringen Laute wie „Oh!", „Ah!", „Feschdr!", „Aua, mei Schädel!" und „DES nennsch du Liegesitz?"

Ich stolpere im Zwielicht beinahe über eine vor der Tür eines Minivans kniende Frau.

Vermutlich will sie nur mal kurz nach der Plakette mit den Reifendruckangaben sehen. Ich murmele rasch eine Entschuldigung, als die Scheinwerfer eines vorbeifahrenden Autos uns kurz beleuchten. Bella, mich und, nunja...

„Ute?"

„Bella?"

Oh. Das verspricht interessant zu werden.

Ja. Ute. Sie haben richtig gehört. Bella hat nämlich, für Außenstehende wie mich durchaus verwirrend, zwei Cousinen sehr ähnlichen Namens.

Ich hätte die beiden ja aus reinem Jux zusammen zum Schüleraustausch nach Utah geschickt, aber Spaß beiseite.

Weil man mit vollem Munde bekanntlich nicht spricht, dauert es ein paar Sekunden, bis Ute uns ihren Begleiter vorstellt.

„Legg mi am Sogga! Was mached denn ihr dahanna? Des isch übrigens dr Markus."

Für einen Mann mit heruntergelassener Hose geht Markus mit der Situation durchaus souverän um.

Nun muss man wissen, dass Ute so ziemlich das genaue Gegenteil ihrer Cousine Uta ist. Quasi das Katalogbild der braven schwäbischen Hausfrau. Mit 18 Mann getroffen, geheiratet, Häusle gebaut, vier Kinder gekriegt, die volle Packung.

Ihr Gatte heißt übrigens Erwin. Nicht Markus.

Ute teilt Bellas wohl genetisch bedingten Pragmatismus.

„I bin glei ferddig, mir treffet os dahinda. Bschdellat mir schommel an Kaffee."

Die Frage „einen Latte?", die mir auf der Zunge liegt wie Ute eben der kleine Markus, schlucke ich mit etwas Mühe hinunter

Sie zeigt auf die Lichter der Raststätte. Ich nicke Markus zu, er nickt zurück, mit dieser Lösung können wir alle gut leben. Wir überlassen die beiden ihrem außerehelichen Vergnügen und gehen weiter, diesmal allerdings mit deutlichem Sicherheitsabstand zu den geparkten Autos. Bella hat schließlich noch mehr Cousinen.

„Schau an, die Frau Saubermann..."

„...nimmt einfach auf dem Markus Platz."

Wir grinsen.

Etwas später.

Ute sitzt, von postkoitaler Zufriedenheit durchdrungen, uns gegenüber auf der 70er-Jahre-Kunstlederbank und rührt in ihrem Rastplatz-Kaffee.

„Des passt ja wiad Fauschd aufs Aug! Ihr zwoi seid jetzt mei Alibi."

Ach. Sind wir das. Bella knufft mich unterm Tisch. Aha. Wir sind.

Wie wir erfahren, sitzt sie jetzt eigentlich im örtlichen Gymnasium bei der Elternsprechstunde. Und Erwin zu Hause mit dem Rest der Nachzucht.

Praktischerweise ist Markus nämlich neben seiner Tätigkeit als feuriger Liebhaber auch noch Lehrer von Helene, Utes Ältester. Sport und Erdkunde.

Und wir sollten jetzt als Erklärung dafür herhalten, warum ein Eltern-Lehrer-Gespräch zur Abwesenheit bis in die späten Abendstunden führt. Zufällig hätte sie uns getroffen und es wäre ja schließlich bekannt, dass wir Fischköpf immer furchtbar viel zu erzählen haben.

Klingt total glaubwürdig.

Ganz sicher bin ich nicht, wie ich morgen reagiere, wenn mir Erwin auf der Hochzeit wie letztes Mal stolz von seinem treuen Fraule erzählt. Andererseits hat er auch gesagt, dass er als Mann ja bissle Freiheit bräuchte und dann beim Engtanz einer drallen Brautjungfer ausgiebig den Po getätschelt.

Endlich liegen Bella und ich nach diesem ereignisreichen Tag im erstaunlich bequemen Doppelbett des Wildbach-Hotels.

„Also ich bin ja zu alt für so was", sage ich gedankenversunken.

„Du meinst Parkplapfsekf? Iff auff."

Liebe Kinder, die Tante Bella, die hat gerade den Mund voll und redet deswegen so komisch. Die hat sich nämlich äh von der Tanke einen Schokoriegel mitgebracht. Und weil die Tante Bella schon groß ist, darf sie den im Bett essen.

Aber danach geht sie dann natürlich Zähneputzen.

2:45 Uhr nachts. Ich wandere eine endlose Straße entlang. Links und rechts parken dunkle Limousinen, die leise auf und nieder wippen. Ins Stoßdämpferbusiness sollte man einsteigen, überlege ich. Und warum habe ich eigentlich keine Hose an?

RUMS. Ich schrecke hoch. Was? Wie? Wo?

Puh. Es war nur ein Nachtmahr. Ich liege sicher im Hotelbett. Allerdings habe ich wirklich keine Hose an, aber das tut hier nichts zur Sache.

Was zum Henker hat mich aus meinen wohlverdienten Träumen voller lohnender Geschäftsideen gerissen?

Oder vielmehr wer?

Sie ahnen es. Bella kniet auf dem Boden und durchforstet meinen Koffer. Das ist an sich nicht weiter problematisch, aber um diese Uhrzeit doch etwas unerwartet.

„Was machstn da?" gähne ich.

„Wo ist die Einladung?"

„Welche?"

„Na die für die Hochzeit."

„Meine Jacke. Innentasche."

„Danke. Schlaf weiter."

Sie filzt zielstrebig mein Sakko und wird umgehend fündig. Ich wechsele einen besorgten Blick mit dem Kuckuck, der vorsichtig aus der stillgelegten Kuckucksuhr über dem kleinen Schreibtisch herauslugt.

Mit versiertem Griff hatte Bella gestern als erste Amtshandlung, nachdem wir das Zimmer betreten hatten, den nervigen Piepmatz mundtot gemacht. Jedenfalls schwieg er, als ich mit dem Gepäck vom Auto wiederkam.

„Nanu? Hat die nicht eben noch getickt?"

„Bestimmt akute Vogelgrippe."

Aber zurück zur hektischen Aktivität zu nachtschlafender Zeit. Bella sitzt mit dem aufgeklappten Laptop im Schneidersitz neben mir auf dem Bett und murmelt Sachen wie „Aha. Hab' ich dich, Schlingel. Ja glaubt man denn so was. Diese notgeile Mischpoke. Faustdick hinter den Ohren, sag ich, faustdick."

Zweidrittel meiner Gehirnzellen haben noch nicht mitbekommen, dass die REM-Phase vorbei ist, daher habe ich null Peilung, um was es hier eigentlich geht. Entsprechend dämlich schaue ich aus der Bettwäsche.

Bella hält mir die Einladungskarte vor die Nase.

„Guck. Was steht da?"

Ihr Finger zeigt, wenn meine verquollenen Augen mich nicht trügen, auf die Stelle mit den Namen der beiden Delinquenten, die sich das Jawort zu geben beabsichtigen.

„Da steht ,Uta&Markus'. Ja und?"

„Bei dir fällt der Groschen echt nur pfennigweise. Markus. Klingelt da was?"

Was soll da bei mir klingeln? Millionen Menschen heißen Markus. Mit Kah oder mit Zeh. Schon Kleopatra hatte einen. Echter Allerweltsname. Man trifft dauernd Markusse. Überall. Sogar hier in...

Moment

Modernste Suchmaschinentechnologie bringt es ans Licht. Uta hat zwar nicht den Verkehrsminister, aber immerhin jemand anderes mit satten Pensionsansprüchen an Land gezogen. Stellvertretender Schulleiter ist er, der Markus vom Parkplatz. Schau her.

„Wir stecken...", beginne ich.

„...knietief in der Scheiße" vollendet Bella. Gut, ich hätte „Bredouille" gesagt, aber besser auf den Punkt gebracht hat es zugegebenermaßen ihre etwas ordinärere Formulierung.

Was für eine Malaise.

Hektisch beginnen wir, Szenarien durchzuspielen.

„Und wenn die vielleicht einfach alle polyamorös sind oder so?"

Bella schüttelt energisch den Kopf. Uta hätte schon damals auf dem Kindergeburtstag die Torte nur unter Zwang mit ihren Gästen im Vorschulalter geteilt.

„Die teilt niemals. Mit niemandem. Und erst recht keine Männer."

Ok. Diese Variante fällt also flach. Aber vielleicht Partnertausch? Ute kriegt Markus und dafür nimmt Uta Erwin? Auch eher eine theoretische Variante, allein schon, wenn ich an Erwins Vorliebe für junges Gemüse denke. Der tauscht doch nix mit gleichem Baujahr ein für sein Fraule.

Letztendlich läuft immer alles auf den Worst Case hinaus. Die Hochzeit endet im Eklat und wir ernten unisono von Ute, Uta, Erwin und Markus den Vorwurf:

„Und ihr habt das gewusst? Warum habt ihr denn nichts gesagt?"

Meine scherzhaft gemeinte Frage, ob die Blutrache unter Schwaben denn auch wirklich ein Fall für die Geschichtsbücher sei, beantwortet Bella wenig beruhigend und nur zögerlich mit einem halbherzigen „Im Prinzip schon".

Sie kramt in ihrem Rucksack und hält mir wortlos die Flasche Kirschwasser im Gegenwert von Ulm hin, die wir auf der Fahrt bei einer kleinen Privatbrennerei erstanden haben und die eigentlich ein Mitbringsel für die daheimgebliebenen Fischköpfe sein sollte.

Nicht gut. Gar nicht gut.

Wir entscheiden uns letztendlich für die naheliegende Lösung.

Nämlich die, bei der ich die Sache ausbaden muss.

Nun stehe ich also vor Tau und Tag und nur mit einem ordentlichen Schluck Kirschwasser im Magen vor dem Haus, in dem Uta und Markus vorehelich Unaussprechliches treiben.

Gemeinsam wohnen meine ich, was denken Sie denn wieder.

Das Glück ist mir hold. Markus ist einer von diesen sportlichen Frühaufstehern, der selbst an seinem Hochzeitstag auf die gewohnte morgendliche Laufrunde nicht verzichten will.

Er dehnt sich kurz und läuft dann in sehr ambitioniertem Tempo los. Unausgelasteter Staatsdiener halt. Verdammt. Jetzt muss ich diesem promiskuitiven Pädagogen auch noch hinterherrennen. Ich fluche leise.

Die Schicksalsgöttin scheint auch Frühaufsteherin zu sein und mir dazu noch wohlgesonnen. Markus tritt nämlich volle Möhre in einen Haufen Hundescheiße. Und hält fluchend an.

Während er seinen schneeweißen 400-Euro-Laufschuh im Gras von hartnäckig anhaftendem Canidenoutput zu befreien sucht, hole ich ihn keuchend ein.

„Markus! Moment!"

Er sieht mich fragend an.

„Ach, du bischs. Was machsch du denn dahanna um die Zeit?"

Ich fasse mich kurz, für mehr reicht meine Puste sowieso nicht.

„Pass auf, Kollege. In spätestens einer Stunde wissen Uta und Ute von Bella, dass du wie Winnie Puuh die Finger gleichzeitig in zwei Honigtöpfchen hast. Mach mit dieser Information, was du willst. Schönen Tag noch."

„‚Scheiße' hat er gesagt", berichte ich wahrheitsgetreu, „und dann ist er losgerannt, als wär' der Leibhaftige hinter ihm her".

„Oder die Leibhaftige."

„Oder die LeibhaftigeN."

Wir beschließen, erst mal wieder ins Bett zu gehen. Bisschen Schlaf nachholen, die Nacht war kurz.

Natürlich war das Ganze ein Bluff. Bella hatte nie die Absicht, mit Ute oder gar Uta zu sprechen. Wozu auch. Auf diese Weise kann sie treuherzig und wahrheitsgemäß behaupten, mit der Sache nichts zu tun zu haben. Wäre wohl so ein komisches Männersolidaritätsding gewesen.

Dann würde sie mich ans Messer liefern, ich erhielte für ein paar Jahre Einreiseverbot nach Baden-Württemberg und alles wäre gut. Die Hochzeit würde platzen, Uta bliebe es erspart, jemanden zu heiraten, der schon vorehelich Ehebruch praktiziert und Ute kriegt weiter heißen Parkplatzsex.

Soweit der Plan. Wir kriechen zufrieden wieder unter das riesige Plumeau. Auch der Kuckuck würde jetzt schließlich für eine Stunde Ruhe geben. Dann kann man weitersehen, ob es noch nottut, sich hochzeitsmäßig in Schale zu werfen.

Ach ja, der Schlaf der Gerechten.

WUMMS. WUMMS.

Irgendjemand hämmert gegen unsere Zimmertür. Verdammt, was ist denn das für eine Sauzucht. Ich war gerade eingeschlafen und schlurfe dementsprechend gelaunt dahin, wo der Zimmermann unvorsichtigerweise das Loch gelassen hat.

„Ja, bitte?"

„Mach auf. I bins."

„Uta?"

„Ute."

„Oh."

Ich öffne vorsichtig. Ute ist sichtlich derangiert und tut mir ein wenig leid. Dass die Sache mit ihrem Teilzeit-Lover sie derartig mitnehmen würde, wer hätte das gedacht.

„Komm rein und setz dich erst mal."

Sie geht wortlos an mir vorbei und wirft sich weinend Bella in die Arme.

Nach zwei Packungen Tempotaschentüchern und einigen großen Schlucken Kirschwasser ist Ute so weit gefestigt, dass sie berichten kann.

„D' Hochzeit", schluchzt sie, „isch abblosa."

Wir täuschen Überraschung vor. Nein, wer hätte das gedacht. Sie waren doch so ein schönes Paar.

„Dieser Mistkerl!"

Ja, bestätigen wir, dass so ein Bräutigam kalte Füße bekommt, das gäbs immer wieder. Männer halt, alles gefühllose Schweine.

„Wieso Bräutigam? Was willsch jetzt mit dem? Mei Erwin isch mit dr Uta durchbrannt! Dia falsche Schlang!"

Kirschwasser. Schnell.

Utes Erwin ist übrigens bei der Verkehrspolizei, womit sich der Kreis schließt, aber das nur am Rande.

Viele schwäbische Flüche und herzzerreißende Stoßseufzer später traue ich mich beiläufig eine Frage in das Gespräch einzuweben.

„Und dieser, ähm, dieser Markus, der Bräutigam?"

„Koi Ahnung, wo der isch. Wahrscheinlich hadder sich verkrocha, der arme Kerle. Lässt die den oifach sitza. Isch für den ja au ed grad schee."

Uff, wir sind an dem ganzen Debakel scheinbar völlig unschuldig. Eine harmlose Koinzidenz, nichts weiter.

Ute interpretiert meinen erleichterten Seufzer falsch.

„Des isch so schee, dass ihr zwoi da seid für mi. Wie schdeh i denn jetzt do, als oine, die dr Laufpass kriegt hed?"

Wir versichern sie unserer uneingeschränkten Solidarität und sind in Gedanken bei unserer Abreise. Alle irre hier. Nix wie weg.

Leichtsinnigerweise sagt Bella dann aber noch:

„Na klar. Blut ist dicker als Wasser. Du kannst jederzeit zu uns kommen."

Ute hat einen Stall voll Kinder und das Ländle bisher nur selten und wenn, dann unter Protest verlassen, insofern kann man ein solches Versprechen wohl riskieren.

Oder?

„Mir könned doch", schlägt Helene kauernd vor, „de Reschd von dera Hochzeitstort bei de WeightWatchers vord Tür schdella. Abwarda und hochlada. YouTube. Tiktok. Kenneder?"

Von der Anspielung auf unser biblisches Alter mal abgesehen: Ich mag dieses Kind irgendwie.

Gut, „Kind" trifft es vielleicht nicht so richtig, Bellas Patentochter Helene steht immerhin kurz vor dem Abitur. Wir haben das lange geplante Treffen mit ihr aus nachvollziehbaren Gründen in die weit und breit für ihr köstliches Backwerk gerühmte Konditorei Kasinger verlegt.

Grund 1:

Dort steht eine herrenlose, aber im Voraus bezahlte dreistöckige Hochzeitstorte.

Grund 2:

Bei Helene zu Hause herrscht gerade dicke Luft, seit ihr Herr Vater sich mit der Cousine seiner Frau aus dem Staub gemacht hat. Ja. Genau. Erwin. Der mit dem dritten Frühling.

Ich nehme noch ein Stück Erdgeschoss, Schokotrüffel mit weißer Mousse. Ein Gedicht, sag ich Ihnen. Obwohl auch der erste Stock seine Reize hat. Wenn man auf Pfirsich-Sahne steht. Die oberste Ebene bildet irgendetwas mit Erdbeer, Näheres konnte ich bisher noch nicht herausfinden.

Jeder meiner bisherigen Versuche, auch ein Stück vom Hochzeitstortenpenthouse zu ergattern, hat damit geendet, dass Bellas Kuchengabel in meinem Handrücken steckte. Ich lasse also lieber die Zeit für mich arbeiten. Die ist nämlich ein äußerst zuverlässiger Mitarbeiter.

Woran man das erkennt?

Nun, Bellas eher verhaltenes Lachen über Lenes Vorschlag mit dem Videodreh ist nicht darauf zurückzuführen, dass sie die Idee nicht witzig fand.

Sondern darauf, dass ihr Zwerchfell und ihr Magen um denselben endlichen Platz ringen, sich zu entfalten.

Wir einigen uns schließlich darauf, die Torte, oder vielmehr was von ihr übrig ist, Lenes Geografie-Leistungskurs zu spenden. Dessen Lehrer sich kurzfristig krankgemeldet hat. Gerüchten zufolge sollen ihn aber eher private Probleme plagen. Irgendwas mit einer abgesagten Hochzeit oder so.

Dank modernster Kommunikationsmethoden dauert es unter fünf Minuten, bis die ersten von Helenes Klassenkameraden hier im Café auftauchen und sich wie ein Heuschreckenschwarm über die Torte hermachen. Na ja, einer muss ja die Kids in der unverhofften Freistunde von der Straße holen.

Eine dreiviertel Stunde später ist der Spuk vorbei, von der Torte sind nur die tragenden Säulen übriggeblieben, selbst die stabilen Baiser-Außenmauern konnten dem Teenager-Ansturm nicht standhalten. Dem Plastikbräutigam hat jemand einen Fuß abgebissen und von seiner Braut fehlt jede Spur.

Die ganze Rückfahrt über ist Bella dann ungewohnt schweigsam. Tapfer verdaut sie vor sich hin, bis ihr kurz vor den Kassler Bergen ein Teilstück der Autobahn den Rest gibt, dass durch ein rot-weißes Warnschild „Achtung! Bodenwellen!" eingeleitet wird.

„Fahr. Da. Raus. SCHNELL!"

Ein unschuldiges Waldstück in Nordhessen wird dann Zeuge von Vorgängen, deren detaillierte Beschreibung ich Ihnen erspare. Eine Rotte Wildschweine flüchtet empört grunzend. Das würden Sie auch, wenn ihnen jemand ins Wohnzimmer kotzt. Über uns kreist geduldig ein Krähenschwarm.

Ein paar Kilometer weiter erlaube ich mir höflich den Hinweis, dass dieser Zwischenhalt vermeidbar gewesen wäre, hätte Sie mir auch ein Stückchen von der Erdbeer-Vanille-Biskuit-Etage gelassen.

„Erwähn diese Scheißtorte nie wieder. Hörst du. NIE WIEDER. Und lach nicht so blöd."

„Immerhin", gebe ich tröstend zu bedenken, „haben wir jetzt erst mal wieder eine ganze Weile Ruhe vor deiner Sippe."

„Dein Wort in Gottes Gehörgang."

Selbiger scheint leider gerade von einer Wagenladung himmlischen Ohrenschmalzes verstopft zu sein. Wie wir bald erfahren werden. Keine Sorge, Bellas Magen ist robust wie ein Betonmischer. In einem Autohof kurz vor Hannover beobachten zwei Fernfahrer etwas später voller Ehrfurcht, wie sie ein Wiener Schnitzel von den Ausmaßen eines Klodeckels mit einem großen Bier herunterspült.

„Isst du deine Pommes noch?"

Kapitel 49 – Gegenbesuch!

Mal ein Tipp unter uns Männern.

Auf die Frage „Was hab' ich denn hier für ne komische braune Stelle auf dem Handrücken?" ist „Vielleicht ein Altersfleck?" immer die falsche Antwort.

Sagen Sie stattdessen was Nettes. „Bestimmt nur Flugrost" zum Beispiel. Und vermeiden Sie es, diesen Gedankengang aus Versehen laut auszusprechen.

„Altersfleck. So so. Soll ich Dir mal verraten, wo du demnächst Flugrost ansetzen wirst?"

Autschi.

Es handelt sich dann zu meinem Glück doch nur um einen Spritzer Allwetter-Bio-Holzschutzlasur Nummer 7 „Haselnussbraun". Bella hat nämlich gestern die alte Gartenbank gestrichen.

Ich rubbele ein wenig auf ihrem Handrücken herum und schon erstrahlt er wieder in jugendlicher Frische. Zufrieden stapft sie zurück in die Dusche, aus der sie kurz zur Abklärung des Altersfleckenanfangsverdachts herausgesprungen war. Auf den Fliesen bleibt eine Tropfspur zurück. Das sollte ich mal wagen. Vorsichtshalber spreche ich diese Überlegung nicht laut aus, man soll sein Glück nicht zweimal am Tag herausfordern.

Aus der Brause tönt Plätschern und eine fröhliche Weise, Bellas Laune scheint sich deutlich gebessert zu haben. Ach ja. Trautes Heim, Glück allein, denke ich, als ich aus dem offenen Badezimmerfenster über heimatlich-flaches Grünland meinen Blick schweifen lasse.

„Scheiße, welcher Hornochse hat mich zugeparkt? Ich muss doch los!"

Noch glücklicher wäre man allerdings, wenn man im trauten Heim allein wäre. Unten im Hof steht nämlich James und fuchtelt wild, aber fruchtlos mit den Armen herum.

„Hier. Nimm meinen, die Garagenausfahrt ist noch frei."

Ich werfe ihm meine Autoschlüssel herunter.

„Du bist wie ein Vater zu mir."

„Willkommen auf der dunklen Seite, mein Sohn", vadere ich zurück.

„Was für Kindsköpfe. Der Apfel fällt echt nicht weit vom Birnbaum."

Bella steht neben mir und schüttelt den Kopf, während sie gleichzeitig versucht, sich ein Handtuch um ihre nassen Haare zu wickeln. Klappt so mittelmäßig.

James schafft es gerade noch, wegzufahren, bevor jemand die Garage zuparkt.

In meinem Alter noch mal Vater werden, das ist wirklich nichts für Schwächlinge. Zumal, wenn das zarte Knäblein, mit dem man beschenkt wird, ein paar Zentimeter größer als man selber ist. Und knapp 20. Nein, nicht Pfund. Jahre.

Aber die Geschichte[1] kennen Sie ja schon.

„Bestimmt jemand vom Filmteam, die kommen immer so spät."

Bella wirft kurz einen Blick aus dem Fenster und wendet sich dann wieder ihren Haaren zu.

„Anders wirds in der Branche nix mit der Weltkarriere."

„Blödmann. Hätte ich drauf wetten können, dass jetzt so was kommt."

„Hihi. Kommt."

„Depp."

Ach so. Ich muss Ihnen ja noch erzählen, dass wir während der Betriebsferien unsere, sagen wir, Geschäftsräume, für Dreharbeiten zur Verfügung gestellt haben. Es handelt sich natürlich um eine künstlerisch anspruchsvolle Produktion. Aus dem Genre „Erwachsenenunterhaltung".

Dass es hier nicht um irgendein Low-Budget-Machwerk geht, das erkennt man unschwer daran, dass der Regisseur nicht zugleich auch Kameramann und Visagist ist. Oder vielmehr die Regisseurin. Ilona, eine alte Bekannte von Bella, aber dazu kommen wir, Sie verzeihen das Wortspiel, später.

---

[1] Siehe Band 3, Kapitel 30 („Um Haaresbreite")

Meiner persönlichen Einschätzung nach muss es bei diesem Dreh um einen außergewöhnlich harten und exotischen Fetisch gehen, denn keine der Darstellerinnen ist tätowiert. Und so was wollen ja heute bekanntlich nur noch komplett Perverse sehen. Und Leute meines Alters halt.

Was? Die männlichen Darsteller? Ja. Die obendrein. Oder vielmehr die auch nicht. Also, tattoomäßig, meine ich. Die hab' ich mir halt nicht ganz so genau angeschaut. Man muss seine Minderwertigkeitskomplexe ja nicht auch noch unnötig mästen, wenn Sie verstehen, was ich meine.

Wer auch immer in dem neu angekommenen Kleinwagen sitzt, muss wohl vor dem Aussteigen erst noch sein Lieblingslied zu Ende hören. Oder telefonieren. Wurscht, das ist ja sicher niemand, der zu uns will. Moment. Ich kneife die Augen zusammen. Teufel auch.

„Bella? Kommst du mal eben?"

„Muss das sein", murrt es aus Richtung Schlafzimmer, „ich bin grad ziemlich beschäftigt. Verdammtes Mistding, das hat doch bestimmt wieder so ein unnützer Kerl erfunden."

Der letzte Teil des Satzes galt vermutlich nicht mir.

„Wär' besser. Das Auto da hat Heilbronner Kennzeichen."

Eine Millisekunde später steht Bella wie aus dem Boden gewachsen neben mir und späht aus dem Fenster. Wie sie das mit eineinhalb Beinen in der Strumpfhose geschafft hat, wird mir auf ewig ein Rätsel bleiben.

Sie bestätigt meinen Verdacht. Das ist ein Kraftwagen, dessen Herkunftsregion bei uns alle Alarmglocken schrillen lassen. Leider kann man immer noch nicht erkennen, wer denn da drinsitzt.

„Ich setze einen Zehner auf Ute."

Bella schüttelt energisch den Kopf.

„Uta. Das ist Uta."

Sie flüstert mir ihren Wetteinsatz ins Ohr. Ich höre interessiert zu und nicke zustimmend. Und Sie geht das einen feuchten Kehricht an, was sie mir verspricht, sollte ich wider Erwarten recht behalten.

Dann öffnet sich langsam die Autotür. Leider komme auch ich nicht in den Genuss dessen, was Bella im Falle ihrer Wettniederlage zugesagt hat. Denn aus dem Auto steigt - Helene.

„Nee, nä?" Bella fehlen die Worte. Ein fürwahr seltenes Naturschauspiel. Zugegeben, auch ich bin überrascht.

„Aber den Zehner behalt ich."

Bewegende Szenen spielen sich wenig später in unserem Hausflur ab.

„Ko i bei Eich bleiba?", fragt eine leicht verheulte Lene, einen Seesack auf dem Rücken.

„Schuldigung. Wo ist denn das Klo?", fragt eine mit nichts weiter als einem XXL-Umschnalldildo bekleidete Blondine.

„Treppe runter, erste Tür links", sage ich routiniert.

„Jetzt wirds Dag. Deshalb hat Mama nie gewollt, dass mir Eich besuchad!", sagt Helene und blickt interessiert dem Gummidödel auf dem Weg zum Keller hinterher.

„Komm erst mal rein. Natürlich kannst du hierbleiben", sagt Bella. Wie sich alsbald herausstellt, hat Ute ihre Tochter vor die Tür gesetzt.

O-Ton Lene:

„Menno. Bloss, weil i mit meim Lehrer in dr Kischd war. Di Frau isch so prüde. I bin doch koi klois Kind mehr."

Tja. Unter uns: Es lag weniger daran, dass Lene einen Lehrer gebumst hat, sondern daran, welchen...

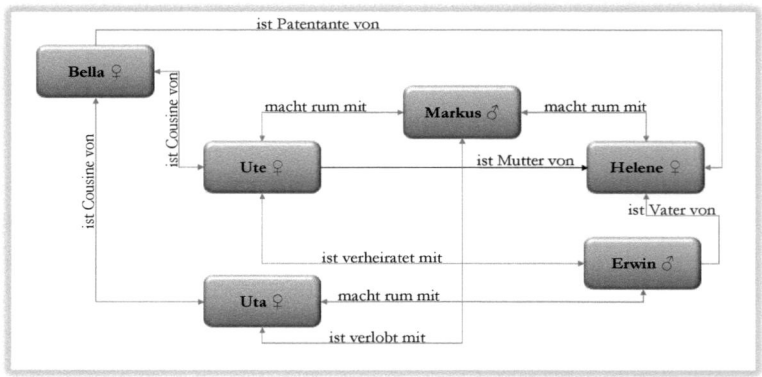

Aber dass sie es ausgerechnet mit dem Lover ihrer Mutter getrieben hat, das können wir Helene natürlich so direkt nicht sagen. Deswegen nicken Bella und ich lediglich höflich und verständnisvoll. Und denken beide zugleich: „Was für ein Hallodri, dieser Markus. Glaubt man so was." Eine Stunde später. Bella ist mit Helene und deren Polo zum Einkaufen gefahren. Ich sitze im Büro, eine Tasse Tee und die Unterlagen für den Steuerberater streiten um meine ungeteilte Aufmerksamkeit. Immerhin tun sie das leise. Aus dem Keller klingt gedämpftes Stöhnen herauf.

Eigentlich müsste bald deren Catering-Truck vorbeikommen, ein umgebauter, klappriger VW-Bully, aus dem heraus ein ebenso klappriger Ex-Pornostar Stullen, Energydrinks und Viagra verkauft. Ich blicke aus dem Fenster. Kein Bully, ein Taxi fährt vor. Eins aus der großen Stadt.

„Na, wer mag denn das wohl wieder sein", sage ich zu meiner Teetasse. Sie scheint ihre Meinungsbildung noch nicht abgeschlossen zu haben. Aha. Jemand steigt aus. Eine Frau, soweit ich erkennen kann. Der Kofferraumdeckel klappt auf und sie hievt mit Mühe eine klobige Reisetasche heraus.

So was kommt davon, wenn man dem Taxifahrer das Trinkgeld zu früh gibt. Sie reckt sich und hat die Klappe kaum geschlossen, da braust der beigefarbene Benz wieder ab, schnell weg aus dieser Wildnis und zurück in die heimische Betonwüste.

Oh. Die Frau sieht mich am Fenster stehen.

Meine Neugier ist noch mal mein Untergang. Findet Bella, und die hat, was finstere Prophezeiungen betrifft, für gewöhnlich recht. Ansonsten natürlich auch.

Nur in diesem Fall hätte ich meine Wette gewonnen.

Da unten steht nämlich Ute und winkt zu mir herauf.

Tüdüdelüdü Tüdüdelüdü Tüdelüdelüdü.

Eine Druckluftfanfare ertönt und der Catering-Bully fährt auf den Hof. Eine bunte Schar exotisch bis gar nicht bekleidete Menschen stürmt aus dem Haus und an Ute vorbei. Seufzend gehe ich runter, sie aus der Lack- und Ledermeute zu retten.

„Da gads aber ganz schee ab bei Eich!", begrüßt sie mich und schaut interessiert zu, wie eine Darstellerin in einer knallroten Latexzwangsjacke liebevoll von zwei Kolleginnen mit Häppchen gefüttert wird.

„Du hast keine Ahnung", sage ich und meine das auch so. Ihre Reisetasche ist sauschwer.

„Da ist jetzt aber hoffentlich nicht Erwins Leiche drin?"

Ich schleppe das Trumm zum Haus. Ute schüttelt den Kopf.

„Koi Angschd", sie grinst, „langsam verstand i au, was d'Bella an Dir findet."

Während Ute kurz dem Ruf ihrer reisegeplagten Blase in Richtung Gäste-WC gefolgt ist, schicke ich Bella schnell eine Nachricht.

„Ute ist hier. Bleibt fort, bis die Situation unter Kontrolle ist."

Sie schreibt zurück:

„Dies ist keine Übung?"

„Dies ist keine Übung."

„Ok. ♥!"

„♥ ♥!"

„…i ho da eifach raus müssa schdell Dir vor die Sach mit dr Uta und m Erwin und dann erwisch i au no d'Lene mit m Markus i sags dr den hab' i glei und sie erschdmal nausgschmissa des Flittchen was hab' i da bloss füra Schlang an meiner Bruschd gfüttert…"

Ute holt Luft.

„…Ond weil d'Zwilling eh im Ferienlager sind ond d'Mittlera isch bei ihrem Vader dem Halodri mit seim zwoida oder dridda oder au scho virda Frühling und dann hoa i dengt noi hoa i dengt des halt im nemme aus i fahr jetzt rauf zu Euch a bissle Abschdand und so…"

Meine seelsorgerischen Fähigkeiten weisen erhebliche Lücken auf, ich tue also, was ich am besten kann. Nichts. Genau. Ich sitze einfach da, schenke Heißgetränke nach und höre zu.

So etwas ist Ute anscheinend noch nie passiert. Keine Ahnung, was die für geschwätzige Kerle kennt. Sie schüttet mir eine geschlagene Stunde ihr Herz aus, bis Haus-, Hof- und Windhund Heinz mit seiner Leine im Maul auftaucht und energisch Freigang einfordert. Ich nutze die Gelegenheit und blicke auf die Uhr. Bella kann jeden Moment wiederkommen.

„Kleiner Spaziergang? Wie wärs?"

Ute hakt sich bei mir ein und wir gehen gemächlich am Flüsschen entlang, während Heinz zum xmillionsten Mal herausfindet, dass Kröten keine wohlschmeckende Jagdbeute sind. In der Wüste, wo seine Vorfahren herkommen, gabs vermutlich keine, anders kann ich mir das nicht erklären.

„Abr schee habders dahanna fei scho au, gell? A bissle flach ischs halds. Abr irgdnwie scho au schee."[1]

Ich höre, wie hinter uns ein Auto auf den Hof fährt. Das war knapp.

Langsam muss ich Ute mal schonend beibringen, dass sie heute nicht unser erster Hausgast aus dem fernen Schwabenlande ist.

Ich formuliere gerade im Geiste einen Satz, der ihr möglichst rücksichtsvoll die Anwesenheit ihrer denselben fleischlichen Gelüsten wie sie anheimgefallenen Tochter nahebringen soll, als plötzlich eine Frauenstimme hinter uns herruft.

„He ihr zwoi! Warded auf mi!"

„Uta?"

„Ute?"

Mein Handy klingelt. Welch ein Segen.

„Moment kurz."

Ich überlasse die beiden verfeindeten Cousinen sich selbst.

„Hallo?"

„Halt durch, bin gleich da!"

Wie sich später herausstellen soll, hatte Bella mit Helene beim Italiener auf der Terrasse gesessen, als Utas Wagen vorbeifuhr.

Auf unserem Hof kommt es nun zum Showdown wie weiland am O. K. Corral. Ute, Uta, Helene und Bella stehen sich gegenüber. Drumherum die Porno-Crew.

---

[1] Schön habt ihrs hier. Bisschen flach, aber schon auch schön irgendwie.

Die Luft flimmert. Ich bestelle einen Hotdog beim netten Catering-Mann. So ein Imbisswagen bei Haus, daran könnte ich mich gewöhnen.

Der stolze Foodtruck-Besitzer, früher in der Branche aufgrund seiner Standfestigkeit „Beton-Schorsch" genannt, reicht mir eine Cola. „Geht aufs Haus. Ich tippe übrigens auf die Kleine mit den dunklen Locken."

Er zeigt auf Bella.

Ich nicke zustimmend und erspare Ihnen die Details der nun folgenden, hochemotionalen Szenen. An deren Ende, wie zu erwarten, ein Konsens stand, den ich als Protokollant auf die folgende Aussage reduzieren würde:

Männer sind Schweine.

Oberschwein ist in diesem Falle Markus, der sein Pinselchen gleich in drei verschiedene Farbtöpfchen gehalten hatte. Mindestens.

Platz zwei belegt Erwin, der erst Ute für Uta verließ, um dann beim Sex mit Uta „Ute" zu stöhnen.

Die Bronzemedaille ist noch nicht verliehen.

Was gucken die mich so an?

Am Ende jedenfalls liegen sich alle vier weinend in den Armen und sogar die strenge Darstellerin mit den schwarzen Langschäftern und der neunschwänzigen Katze verdrückt ein Tränchen.

Ich mache mir derweil Gedanken, wo wir die ganze schwäbische Mischpoke unterbringen sollen.

„Hola die Waldfee! Wenn des mei Erwin sea däd.“

„DEI Erwin?“

„Schhht! Dande Uta! Mama! Die schmeissad os soschnd raus!“

„Des isch eh nix für Di, du Bibberle!“

Die drei schwäbischen Grazien haben unter der Auflage absoluten Stillschweigens die Erlaubnis, den Dreharbeiten beizuwohnen.

Ich mache mir gewisse Sorgen um die, nun, sagen wir, Beiwohnungsfähigkeit des derzeit einzigen männlichen Darstellers, aber der lässt sich vom unqualifizierten Geschwätz von den Rängen nicht im Geringsten aus der Ruhe bringen.

Im Gegenteil, er zeigt höchsten körperlichen Einsatz.

Regisseurin Ilona dreht ihren Daumen nach oben und flüstert mir zu: „Super Idee von Dir, die Mädels zuschauen zu lassen. Torben-Leon war nämlich ein bisschen mein Sorgenkind. Der blüht total auf.“

Es gibt also Pornoakteure, die nach der Jahrtausendwende geboren wurden. Seufz.

Natürlich arbeitet Torben-Leon nicht unter seinem richtigen Namen. Achten Sie bei einschlägigen Produktionen, die Sie als Liebhaber anspruchsvoller Filmkunst selbstverständlich nur unter Androhung von Zwang ansehen würden, mal auf den Namen „Rick Lionhard“ im Abspann. Das ist er.

Überhaupt nennt von der Crew jeder ein kleines Geheimnis sein Eigen. Ilona beispielsweise hat eine halbe Stelle als Dozentin an der Filmhochschule und Kameramann Tobi arbeitet wochentags für eine beliebte Daily Soap, „Verbotene Gefühle“ oder so, ich kenne mich da nicht gut aus.

Visagistin Yvonne, die hier weinenden Pornosternchen geschäftsschädigende Spontanpickel vom Podex retuschiert, bekämpft im Hauptberuf dunkle Augenringe übernächtigter Nachrichtensprecherinnen und pudert transpirierender Politprominenz vorm Talkshowauftritt die Denkerstirn.

Alles in allem ein wohltuend professionelles Team.

KLONK. SCHEPPER.

Gut. Bis auf Beleuchter Klaus. Der ist eigentlich Programmierer und hat den Job hier buchstäblich im Lotto gewonnen.

Doch, doch. Ich meine das so, wie ich es sage. Die Sexfilmproduktionsfirma war nämlich vor einiger Zeit auf den Trichter gekommen, unter allen Fans ihrer beliebten Filmreihen eine Gastrolle zu verlosen. Sie kennen doch sicher „Strammheim, Gefängnis der Lüste", Teil 1 bis 39, oder?

Die Sache lief, ganz dem Geist der modernen Zeit entsprechend, ausschließlich online ab.

Klaus, ein glühender Verehrer von Pornostar Viktoria Vulvarine, hat den Server gehackt, was jeder weiß, aber niemand beweisen kann. Er ist gut in seinem Job. Allerdings nur in dem.

Es stellte sich nämlich alsbald heraus, dass er zwar ein hochbegabter Softwarefachmann ist, mit Hardware aber auf Kriegsfuß steht. Sie verstehen, was ich meine.

Er kann einfach nicht, wenn jemand zuguckt. Was in seinem Wunschberuf ein mittelschweres Einstellungshemmnis darstellt.

Da Klausi aber ansonsten eine Seele von Mensch ist (und widrigenfalls gedroht hatte, alle Server des Pornoimperiums lahmzulegen), entschied man sich, ihn als Maskottchen zu behalten.

Seitdem leuchtet er den gewerblich Kopulierenden heim und löst nebenbei all ihre Softwareprobleme.

Es fließt der Schweiß der Darsteller in Strömen. Und der Prosecco. Der Rest des Drehtages mutiert dadurch zu einer Folge von „Drei Schwäbinnen in Lederhosen", denn unsere vom Schaumwein enthemmten Besucherinnen sind nicht davon abzuhalten, den üppigen Kostümfundus zu erforschen.

Während alle die kleine Modenschau genießen, stipft Bella mich mit dem Zeigefinger an und deutet unauffällig auf Tobi. Ich nicke. Alles unter Kontrolle, ich habe ihn im Auge. Er nestelt nämlich auffällig unauffällig an seinem Equipment rum. Nicht was sie denken. AN DER KAMERA.

Offensichtlich plant er ein kleines Zubrot durch eine Independent-Produktion, in der Utas üppige Brüste und eine schwarze Lackkorsage eine prominente Rolle spielen sollen. Ich schlendere im allgemeinen frivolen Trubel unbemerkt zu ihm rüber und schaue ihm über die Schulter.

„Du kannst entweder deinen Job oder diese Speicherkarte behalten", flüstert eine Stimme aus dem Nichts in Tobis Ohr.

Einen hochkapazitiven Datenträger voller kompromittierendem Bildmaterial in der Hosentasche mache ich mich zufrieden auf den Weg zurück zu Bella.

Natürlich wird es auf immerdar Bellas und mein Geheimnis bleiben, dass wir über Aufnahmen verfügen, die Ute unten und Uta oben ohne zeigen, während sich Helene das Lachen mühsam verkneift, da ihr Zwerchfell von einem grenzwertig eng geschnürten knallroten Korsett eingezwängt ist.

Ich setze mich neben Bella und zeige ihr unauffällig das Beutestück. Sie guckt mich verzückt mit diesem „Seht ihr, hab' doch keinen Totalversager abgekriegt"-Blick an und gibt mir einen dicken Schmatzkuss.

„Schau nur, wie süß", sagt Uta zu Ute und zeigt auf uns.

Wenn die wüssten.

Wir überlassen unsere Besucherinnen einstweilen ihrem Vergnügen und suchen uns eine ruhige Ecke, um zu beratschlagen, wo die denn wohl alle nächtigen sollen. Unsere Kapazitäten zur Gästeunterbringung sind seit Einzug von James und Anna samt frischgeschlüpftem Nachwuchs erschöpft.

Die „ruhige Ecke" entpuppt sich dann als das Kapitänszimmer, durch das anscheinend als einziges noch niemand vom Filmteam durchgetobt ist. Vermutlich haben sie einfach das großzügig dimensionierte Wasserbett bisher nicht entdeckt, welches dem Raum sein maritimes Flair verleiht.

Wir liegen erschöpft nebeneinander auf dem Rücken und schaukeln sanft auf und nieder.

„Wir sind eigentlich viel zu selten hier", findet Bella.

„Dienst ist Dienst und Schnaps ist Schnaps", erinnere ich sie halbherzig an unseren Schwur, Dienstliches und Privates sorgsam zu trennen.

Schawapp.

Bella dreht sich zu mir und verursacht so einen kleinen Wellenberg, der mich anhebt und wieder senkt.

„Quatsch. Außerdem sind Ferien. Oder siehst du hier irgendwelche zahlenden Gäste?"

Auch wieder wahr. Ich sehe nur welche, die kosten. Nerven nämlich. Und Schlafplätze.

Damit wir in Ruhe und ungestört nachdenken können, verlasse ich kurz den angenehm temperierten Sündenpfuhl mit Tidenhub und verschließe die Zimmertür. Praktisch, wenn einem buchstäblich der ganze Puff gehört und man einen Generalschlüssel sein Eigen nennt, nicht wahr?

Nach einer halben Stunde sehr intensiven, nun ja, Nachdenkens liegen wir immer noch erschöpft, wenn auch jetzt gemeinsam in einem Wellental, auf dem Wasserbett und sind keinen Schritt näher an der Lösung unseres Problems. Aber das mit erheblich besserer Laune immerhin.

Falls es Sie mal zum Nachdenken auf ein Wasserbett verschlägt, hier noch ein Ratschlag:

Never fight the Wasserbett. Erwarten Sie nicht, dass die Dünung ihren schawappenden Rhythmus an Sie anpasst, dann kann das Ganze zu einem sehr harmonischen Erlebnis werden.

Hab' ich mal gehört.

Wir kommen schließlich leise schaukelnd zu folgendem Entschluss: Das Wasserbett geben wir einstweilen nicht her, Ute kriegt daher unser Schlafzimmer und Uta kommt in den Jungle Room, wo man auf Kunstleopardenfell nächtlichen Urwaldgeräuschen vom Band lauschen kann.

Wir haben etwas Hemmungen, Helene den roten Salon anzubieten, sie ist schließlich jung und unverdorben.

Bella schlägt vor, ihr das Andreaskreuz an der Wand einfach damit zu erklären, dass der Raum normalerweise dem Treffen der örtlichen Eisenbahnfreunde dient. Klingt logisch.

Wir kehren zurück zu den anderen, die frohe Unterkunftsbotschaft zu verkünden. Ein Bild des Friedens erwartet uns. Uta lässt sich von Klausi ihr neues Handy einrichten, Helene redet auf Ilona ein, sie doch bitte, bitte als Praktikantin zu nehmen und Ute, nun, Ute ist verschwunden.

Verschwinden tut natürlich bei uns eigentlich nie jemand so ganz und die wissenden Blicke, die die anderen sich auf unsere Nachfrage hin zuwerfen, lassen einen gewissen Verdacht in mir keimen.

„Und wo ist äh Rick?", frage ich.

Ilona grinst. Volltreffer.

„Macht Überstunden."

Sie erinnern sich an Rick, den Löwenharten, laut Personalausweis eigentlich Torben-Leon?

Dem steckt eigentlich schon ein harter Arbeitstag in den Knochen. Oder woanders, sie verstehen, worauf ich hinauswill.

Wir finden ihn nach kurzer Suche mit Ute im Whirlpool. Die hat scheinbar in sich Gefühle für den deutlich jüngeren und zugegebenermaßen wirklich gutgebauten Burschen entdeckt, die ich nicht unbedingt als klassisch mütterlich einstufen würde. Jedenfalls ragt zuerst nur ein Kopf aus dem sprudelnden Wasser, nämlich seiner. Als Ute, da nicht mit Kiemen gesegnet, notgedrungen kurz darauf wieder auftaucht, sind wir schon auf leisen Sohlen auf dem Weg hinaus. Bella hält sich kurz den Zeigefinger vor den Mund und signalisiert Ricky-Torben-Leon, dass wir zwei nie hier waren. Man muss auch gönnen können.

Auf dem Flur treffen wir Helene, ein flauschiges Badetuch in der Hand.

„Ich glaub, du gehst da jetzt besser nicht rein", sagt Bella als fürsorgliche Patentante. Helene ist zum Glück nicht schwer von Kapee und erfasst die Lage sofort.

„Scho klar. D'Mama."

Wir nicken synchron.

Das Planschen, das aus Richtung Whirlpool zu hören ist, erinnert mich stark an einen anderen Gast.

„Klingt wie damals…" beginne ich.

„…bei Fridolin" vollendet Bella.

Wir laden Helene ein, uns ins römische Dampfbad zu begleiten, wo diskrete Dämpfe etwas Privatsphäre sichern und erzählen ihr die Kurzfassung der Geschichte von Fridolin, dem dänisch-kalifornischen Seelöwen.[1]

„Ganz schön triebhaft, Deine Sippe", sage ich etwas später müde und zufrieden leise in den wabernden, warmen Nebel hinein.

„He! Des hab' i fei g'hörd!", kommt gespielt empört von Helene, „aber isch jetzt wahrscheinlich au ed ganz falsch."

Bella hat ihre Hand unter meinem Badetuch und sagt nix.

Helene rekelt sich lasziv auf der uns gegenüberliegenden Bank.

Bella grinst schelmisch, weiß sie doch um die toxische Kombination aus Wasserdampf und Kurzsichtigkeit, die mir gerade mal erlaubt, zu erkennen, dass der nackte Mensch dort drüben wohl weiblichen Geschlechts ist.

So angenehm es sein kann, die Welt nur weichgezeichnet zu sehen, als lebte man in einem dieser fragwürdigen David-Hamilton-Filmchen, so lästig ist dies auch mitunter.

„Warum hast du denn die Meyers nicht gegrüßt, die saßen in der Sauna direkt neben uns?"

„Die haben nix gesagt."

Bella haucht mir etwas ins Ohr, was nach „Ach, mein Blindfischlein" klingt, aber vielleicht kann ich auch meinem Gehör nicht mehr zu 100 % vertrauen. Sie legt ihren Kopf an meine Schulter. Auch schön irgendwie. Zumal sie ihre Hand da liegengelassen hat, wo sie so goldrichtig lag.

Einige Zeit und einen, wie ich finde, äußerst unschicklichen Blick auf mein Handtuch später, steht Helene auf und schickt sich an, mit den vieldeutigen Worten: „I lass Euch dann mal alloi" das Dampfbad zu verlassen.

---

[1] Siehe Band 1, Kapitel 12 „Praktikum, untenrum"

Vorher flüstert sie Bella noch etwas ins Ohr, das ich blöderweise nicht verstehe.

„Du Luder. Zisch bloß ab!“ höre ich Bella lachend sagen. Dann klatscht sie Helene ihr Handtuch auf den Hintern. Die grinst, streckt ihrer Patentante kurz die Zunge heraus und geht.

„Was hat sie gesagt?“

„Sag ich nicht.“

„Los, sag schon.“

„Nö-hö.“

Ich wende verschiedene bewährte Verhörmethoden wie den vietnamesischen Nackenbiss und den nepalesischen Nabelkreisler an, bekomme aus ihr aber nur heraus:

„Das willst du wissen und du willst es auch nicht wissen.“

Viele, viele Schaukeleinheiten im Kapitänszimmer sind nötig, um Bella letztendlich doch herauszukitzeln, was Helene ihr zugeflüstert hat.

„Sie hat gesagt, Tante Bella, hat sie gesagt, wenn das nicht deiner wär‘, den würd ich glatt anbaggern. Ich steh irgendwie auf ältere Männer.“

Helene, Helene, du nekrophile Natter. Da so ein Wasserbett aber keinen Schmollwinkel hat, gebe ich mir Mühe, den letzten Teil ihrer Aussage bestmöglich zu verdrängen.

Verdrängung ist ein gutes Stichwort. Bei mehr als einer Person in so einer Bettstatt kommt es auf die nämlich an. Denn wer durch seine Körpermasse mehr Gewicht verdrängt, der bildet eine kleine Kuhle, in die leichtere Mitschläfer unwillkürlich hineinrollen. Bella liegt daher jetzt mit ihrem Bauch auf meinem Bauch und schnorcht zufrieden vor sich hin. Eine ihrer Locken kitzelt meine Nase.

Ich puste die provokative Tolle sanft aus dem Weg. Helene, überlege ich, hat vermutlich nicht mal einen Bauch. Die müsste man mir auf selbigen binden. Und Locken hat sie auch keine.

„Ich kann dich denken hören“, murmelt Bella schläfrig, legt ihre Arme um mich und sagt „Meiner“.

Kapitel 50 – Haare lassen für die Kunst

„Hast du eine Ahnung, wie diese Schokoladentafel in deinen Werkzeugkasten kommt?"

„Die, äh, hab' ich da für dich versteckt. Ich wusste ja, dass du heute das neue Bild aufhängen willst."

„Du bist ein Schatz."

Frauen, so leichtgläubig, denke ich.

Männer, so leichtgläubig, denkt Bella.

Zufrieden zieht sie mit meinen 300 Gramm Alpenvollmilch für Notzeiten von dannen. Und mit dem Werkzeugkasten, das Kunstwerk aufzuhängen. Ein Geschenk der Malerin persönlich.

Es handelt sich um Bellas Freundin Kerstin, weswegen das Bild einen Ehrenplatz bekommt. Im Gästezimmer.

Kerstin channelt seit einiger Zeit zusammen mit einigen Alters- und Geschlechtsgenossinnen wöchentlich ihre innere Frida Kahlo, im feministischen Malkurs an der örtlichen Volkshochschule. Bei Frau Doktor Heidelinde Riebesam-Simonetti. Und die hat immerhin mal in Florenz studiert.

Sie hat dort allerdings nicht Kunsthistorik, sondern Tourismus studiert, was sie nicht jedem erzählt. Genaugenommen niemandem.

Ihr Gatte, Tonio Simonetti, ist zum Glück Wirtschaftsprüfer und daher schon von Berufs wegen zum Schweigen verpflichtet.

Über die Bilanzen seiner Kunden.

Ansonsten ist er ein ausgesprochen kommunikativer Charakter und mir, das kommt erschwerend für seine Frau dazu, schon seit langem von Person bekannt. Hat die ein Glück, dass wir Männer nicht zum Tratschen neigen und nur übers Geschäft reden, wenn wir zusammensitzen.

So ein Glück.

Aber egal, eigentlich wollte ich mit Ihnen meine quasi repräsentativen Beobachtungen über Männer und Frauen im mittleren Lebensalter teilen.

Also die einen Mitte 30 und die anderen so um die 45. Die Demografie ist ein tückisches Biest, wenn du nicht zwei X-Chromosomen hast.

Frauen entdecken zu diesem Zeitpunkt ihre Liebe zur Kunst, Männer einen hartnäckigen Bauchansatz. Beides kann zu optisch unerfreulichen Ergebnissen führen.

Eines dieser Ergebnisse ziert nun, wenn ich das energische Gehämmer aus dem Südflügel richtig deute, unser Gästezimmer.

Ein weißer Pudel vor der Kulisse von Neuschwanstein. Im Nebel.

Vielleicht ist es auch ein halb verhungerter Eisbär. Die zeitkritische Ambivalenz der Botschaft ist von der Künstlerin sicher beabsichtigt.

Er guckt traurig. Vermutlich wäre er lieber an die See gefahren. Oder tot.

Das Hämmern verstummt. Ich höre ein paar Minuten nichts, dann das vertraute Knarzen der antiken Bodentreppe. Knirkknirkknirk. Trapp, trapp. Klonk. Knirkknirkknirk.

„Fertig?"

„Fertig."

Bella reicht mir den Werkzeugkasten. 300 Gramm leichter als vorher. Sie hat Spinnweben im Haar.

Den Besuch im Gästezimmer kann ich mir sparen. Wenn mich nicht alles täuscht, wurde der grenzdebile Wasserfarb-Köter samt begleitendem Alpenpanorama dorthin geschafft, wo alles endet, was Bellas Gunst verlor.

Vielleicht sollte ich da oben auch Schokolade bunkern. Nur für den Fall.

Wortlos reicht sie mir ihr Handy. Die Nachricht an Kerstin lautet „Schau Süße, es hat einen Ehrenplatz bei uns bekommen" und wird begleitet von so einem Herzaugenemoji und dem Foto des handgemalten Corpus delicti, wie es wasserwagengerade aufgehängt über unserem Gästebett prangt.

Wer Bella kennt, der weiß, was es bedeutet, wenn sie Kommunikation im Teeniegirlstil betreibt.

Das ist in etwa das Äquivalent zu einer in Blut auf Menschenhaut geschriebenen Drohung, der man traditionell ein abgeschnittenes, nicht lebensnotwendiges Körperteil seiner Geisel beifügt. Ich hoffe, Kerstin ist so gut wie ich in der Lage, das zwischen den lieblichen Zeilen versteckte Gift zu erkennen und sieht von weiteren derartigen Geschenken ab.

Sonst hängt nämlich nächstes Mal sie an der Wand überm Gästebett. An den Ohren festgenagelt. Ohne örtliche Betäubung.

Sie würde sich da gut machen neben dem Mobile aus handgesammelten toskanischen Sittichfedern, der zerfledderten Collage „Ich und der Jakobsweg", einer fußgetöpferten Fruchtbarkeitsgöttin mit vier Brüsten in Doppel-D und weiteren kreativen Schöpfungen aus Bellas Bekanntenkreis.

„Hab' ich Dir eigentlich erzählt, dass Gerd jetzt auch bei der Malgruppe mitmachen will?"

Gerd ist Kerstins Angetrauter und als erdverbundener Gartencenterbesitzer der letzte, dem ich künstlerische Ambitionen zutraue. Die Sache stinkt.

„Lass mich raten. Es geht um Aktzeichnen?"

Bella schweigt drei Sekunden zu lange. Hab' ichs mir doch gedacht, da ist was im Busch.

„Die menschliche Anatomie ist eine der größten Herausforderungen für den Künstler."

Ich ziehe eine Augenbraue hoch, eine Fähigkeit, die mir in Situationen wie dieser stets zupasskommt.

„Soso."

„Ja. Total. Das muss man von der Pike auf lernen. Am lebenden Objekt natürlich."

„Verstehe. Und an wessen Anatomie soll da gelernt werden?"

„Weißt du..."

„Sag nicht..."

„Na ja, ein Modell kostet Geld und die anderen sind alle so verklemmt und da hab' ich dann..."

Gerd, Du Ratte.

Verstehen Sie mich nicht falsch, es steht Bella natürlich frei, sich zum Zwecke der Kunsterziehung oder aus jedem anderen ihr angemessen erscheinenden Grund zu entblößen, aber Sie gestatten mir, an der Aufrichtigkeit von Gerds frisch erblühter Liebe zur Malerei Zweifel zu hegen.

„Ich finds toll, dass du das machst. Und ein bisschen stolz bin ich auch."

Das war jetzt nicht mal gelogen und bringt Bellas Augen kurzzeitig zum Strahlen. Leider kennt Sie mich ein bisschen zu gut.

„Moment. Du führst doch was im Schilde?"

„Iiiich? Was sollte ich denn wohl? AUA!"

Ein schmerzhafter Knuff in meine unechten Rippen soll mich zum Reden bringen, doch ich schweige wie ein Grab. Hoffentlich halte ich das ein paar Tage durch, es gibt schließlich noch einiges zu tun bis Freitag. Aber ein paar blaue Flecke ist mir die Sache wert.

Autsch.

Glaube ich.

Kennen Sie diese Menschen, deren Lebensmotto lautet „Was man dir im Vertrauen erzählt, das darfst du im Vertrauen weitererzählen"? Solche Leute erfüllen eine durchaus wichtige Aufgabe in jedem Kulturkreis. Genau. Die des Klatsch- und Tratschmultiplikators.

Ich greife zum Telefon.

Ich erspare Ihnen hier die Einzelheiten, aber das Onlineportal der örtlichen Volkshochschule verzeichnet in den nächsten Stunden eine ungewöhnliche Zunahme der Buchungszahlen.

Alle Anmeldungen sind für einen Kurs. Und von Männern.

Serveradministratorin Isa kratzt sich am Kopf.

Morgen nun ist der große Tag, meine sinistren Aktivitäten sind nahezu abgeschlossen und auch Bella hat sich vorbereitet. Weil sie nämlich ein bisschen eitel ist, hat sie sich noch einen Besuch bei der Kosmetikerin ihres Vertrauens gegönnt, inklusive einer 360-Grad-Epilation.

Die dabei angewandten Verfahren, die auch jedem noch so kleinen unerwünschten Härchen den Garaus machen, hier zu beschreiben, das erspare ich uns zarten Gemütern lieber. Aber die Damen und Herren an der Copa Cabana, soviel sei verraten, schwören auf diese Methode.

Ich habe jedenfalls die Theorie, dass ursprünglich der brasilianische Urwald die Schreie der Delinquentinnen gnädig schluckte. Dumm halt, wenn man keinen zur Hand hat, dann helfen nur gut schallisolierte Wände. Kosmetikerinnen mieten daher bevorzugt Probenräume von Punkbands an.

Das Ergebnis kann sich auf jeden Fall sehen lassen, schier und glatt wie ein Babypopo sei sie, so Bella stolz. Sie duscht grad noch und ich darf mich gleich persönlich davon überzeugen.

„UAAAAAH komm schnell oh mein Gott oh mein Gott oh mein Gott."

Ups. Sehnsucht klingt anders.

Besorgt stürme ich ins Bad. Bella steht splitternackt vor dem Spiegel. In der Tat, außer auf ihrem Kopf lässt sich kein Haar mehr erblicken.

Allerdings hat sich ihre Hautfarbe in einen Farbton verwandelt, der jeden Feinschmecker instinktiv zum Hummerbesteck greifen lassen würde.

Offensichtlich enthielt der nach altem aztekischem Rezept aus zu 100 % natürlichen Zutaten angerührte Balsam, mit dem die durch die Epilation verstörte Haut sanft kühlend nachbehandelt wurde, etwas, in dem Bellas wachsames Immunsystem den Erzfeind erkannt zu haben glaubte.

Das Karma ist mitunter eine rechte Zicke, allerdings muss ich gestehen, dass ich aus irgendeinem Grunde bei Zicken immer einen Stein im Brett hatte. Gerade hat sich nämlich das letzte noch fehlende Puzzlesteinchen meines Plans zur Belebung der hiesigen Kunstszene eingefunden.

Aber zunächst ist erste Hilfe gefragt. Ich eile zu Frau Dr. Hülsheimer herüber, heilende Arzenei zu organisieren, die Bellas geschundenen Körper schnellstmöglich wieder seine normale Färbung zurückgeben soll. Mit dem Rezept in der Hand mache ich mich auf den Weg zur Pharmazeutin meines Vertrauens.

Das Ganze ist allerdings nicht ganz unheikel.

Was kann an der simplen Einlösung eines Rezepts denn wohl heikel sein, fragen Sie sich, und das zu Recht, falls Sie hier neu sind. Alle anderen wissen, dass in diesem Dorf eigentlich nichts simpel ist.

Wie immer muss ich leider ein bisschen ausholen.

Jemand vorher noch mal Pipi?

Also los. Sie kennen die Sache mit dem Deppenapostroph?

Nach dem Motto „Andreas Apotheke gehört Andrea, Andreas' Apotheke gehört Andreas und Andrea's Apotheke gehört einem Deppen". Oder vielmehr einer Deppin.

Tja. Hier gehört die Andreas-Apotheke Andrea. Während Andreas die Dorfapotheke betreibt. Beide Fachbetriebe der Pharmakologie liegen an der Hauptstraße. Und sich gegenüber.

Die Dorfapotheke befindet sich praktischerweise im selben Haus wie die Praxis von Frau Dr. Hülsheimer und über Andreas Andreas-Apotheke sitzt unser verschreibungsfreudiger Hautarzt Dr. Schorf.

Doktor Schorf heißt natürlich nicht wirklich so, aber wenn man den Nachnamen Scherf trägt und das Dermatologenhandwerk ergreift, dann gehört das wohl zum Berufsrisiko. Niemand behauptet, dass man hier bei der Spitznamenfindung sonderlich subtil oder fantasievoll vorginge.

Andrea und Andreas jedenfalls beäugen, wenn sie nicht gerade Hämorrhoidensalbe oder Hustensaft über den Tresen schieben, argwöhnisch, wer beim jeweiligen Gegenüber ein und aus geht. Was im Dorf zu einer gewissen Polarisierung geführt hat.

Allerdings war das nicht immer so.

Bis vor ein paar Jahren war hier noch alles Friede, Freude, Eierkuchen. Jeder trug Rezepte mal hierhin, mal dorthin und die Apotheker schwärmten am Unternehmerstammtisch vom komfortablen Leben als Teil eines gut funktionierenden Duopols.

Bis Andreas' Frau Dörthe bei Andreas aus- und bei Andrea einzog. Dörthe ist übrigens bei der Drogenfahndung und damit irgendwie in derselben Branche tätig wie Andrea und Andreas.

Seither jedenfalls sollte man sich tunlichst entscheiden, ob man zur Andreas- oder zur Dorfapothekenfraktion gehören will. Späterer Wechsel ausgeschlossen.

Die Andreas-Apotheke heißt natürlich nicht nach Andrea, sondern nach dem heiligen Andreas, dem Erfinder des unbeschrankten Bahnübergangs und Schutzheiligen aller Interrail-Reisenden.

Der unheilige Andreas aus der Dorfapotheke hat seit der 3. Klasse ein Fünf-Freunde-Buch von mir.

Kommen wir zum eigentlichen Problem.

Bella und ich haben den Apotheken-Schlamassel so gelöst, dass sie ihre Rezepte zu Andreas bringt und ich meine zu Andrea.

Das vermeidet nebenbei auch peinliche Diskussionen um ein lustiges Taschenbuch von 1976, das ich angeblich noch hätte.

Jetzt stehe ich also mit einer Salben-Verordnung für Bella, ausgestellt durch Frau Dr. Hülsheimer von gegenüber, vor Andreas Andreas-Apotheke und fühle mich wie ein Teenager, der kurz vor dem Erwerb einer Packung Kondome steht, weil der diskrete Automat im Dorfkrug kaputt ist.

Auf dem Männerklo jeder Gaststätte gab es zu meiner Jugendzeit einen solchen Automaten, der Qualitätspräservative der Marken Blausiegel und Fromms feilhielt, manchmal auch noch London, natürlich gefühlsecht. Wer Erdbeergeschmack wollte, der kaufte sich damals ein Wassereis.

Interessiert betrachtet Andrea das Rezept.

„Na? Ist dein Weib wund?"

„Aber so was von. Apropos. Wie gehts denn Dörthe?"

„Frag bloß nicht", sie verdreht die Augen.

„PMS?"

„Ich sehe, wir verstehen uns. Macht trotzdem fünf Euro Zuzahlung."

Zum Glück war ich mit Andrea allein in der Apotheke, wer weiß, welchen Klatsch und Tratsch unser harmloser Dialog sonst losgetreten hätte.

Mit Grausen denke ich an die Zeit, als Bella für den Hund Prostata-Tabletten geholt hatte und mich das halbe Dorf danach mitleidig anschaute.

Ein weißes Papiertütchen mit rotem „A" darauf in der Hand verlasse ich den Tempel der Gesundmachung. Aus dem Schaufenster zwinkert mir eine Frau in den Wechseljahren zu. Sie ist aus Pappe und findet, dass das Thema Scheidentrockenheit bisher stets stiefmütterlich behandelt wurde.

Ihr Zwinkern gilt vermutlich nicht mir, sondern dem eleganten Mittfünfziger, der in Diensten der Dorfapotheke auf der anderen Straßenseite Abhilfe bei nächtlichem Harndrang verspricht. Auch er ist lebensgroß, aber von Pappe.

Apotheker Andreas äugt argwöhnisch hinter ihm hervor.

Zum Glück ahnt er nicht, dass der Inhalt des Beutelchens für Bella bestimmt ist und das Rezept daher nach geltender Quotenregelung eigentlich ihm zugestanden hätte.

„Du hältst dicht, ja?" frage ich die aus Karton gestanzte Scheidentrockenheitsexpertin.

Sie zwinkert zurück. Klar.

Ein bisschen tut sie mir ja leid. Ich stelle mir vor, wie sie mit dem Arzneikürbis-Mann von gegenüber zusammenkommt. Nach kurzer Zeit würde sie ihm dann abends beim Fernsehen die Zweidimensionalität ihrer Beziehung vorwerfen, derweil er von Dolly Busters üppiger Oberweite träumt.

Ja, zugegeben, ich habe, auch wenn Bella hier zweifelnd eine Augenbraue hochziehen würde, eine kleine Schwäche für eher flachbrüstige Frauen, vielleicht rührt daher meine Sympathie für Vagisandra, wie ich die Dame im Schaufenster kurzerhand getauft habe.

Ich winke zu Andreas herüber und denke „Hallo, Arschloch". Der winkt zurück und denkt das Gleiche.

Die Dorfapotheke ist seit Generationen in Familienbesitz, er könnte bequem von den Einnahmen aus vier Eppendorfer Miets-häusern in bester Lage leben, statt Hustensaft auszuschenken. Andrea hingegen hat den strategischen Fehler gemacht, ein stattli-ches altes Fachwerkhaus vor dem Verfall retten zu wollen. Haben Sie mal einen flachen Stein angehoben und sich gewundert, was da alles drunter hervorkriecht? So ähnlich verhält es sich hierzulande mit Behördenmitarbeitern, die Wind von einem Bauvorhaben be-kommen.

Versuchen sie dann mal, Denkmal- („Da müssen zwingend mund-geblasene Butzenscheiben rein") und Klimaschutz („Vierfachver-glasung ist heute Minimum") unter einen Hut zu kriegen, ohne das Bruttosozialprodukt von Dänemark für das Projekt aufzuwenden.

Was bedeutet, dass Andrea nun wohl wird arbeiten müssen, bis sie 109 ist. Vermutlich wird man sie irgendwann im hohen Greisenalter mit den Füßen voran aus ihrer Apotheke tragen. Auf ihren Augen statt Goldmünzen zwei Probepäckchen Sprudelfix forte Multivita-min-Brausetabletten für den Fährmann über den Styx. Auch im Jenseits merkt man langsam, dass die fetten Jahre im Gesundheits-wesen vorbei sind.

Statistisch gesehen habe ich keine Chance, alt genug zu werden, um herauszufinden, ob ich mit dieser Einschätzung richtig liege. An-dreas aber auch nicht. Was wiederum Andrea diebisch freuen dürfte.

Als ich mit der Medizintüte unseren Hausflur betrete, legt Bella ge-rade den Hörer auf. Sie hat geknickt bei Kunstdozentin Heidelinde angerufen, ihren Auftritt als Aktmodell abzusagen.

„Du, die war kein bisschen böse, sie hätte da jemanden, der für mich kurzfristig einspringen könnte und ich solle mir keine Sorgen machen. Ich könnte ja vielleicht nächste Woche."

Bella ist irritiert. Wer mochte dieser Ersatz wohl sein?

Ich zucke mit den Schultern. Keine Ahnung. Woher soll ausgerech-net ich so was wissen.

Ein bisschen schade ist es natürlich schon, dass ich die Gesichter der Kunstinteressierten nicht sehen kann, die statt Bellas weiblicher Rundungen nun das Sixpack von Rick Lionhard zeichnen dürfen. Der gut gebaute Jüngling aus der Pornobranche war mir noch einen kleinen Gefallen schuldig.

Aber mein ebenso ungewollt wie großflächig errötetes Weib bedarf der hingebungsvollen Pflege und das hat eindeutig die allerhöchste Priorität.

„He. Finger weg."

„Nix da, da bist du auch ganz rot. Da muss auch was von der Salbe hin."

„Hihi. Das kitzelt."

Schön, so ein Happy End.

Kapitel 51 – Oh Romeo

Nach fast 40 Jahren Noname-Spülmittel haben wir mal wieder das Markenprodukt gekauft. Dieser Geruch...

Prilblumen wachsen am Fliesenspiegel, Oma macht Erdbeerkuchen und Scott McKenzie empfiehlt mir, nicht ohne Flowers im Haar nach San Francisco zu gehen.

Eine Frau ohne BH geht vorbei.

Ok, es ist Bella auf dem Weg zur Gartendusche, aber sie passt zeitgeschichtlich gerade ganz hervorragend in meine kleine Gedankenwelt. Versonnen blicke ich ihr hinterher, gleichmaßen von sentimentalen Erinnerungen und ihrem wogenden Busen emotional berührt.

Sie scheint mir wohlgesonnen, denn meinen versonnenen Blick auf ihre Oberweite quittiert sie mit einem kecken Popowackeln, bevor sie um die Ecke verschwindet, Erfrischung zu suchen unter brausendem Quell.

Oh. Sollte ich ihr vielleicht noch sagen, dass...

„AAAAAAH HEINIIIIII!"

Zur Gartendusche hin, das muss man wissen, führt ein Schlauch, der cobragleich aufgeringelt, seit Stunden in der heißen Sonne schmort und das Duschwasser auf angenehme Temperatur vorwärmt.

Allerdings hatte ich ihn grad eben benutzt, den Schmetterlingsflieder gründlich zu wässern.

Während draußen unermüdlich die wackre Tiefpumpe kaltes Quellwasser aus eigenem Brunnen vom Grund des eiszeitlichen Urstromtals nach oben fördert, fällt meinem nutzlosen Hirn statt der Notrufnummer des Zeugenschutzprogramms nur: „Tja, irgendwie ist jedes Wetter Nippelwetter" ein.

Wie auch immer, es erscheint mir dringend geboten, mich zu absentieren. Ich suche Deckung hinter der zu meinem Glück vollgehängten Wäschespinne. Hier wird „getrennt waschen" übrigens ernst genommen, weswegen ich von orangefarbenen Kleidungsstücken vor Bellas Zorn beschützt werde.

Ein bisschen kann man den Eindruck gewinnen, hier hätte sich ein ganzer Ashram seiner Textilien entledigt, um irgendwelchen unaussprechlichen Dingen nachzugehen, die die Seele gereinigt und die Laken besudelt hinterlassen.

Irgendwie weht der Geist der 70er durch diese Geschichte. Passenderweise rennt Bella, nackt wie wer oder was auch immer sie schuf, durch den Garten. Sichtlich gut durchblutet und auf der Suche nach mir, ein Exempel zu statuieren. Oder auch zwei. Bisher hat sie mich noch nicht entdeckt, langsam und leise bewege ich mich rückwär...KNACKS.

Verdammt. Ausgerechnet hier musste Sophie Marceau, unser Einliegerhuhn, eines ihrer seltenen Eier hinlegen.

Eigentlich legt sie keine Eier, ob aus feministischer Überzeugung oder aus Altersgründen, das konnten wir bisher nicht ergründen.

Jetzt bin ich fällig, Bella stürmt heran. „Sag mal, hast du ein Ei am Kopf, mich nicht zu warnen?"

„Eigentlich", wende ich wahrheitsgemäß ein, „habe ich eins am Fuß" und deute auf meinen linken Großzeh, der wie weiland Calimero in einer Eierschale steckt.

Bella trägt nichts. Außer so einem orangefarbenen Dings. Nee. Nix textiles. Die Spritze vom Gartenschlauch. Der ist grün geringelt und hängt prall an ihr dran. Das geht hier nicht gut aus, fürchte ich und gehe die Liste wasserempfindlicher Geräte durch, die ich am Körper trage.

„Ich gebe dir drei Sekunden!"

Keine Ahnung, welchen Zeitraum die Haager Landkriegsordnung für die Annahme einer Kapitulationsaufforderung vorsieht, aber ich schaffe es knapp, Hose, Hemd und Schuhe abzuwerfen und aus der Gefahrenzone zu befördern.

„Den Rest auch. Loslos."

Gib Frauen Macht und einen Gartenschlauch und sie kennen keine Grenzen mehr.

Ich beuge mich dem Druck und um meine Boxershorts auszuziehen, als mich der kalte Wasserstrahl trifft. Auf einem Bein. Sie ahnen wie es für mich endet. Auf dem Boden der Tatsachen.

„Entschuldigung, die Gartenpforte war auf und ich hab' hier ein Paket für AAAAAAAAAH!"

Da gerade mehrere Dinge gleichzeitig passieren, muss ich einen erzählerischen Kunstgriff anwenden und sie Ihnen der Kuriosität nach sortiert und nicht, wie gewohnt, chronologisch schildern.

Beginnen wir mit einem Phänomen aus dem Straßenverkehr. Wenn einem nachts ein Auto mit hellen Scheinwerfern entgegenkommt, neigt man dazu, instinktiv in Richtung der Lichtquelle zu lenken, statt von ihr weg.

Steinzeitmenschen waren halt selten mit LED-Fernlicht konfrontiert.

Etwas Ähnliches passiert offenkundig, wenn man mit dem Gartenschlauch auf jemanden zielt und dann durch ein Geräusch abgelenkt wird.

Genau. Man blickt in Richtung der Quelle dieser akustischen Störung.

Und wo man hinblickt, dahin zielt man halt auch mit dem Gartenschlauch.

Was dazu führt, dass unsere gerade auf der Bildfläche erschienene Postbotin Emily sich jetzt in einer nassen Pfütze auf dem Boden wälzt und dienstbeflissen ein Paket hochhält, auf dass es nicht feucht werde.

Warum sie auf dem Boden liegt? Dazu kommen wir jetzt.

Hofhund Heinz nämlich hatte das bisherige Geschehen gelassen betrachtet. Nackte Menschen im Garten, die schwer nachvollziehbare Dinge tun, das ist für ihn noch lange kein Grund, seine Siesta zu unterbrechen.

Unangemeldete Eindringlinge auf seinem Territorium hingegen schon.

Blitzartig rannte er also auf Emily zu, und da es sich bei ihm (zumindest rein äußerlich) um einen Windhund handelt, können Sie das „blitzartig" wörtlich nehmen.

Er erwischte sie auf dem falschen Fuß, da sie gerade einem Wasserstrahl auszuweichen versuchte. Jetzt steht er mit den Vorderpfoten auf ihrer Brust, erwägt kurz, zu einem traditionellen Kehlbiss anzusetzen, entscheidet sich dann aber dafür, ihr lieber gründlich das Gesicht abzulecken. Der Feinschmecker in ihm erkennt sofort: Kein Make-up, dafür Lichtschutzfaktor 30.

Jetzt hängt neben der Ashram-Aussteuer auch noch eine gelbschwarze Postuniform auf der Wäschespinne. Bella und Emily liegen nebeneinander in der Sonne und trocknen plappernd, während ich gekühlten Schaumwein und Erdbeeren mit Schlagsahne serviere.

Erkenntnisgewinn des heutigen Tages für mich:
a) Wir liegen am Ende von Emilys Zustelltour
b) Sie ist eine echte Rothaarige

Bella und Emily picheln ebenso fröhlich wie unbekleidet, Sophie Marceau hat irgendwo noch einen halbvertrockneten Regenwurm gefunden und Heinz praktiziert Multitasking. Er überwacht, dösend im Schatten der alten Hofeiche, das Geschehen.

Alles in bester Ordnung, sollte man denken.

Das Universum aber ist, wie man heute sagen würde, eine Bitch. Es liebt nämlich, wie Ihnen der Astrophysiker Ihres Vertrauens bestätigen würde, das Chaos deutlich mehr als die Ordnung.

Der Erfüllungsgehilfe des Chaos trägt eine kurze Hose in geschmacklich fragwürdigem Braunton.

„Ich hab' geklingelt, aber vorne war niemand und da dachte ich...Oh..."

Beinahe wäre ein Paket mit der Aufschrift „Zerbrechlich!", die „Achtung! Hier oben!"-Seite nach unten, auf dem groben Schotter des Gartenwegs gelandet.

Das gelbe Auto von Emily sah Upsi häufig. Ihre Brüste offensichtlich nicht.

Mit Paketboten, Sie verzeihen mir diese sommerliche Analogie, verhält es sich wie mit Ozon. Zu viel davon und überall ist das Asthmaspray ausverkauft, zu wenig und die Antarktisforscher brauchen plötzlich Lichtschutzfaktor 1000 wenn sie rausgehen, um die Schlittenhunde zu füttern.

Verstehen Sie mich nicht falsch, Upsi ist ein Netter, aber bestenfalls halb so alt wie ich und daher mit der Situation überfordert.

Nackte Menschen, die in der Sonne liegen, lassen bei den FKK-gestählten Männern meiner Generation bestenfalls Hunger auf Brathähnchen aufkommen.

Upsi hingegen ist in einer Zeit groß geworden, in der man wieder Wert darauf legte, Kinderkleidung nur in rosa oder hellblau zu kaufen und Frauen ohne BH von Frauen mit BH mit abschätzigen Blicken bedacht wurden.

Er gehört damit zur Wir-waren-echt-schon-mal-weiter-Generation.

Geistesgegenwärtig reiße ich zwei Wäschestücke von der Leine und werfe sie den Frauen zu.

Bella gewinnt bei der Blößenbedeckungs-Lotterie ein XXXXL-Trikot der Chicago Bears und Emily ein orangefarbenes Umstandskleid. Eingeweihte wissen, wie das bei uns auf die Wäschespinne kam.

Ich nehme Upsi vorsichtig das Paket ab, in dem sich etwas befindet, was gemäß Aufschrift in etwa so fragil ist, wie die Männlichkeit eines Boomers, der mit einer Urologin über seine Prostatabeschwerden reden soll. Upsi entschuldigt sich noch mal und zieht mit rotem Kopf von dannen.

Als ich mich umdrehe, hilft Bella Emily schon wieder aus dem Umstandskleid heraus. Eine Szene, die an die Bergung der Opfer eines eingestürzten Zirkuszeltes erinnert.

Frauen, die sich gegenseitig ausziehen. Andere Männer müssen dafür Pornos ausleihen, denke ich schulterzuckend.

„Kommt Hermes etwa auch noch?", fragt Bella.

„Hast du online was bestellt? Ist der Papst katholisch?", frage ich zurück.

„Blödmann", sagt Bella.

„Alles kein Problem, Pedro steht eh auf Männer", sagt Emily, und mit einem Seitenblick auf mich, „aber eher auf welche Mitte 20".

Ich ziehe unwillkürlich empört den Bauch ein, Bella japst kichernd: „Können wir sie adoptieren?"

Heinz hat endlich auch was mitgekriegt und bellt dem braunen Lieferwagen kernig hinterher.

Emily hält mir das Kleidungsstück für Arterhaltungspraktizierende hin.

„Danke, Gentleman."

Der blaue Pedro ist insbesondere bei Heinz beliebt. Das allerdings nicht wegen seiner sexuellen Orientierung, sondern aufgrund der Tatsache, dass er vor einiger Zeit mal ein Hundefutterpaket unter großzügiger Auslegung der Abstellgenehmigung über den Zaun geworfen hat. Raten Sie.

Quietsch. Quiiiiietsch. Quiiiiiiietsch. Huuuuuup.

Von der Hauptstraße dringen mittlerweile vertraute Laute an mein Ohr.

„Helene?", frage ich.

"Helene", sag Bella.

"Ich hab' nix scheppern gehört."

"Nur ne Frage der Zeit."

"Deine Gene."

"Nur ein paar."

Emily schaut uns fragend an.

Helene, unsere Quotenschwäbin und Bellas entfernt verwandte Patentochter, neigt zu einem, höflich ausgedrückt, jugendlich unbesorgten Fahrstil. Böse Zungen behaupten allerdings, dass sie es drauf anlegt, ihren klapprigen Polo schrotten zu lassen.

Völlig abwegiger Gedanke. Obwohl.

Die Häufigkeit, mit der sie unsere Grundstückseinfahrt beinahe verpasst und daher leider, leider eine waghalsige Vollbremsung auf der Hauptstraße einlegen muss, kann auch wohlmeinendste Gemüter stutzig werden lassen.

Von skeptischen alten Säcken wie mir mal ganz zu schweigen.

Wenns hinten kracht, gibts vorne Geld. Oder einen Rollstuhl. Vermutlich ist die heutige Jugend risikoaffiner, als wir damals.

Unwillkürlich greife ich mir an den Nacken, der sich auch nach 35 Jahren noch daran erinnert, dass mir mal ein Audi volle Möhre und ungebremst hinten in meinen brav vor einer Ampel stehenden Golf 1 gebumst ist.

Für heute jedenfalls hat Helene es sicher nach Hause geschafft, fröhlich höre ich sie „Juhu? Koinr dahoim?" oder so was rufen. Bevor jemand antworten kann, sehe ich bereits ihren Kopf an der Hausecke auftauchen und sie in Richtung unserer Gartenidylle spechten.

„Poolparty? Cool!"

Helene gehört zur Bussi-Bussi-Gesellschaft und schmätzelt nacheinander erst Bella, dann mich und danach die leicht verdutzte Emily ab. Wir sind alle wohlgemerkt immer noch höchst minimalistisch bekleidet. Außer Verantwortung tragen wir nix.

„Das ist Lene", sage ich entschuldigend.

Helenes T-Shirt, Hotpants und Unterwäsche fliegen in hohem Bogen neben mir ins Gras. Auch wenn sie sich im norddeutschen Straßenverkehr latent ortsunkundig gibt, an unsere lockeren hiesigen Sitten hat sie sich erstaunlich schnell gewöhnt.

„A brudale Hitz! Gammer ge schwimma?"

Sie greift nach Emilys Hand und zieht unsere Postfrau von ihrer Liege hoch. Die leistet der schwäbischen Aufforderung erstaunlich wenig Widerstand und fragt nur erstaunt:

„Ihr habt einen Pool?"

Bevor Bella oder ich antworten können, brummkreiselt Lene schon dazwischen.

„Besser. Vieeeel Besser. Komm mit! Los!"

Man muss dazu wissen, dass direkt hinter unserem Haus die Böke fröhlich murmelnd Richtung Nordsee fließt. Genaugenommen mündet sie vorher noch in ein namhaftes und im Gegensatz zu ihr schiffbares Gewässer, aber wir wollen unser heiß geliebtes Flüsslein nicht unnötig kleinreden.

Etwa 10 Meter misst sie auf Höhe unseres Hühnerstalls in der Breite und an ihrer tiefsten Stelle reicht sie mir mit schneller Strömung bis knapp über den Bauchnabel. Ein ideales Revier für Paddler und Bachforellen.

Nur letztere können geräuchert als wohlschmeckend gelten.

Darum, aber auch ansonsten waren mir die Wassersportler, die neugierig Einblicke in unser Geschäfts- und Privatleben nahmen, stets ein Dorn im Auge gewesen. Allerdings hatte es einiger Verbündeter bedurft, um den Schiffsverkehr auf der Böke auf ein erträgliches Maß zu reduzieren.

„Erträglich" ist in diesem Fall ein Synonym für „Komplett zum Erliegen bringen". Was zugegebenermaßen den wirtschaftlichen Interessen von Kajakverleih Kaufmann diametral zuwiderlief. Ein einstmals florierendes Unternehmen, das leider grausamen Marktkräften zum Opfer gefallen ist.

Der Starke, sagt man, ist am mächtigsten allein, aber, sage ich, es schadet nix, wenn er ein paar Freunde hat.

Meine waren der Fischerverein Bökeauen e.V., der unser Fließgewässer von der Quelle bis zur Mündung als Pächter exklusiv bewirtschaftet, und die untere Naturschutzbehörde.

Die einen aus anonymer Spenderquelle mit reichlich Liquidität versorgt, um schmackhafte Besatzfische zu erwerben, die anderen aus ebenfalls anonymer Quelle über Brutgebiete seltener Wasservögel informiert, unternahmen sie eine konzertierte Aktion.

Und erwirkten ein generelles Paddelverbot.

Wie kläglich dagegen die Lobbyarbeit des Kollegen Kaufmann von der Kajakindustrie. Arbeitsplätze seien bedroht. Und der Individualtourismus würde leiden, könnte man nicht mehr einfach so lospaddeln und an Bauer Meiers Kuhweide anlegen, die Rindviecher zu besuchen, zeterte er.

Auf die Idee, auch die Landwirte gegen die lästigen Paddler zu mobilisieren, war ich noch gar nicht gekommen. Gegen einen dreiseitigen Zangenangriff war der Kanukönig dann vollständig machtlos gewesen.

Jetzt vermietet er eBikes an Städter mit verkümmerten Gehwarzen, auf dass sie durch die Heide rollern.

Nun, das tut hier eigentlich nichts zur Sache, sollte man meinen, wir waren schließlich bei nackten jungen Frauen, die sich planschend Abkühlung im murmelnden Bächlein zu verschaffen trachteten.

„HEINI! BELLA! Känned ihr schnell mal komma? Hier äh isch ebbes."

Nichts geschieht ohne Grund, oder meinen Sie, ich langweile Sie einfach nur so mit einem Exkurs über Bachforellen und Kanutourismus?

Das „ebbes" entpuppte sich als im Ufergestrüpp festhängendes Faltboot mit einem Mann Besatzung, jener allerdings ohne Bewusstsein. Ich vermute einen Kausalzusammenhang mit der, sich prächtig wie die Nachfrage nach Mitteln gegen erektile Dysfunktion entwickelnden, Beule auf seiner Stirn.

Immer wieder mal versuchen verwegene Einzeltäter allen Hinweisschildern zum Trotz den wilden Strom in mehr oder weniger seetüchtigen Booten zu bezwingen.

Meist gelingt es bis genau zu dem Punkt unweit unseres Anwesens, an dem eine Brücke der Hauptstraße über die Böke verhilft. Diese Überführung verfügte ursprünglich über eine kajaktaugliche Durchfahrtshöhe. Bis vor einiger Zeit die Nachfrage nach hochauflösender Onlinepornografie in unserem Dorf den Breitbandausbau nötig machte.

Das leistungsfähige Glasfaserkabel verläuft spritzwassergeschützt in einem Rohr unter der Bökebrücke. Wer also den Kopf nicht weit genug einzieht, der bumst etwa auf Höhe der Fahrbahnmitte und damit im Stockdunklen gegen ebenjenes gigabitgefüllte Kunststoffrohr.

Wie gesagt, Boote jeglicher Art sind auf der Böke verboten, man kann daher wirklich niemandem einen Vorwurf machen.

Der ausgeknockte Paddler stöhnt, schlägt die Augen auf, erblickt vier nackte weibliche Brüste mit jugendlicher Spannkraft, die sich besorgt über ihn gebeugt haben, seufzt „Ich bin im Himmel. Schön." und verliert wieder das Bewusstsein.

„Trottel", sagen Emily und Helene unisono.

Mit vereinten Kräften befördern wir den offensichtlich gehirnerschütterten Leichtmatrosen an Land. Während sich die Frauen dort um ihn kümmern, stapfe ich missmutig ins Wasser und zerre knurrend das Paddelboot ans Ufer. Ganz schön klobig das Ding. Eigentlich eher für zwei Leute... Moment.

Ich spähe ins Boot hinein und mir wird schlagartig mulmig.

„Bella? Macht ihn wach. Egal wie. Und schnell."

Verwirrt blickt die Damenwelt zu mir rüber.

Ich halte ein Bikinioberteil in die Luft, dass ganz offenkundig nicht zur Körbchengröße unseres angeschwemmten Findlings passt.

Auf Bellas graue Zellen ist in solchen Situationen Verlass. Sie versteht sofort.

„Scheiße. Der war nicht alleine."

Beherzt greift sie sich einen herumliegenden Blumentopf und schüttet dem immer noch benommen vor sich Hinbrabbelnden mehrere Ladungen kaltes Flusswasser über den Kopf.

„Was? Wie? Wo? Ich..."

„Konzentrier dich, Junge. Warst du allein in dem Boot?"

„Äh. Ja. Nein. Also..."

„Ja was nun? War da eine Frau bei dir?"

Bella ist kurz davor, den Knaben kräftig durchzuschütteln, spart sich das dann aber doch lieber bis nach dem CT seiner Wirbelsäule auf.

„Julia."

„Was?"

„Julia."

Bella seufzt. Mehr ist aus dem jetzt nicht rauszuholen.

„Du", sie zeigt auf mich, „suchst flussaufwärts auf dieser Uferseite. Ich nehme die andere. Emily: Krankenwagen rufen für diesen Romeo hier. Und Helene: Du gehst flussabwärts."

Wir nicken gehorsam.

„Aha. DAS sieht dir wieder mal ähnlich. Ich warte krank vor Sorge da unten am Wehr und will schon die DLRG rufen und die Kampfschwimmer und sonst wen und du, du schmust währenddessen mit irgendwelchen nackten Weibern rum. Was ist das überhaupt für ein Puff hier?"

Ah. Julia lebt also. Wir atmen erleichtert auf.

Sie steht mit in die Hüften gestemmten Fäusten oben an der Uferböschung. Wie ist denn die an Heinz vorbei auf unser Grundstück gekommen? Mit dem muss ich dringend mal ein Wörtchen reden bezüglich Wachhund-Arbeitsmoral und so.

Neben ihr taucht der blaue Pedro auf. Daher weht der Wind.

Um bei der Farbenlehre zu bleiben: Julia ist ein Redshirt. Sie wissen nicht, was ein Redshirt ist? Das sind jene Besatzungsmitglieder des Raumschiffs Enterprise, die in einer Folge neu auftauchen und noch vor dem Abspann durch einen Alienstrahl verdampft werden oder anderweitig zu Tode kommen.

Natürlich lasse ich Julia nicht wirklich sterben, sie ist mir nur einfach ziemlich unsympathisch, daher wird das hier ihr erster und letzter Auftritt in unserer kleinen Geschichtensammlung aus Bellabü sein.

Das weiß sie nicht, daher zetert sie munter weiter auf uns herab.

Olle Zicke.

Über Bellas Nase erscheint dieses entzückende kleine Grübchen, das da nur zu sehen ist, wenn ihr in naher Zukunft der Kragen platzt.

In sehr naher Zukunft. Ich trete instinktiv einen Schritt zurück. Nur für den Fall, dass hier gleich Blut spritzt.

Auch Bella stemmt jetzt die Fäuste in die Hüften, was, da sie immer noch splitternackt ist, den Effekt hat, dass sie ihre Brüste für jeden sichtbar keck nach vorne herausstreckt.

Kennen Sie diese Szene aus Ben Hur, wenn die römischen Galeeren auf Angriffsgeschwindigkeit gehen? Egal. Seien Sie froh, dass sie auf der richtigen Seite in diesem Konflikt stehen.

„Junge Frau, wir haben gerade ihren Stecher hier halb ersoffen aus der Entengrütze gezogen und sie machen auf meinem Grundstück einen Zwergenaufstand? Ja legg mi doch am Arsch! Bass bloss auf Mädle, du lernsch glei Schwimma!"

Bei gesteigertem Zorn verfällt Bella gelegentlich in das fremdartige Idiom ihrer Jugendtage, aber ich bin ziemlich sicher, dass Julia die Botschaft verstanden hat. Sie steigt nämlich kleinlaut zu uns Sterblichen hernieder, entschuldigt sich brav und fragt nach Romeos Befinden.

Wie sich herausstellt, wollten Julia und ihr Schatzi sich weiter unten an der halblegalen Badestelle treffen. An dem Ort, wo sommers beim lauschigen Lagerfeuer mittelmäßig beleumundete Biker zusammenkommen, um weiblicher Dorfjugend die Unschuld und Anwohnern den Schlaf zu rauben.

Romeo heißt, wie wir außerdem erfahren, in Wirklichkeit Rainer, was erzähltechnisch aber jetzt nicht gar so viel hergibt. Was will man machen als treuer Chronist ausgedachter Ereignisse. Er ist jedenfalls wieder bei Bewusstsein und vermutlich auch mit klarem Kopf ein Trottel.

Eine interessante Wendung nimmt die Geschichte, als ich mit den Worten: „Hier, das gehört wohl Ihnen" Julia das Bikinioberteil aus dem Boot aushändige.

Rainer-Romeo verzerrt das Gesicht zu einer Grimasse. Ob er noch Schmerzen hat, der Gute?

Dann fällt mir Julias Oberweite ins Auge.

Nun, wie soll ich sagen, hier lag eine gewisse Inkompatibilität vor. Das gepunktete Stück Badebekleidung hatte Julia vielleicht mal gepasst. Als sie zwölf war oder so.

In Rainer steckt offensichtlich mehr Schwerenöter als man ihm auf den ersten Anschein zubilligen würde. Julia jedenfalls wirft erst den Bikini und dann einen vernichtenden Blick auf ihn, sagt „Du... du... Ach fick dich doch" und wendet sich mit dramatischer Geste zum Gehen.

Leider stolpert sie dabei über Heinz, der jetzt genug an Pedro geschnüffelt hat und sich ihr zuwenden wollte.

Ein wenig später sitzen Romeo und Julia hinten im Rettungswagen und schweigen sich an. Oder vielmehr aus. Er mit Brummschädel und sie mit Arm in der Schlinge und grün vor Zorn und Schleimalgen, die an der Uferböschung bestens gedeihen. Das werden lange 15 Minuten bis zum Kreiskrankenhaus.

„Pedro", sage ich zum Erfüllungsgehilfen des Götterboten, als wir dem Verwundetentransport hinterherblicken, „du hast uns ja wahrlich schon einen ziemlichen Haufen fragwürdiges Zeugs ins Haus geschleppt, aber warum gerade diese Frau?"

„Sie sah so hilflos aus."

Er ist ein Guter.

Das Faltboot liegt wie ein gestrandeter Schweinswal nach erfolgreichem Abschluss der diesjährigen Brigitte-Diät am Ufer. Etwas ratlos betrachte ich das Bikini-Oberteil mit den roten Punkten in meiner Hand. Wenn dieses Badetextil nicht Julia gehörte, wo war dann seine rechtmäßige Besitzerin? Sollten wir nicht lieber doch eine Suchaktion starten?

Dann räuspert sich eine Meerjungfrau.

„Könnte ich das bitte wiederhaben?"

Gucken Sie nicht so. Ja. Meerjungfrau. Sie wissen schon, so eine mit oben ohne und unten Flosse. Wobei ich die Flosse nicht sehen kann, sie steht nämlich mit vor der Brust verschränkten Armen bis zum Nabel im Wasser.

„Klar. Hier. Bitte."

Dies ist ein nixenfreundlicher Haushalt.

„Danke."

Ich wende mich höflich ab, während die junge Dame ihre Garderobe in Ordnung bringt. Sie scheint etwas schüchtern und gehört damit heute hier zu einer schutzwürdigen Minderheit.

Ich beschließe, ihr eine fiese Fangfrage zu stellen.

„Brauchen Sie auch was für äh untenrum?"

Zwangsläufig musste sie nun ihr Nixentum offenbaren.

„Nein, danke", sie lacht und klappert leicht mit den Zähnen.

Ich bin zugegebenermaßen ein wenig enttäuscht, als sie mit dem nun komplettierten Bikini und flossenlos aus dem zu jeder Jahreszeit lausig kalten Flusswasser steigt.

Als wir die Stufen zum Garten emporsteigen, finden wir dort Emily, Lene und Bella in verdächtig guter Laune vor.

„Kommen Sie zu uns, Mademoiselle, und erzählen Sie uns ihre traurige Geschichte, während dieser freundliche Herr", Bella zeigt auf mich, „Ihnen auch eine Liege holt."

„Und wenn die Geschichte mit ‚Männer sind Schweine' beginnt, dann geht der nächste Prosecco aber so was von aufs Haus!"

Auch Emily hat mit ihrer Postuniform jegliche Zurückhaltung abgelegt.

„Garçon", setzt Lene noch einen drauf und zeigt auf den Sektkühler, „bringe er Nachschub!"

„Fühlt euch wie zu Hause", knurre ich leise und trolle mich Richtung Gartenschuppen, eine weitere Liege aus unserem umfangreichen Fundus herbeizuschaffen.

Die Machtverhältnisse in diesem Haus kippen zusehends in eine für mich ungünstige Richtung.

Dabei bin ich doch der, der hier die Hosen anhat. Meistens jedenfalls.

Gehorsam beliefere ich die Damenregie mit Mobiliar und Schaumwein, um dann höflich, aber bestimmt hinwegkomplimentiert zu werden.

„Peggy muss aus den nassen Klamotten raus. Und sie ist ein bisschen schüchtern."

Bella zwinkert mir zu: „Noch."

Peggy also. Kein Redshirt. Weil nackt. Logisch, oder?

Mein lahmer Einwand, dass Heinz ja schließlich auch bleiben dürfe, wird mit einer hochgradig unanständigen Bemerkung beiseite gewischt. Ich kann sie um diese Zeit hier aus Verantwortung für den Jugendschutz nicht wiedergeben, aber die Schwanzlänge wird darin thematisiert.

Einige Stunden später hat sich die Aufregung gelegt und die Anzahl Frauen in diesem Haushalt wieder auf ein Normalmaß eingependelt.

Und Bella berichtet mir, was es mit Romeo, Julia und der von Shakespeare bisher so hartnäckig verschwiegenen Peggy eigentlich auf sich gehabt hatte.

Rainer, alias Romeo, hatte nämlich ein Doppel-Date geplant. Allerdings eines mit nur drei Teilnehmern. Und auch nicht alle zeitgleich.

Mit Peggy wollte er am Oberlauf der Böke techteln, sie dann an der Brücke bei unserem Haus aussteigen lassen, um am Wehr mit Julia zu mechteln.

Mit zwei Dingen hatte er dabei nicht gerechnet.

Mit Peggys Busen, den sie kurz vor der designierten Anlegestelle und nicht ohne Hintergedanken entblößte und mit dem tiefhängenden Kabelkanal unter der Brücke, an dem er sich, momentan seiner Konzentration beraubt, die Birne stieß.

Die Folgen sind bekannt. Rainer wurde von Helene und Emily herausgefischt und Peggy, die sich durch einen beherzten Sprung ins kalte Wasser hatte retten können, wollte sich grade den beiden zu erkennen geben, als ich auf der Bildfläche erschien.

Sie war ein schüchternes Kind. War.

So stand sie da ein Weilchen im knappen Bikinihöschen im Schatten der alten Ufer-Erlen und zitterte wie Espenlaub.

Dann, als sie endlich Mut gefasst hatte und mir „Hallo, könnte ich bitte mein Oberteil wiederhaben?" zurufen wollte, erschien ausgerechnet Julia auf der Bildfläche.

Jetzt wirds aber erst richtig pikant.

Rainer-Romeo Schwerenöter nämlich, von beginnendem Haarausfall am Hinterkopf heimgesucht, hatte in einem klassischen Midlifekrisen-Move versucht, eine Vierzigjährige (sein Eheweib) gegen zwei Zwanzigjährige (Peggy und Julia) einzutauschen.

So was geht in der Regel mächtig in die Hose, aber nun ja, anscheinend muss jede Männergeneration die Erfahrung selber machen. Das kollektive männliche Gedächtnis ist in dieser Hinsicht komplett unbrauchbar und der Zugriff auf bis in die Steinzeit zurückreichendes Wissen gesperrt.

Dumm gelaufen für Rainer.

Dreifach.

Denn nicht nur bei Peggy und Julia kann er jegliche Hoffnungen auf baldige Kopulation und gemeinsame Freizeitgestaltung fahren lassen, auch seine Gemahlin wird ihn nach seiner Rückkehr aus der Klinik überraschen.

Mit einem Koffer vor der Tür.

Denn selbige Dame, und das ist immer das Risiko bei außerehelichen Betätigungen im ländlichen Umfeld, singt mit Bella bei den Ungläubigen. Und Sangesschwestern halten zusammen. Und sich auf dem Laufenden, insbesondere wenn schlüpfrige Details, Männer oder beides im Spiel sind.

Kapitel 52 – Hitzeroad Jack

„Na? Ist Hitzeroad Jack wieder da?"
Bella nickt stumm und blickt versonnen auf einen der muskulösen Straßenbauarbeiter, die bei Gluthitze ebenso hingebungsvoll wie oberkörperfrei ein Schlagloch in unserer Zufahrt nach dem anderen mit heißem, schwarzen Schlackermaschü verfüllt.
Während Bella und die Zentralstelle für die Vergabe von Schwarzem Hautkrebs sich an den in der Sonne schuftenden Halbnackten erfreuen, denke ich zufrieden an die zukünftig entfallenden Kosten für neue Stoßdämpfer.
„Sagt mal, was ist denn das für ein Lärm da draußen?"
Gähnend in einem ausgeblichenen Schlabbershirt mit Schlumpfine drauf und mit einer Bettfrisur vom Typ „aufgeplatztes Sofakissen" steht Helene, unsere Einliegerschwäbin, im Raum und mault. Sie schlurft zum Fenster.
„Nie ko mr hier ausschlofa! Was machad die Typa da eig... Oh."
Es dauert nur Sekunden, bis die Hackordnung das Ringen um den besten Fensterplatz regelt. Das dominante Weibchen lässt keinen Zweifel daran, wem der gebührt.
„Menno, Tanta Bella, rügg mal a bissle rüber. Wer von os boide brauchd an Kerl, du oder i?"
„Sag jetzt nix Verkehrtes", ermahne ich mein Weib.
Bevor die Sache eine für mich ungünstige Wendung nehmen kann, betritt Schwiegertochterin Anna die Küche.
Sie trägt heute praktischen Dutt zum hellgrünen Polohemd, weil man da drauf Babykotze nicht gleich sieht, und flucht:
„Mann, was soll denn das, die Kleine schläft endlich. Ich bring die alle u... Oh."
Das sich entspannende Fachgespräch scheint sich um noch nicht aufgehängte 60-Grad-Wäsche zu drehen, ich kann mir ansonsten jedenfalls nicht erklären, warum feuchte Höschen darin vorkommen.

Interessiert beobachte ich weiter das Revierverhalten ausgewachsener weiblicher Exemplare des Homo sapiens. Bereitwillig rückt das Alphaweibchen in diesem Fall ein Stück rüber für die neu Hinzugetretene. Vermutlich irgendein Matriarchatsding. Von wegen Mutter der Thronfolgerin und so.

Dass Jack und seine gutgebauten Kumpels jetzt unsere Einfahrt und nebenbei die Hormone der weiblichen Hausbewohner in Schuss bringen, das verdanke ich Dr. Walther Raff, seines Zeichens versierter Insolvenzverwalter und in Branchenkreisen auch unter dem Namen Doc Raffzahn bekannt.

Außerdem verdanke ich ihm, dass ich jetzt stolzer Besitzer einer sieben Tonnen schweren und knallgelben Asphaltwalze bin. Ein kleiner Preis, wenn man bedenkt, wie mühsam es heutzutage ist, Handwerker zu finden.

Aber der Reihe nach.

Alles begann mit der jährlichen Radwegsanierung.

Radwege, das ist der Geist der neuen Zeit, müssen stets glatt wie Babypopos sein, damit die fahrradbehelmten Herrenmenschen keinesfalls trotz gelgepolstertem Hightechsattel sich den Sahnepöschi wundscheuern, während auf der Straße ein Schlagloch rülpsend einen Smart verschluckt.

Mit ihrer gelben Walze also walzten wackere Werker eine neue Schicht Asphalt auf den gerade erst verbreiterten Radweg, auf dem sich problemlos eines dieser zeitgeistigen Lastenfahrräder mit 12 Tonnen Zuladung und ein Leopard 2 begegnen können, ohne dass einer der beiden Fahrer ausweichen müsste.

Meine bescheidene Anfrage, ob man eventuell gewillt wäre, da man doch ohnehin vor Ort sei, schnell noch unsere Einfahrt auszubessern, es solle auch zwinkizwonki niemandes finanzieller Schade sein, wurde abschlägig beschieden.

„Ich brauch nicht noch ne Yacht", so der Vorarbeiter.

Das war jetzt nicht exakt die Antwort, auf die ich gehofft hatte, aber das hin und wieder kooperative Schicksal hatte schon einen Plan B für mich in der Hinterhand.

In Gestalt eines Tiefladers, der in exakt diesem Moment mittels Druckluftfanfare von seinem Eintreffen Kunde gab.

Zwischen dem Fahrer des Sattelschleppers und dem Vorarbeiter entspann sich dann ein munterer Dialog, in dessen Verlauf viel geflucht, mit irgendwelchen Vorgesetzten telefoniert und sich abwechselnd Solidarität versichert und gegenseitig mit körperlicher Gewalt gedroht wurde.

Langer Rede, kurzer Sinn, die nette gelbe Walze war nur gemietet und die Vermietfirma in die Insolvenz und damit in die Hände von Dr. Raffzahn geschlittert. Der sicherte nun gnadenlos Assets überall im Lande. Und vereitelte damit die konventionalstrafenbehaftete Radwegsanierung.

Nichts liebt ein Insolvenzverwalter mehr als Cash, denn daraus wird schließlich vor allen Gläubigern erst mal sein Honorar bezahlt. Zwei Telefongespräche später war ich im Besitz der Walze namens Betty, die ich großzügig dem Bautrupp zur Verfügung stellte.

Unter einer Bedingung.

Sie ahnen es. Nach termingerechter Fertigstellung des Radweges machten sich die wackeren Asphaltcowboys an unsere Einfahrt.

Ich hege den Verdacht, dass Bella in Geheimverhandlungen noch eine Nebenabrede mit dem Vorarbeiter getroffen hat, kann das aber bisher nicht beweisen. Auf jeden Fall sieht mir das für den Einsatz bei uns ausgewählte Personal aus, als ob es nebenberuflich bei einem Männerstrip-Ensemble jobbt.

„Ich bring denen mal was zu trinken raus", sagt Anna.

„Des könnd ich ja machen", bietet sich Lene an.

„Nix da, ihr Hühner", sagt Bella.

Auf meinen Bericht, dass ich soeben spontan eine gebrauchte Straßenwalze namens Betty käuflich erworben habe, hatte Bella übrigens gewohnt nonchalant mit einem Schulterzucken reagiert.

Männer werden halt nicht erwachsen, ihre Spielzeuge werden nur teurer.

Und schwerer.

Viel schwerer.

Spätestens seit der Sache mit der Zuckerbude vertraut sie außerdem meinem Talent, Handelswaren jeglicher Art nicht nur anzukaufen, sondern auch gewinnbringend wieder zu loszuschlagen.

Oder die Geschichte mit dem Güllewagen damals. Geld, glauben Sies mir, stinkt wirklich nicht.

Habe ich Ihnen die Sache mit der Zuckerbude und dem besten Schwarzbrot westlich der Appalachen eigentlich schon mal erzählt? Nein?

Also, passen Sie auf.

Alles begann an einem zugigen Winternachmittag vor ein paar Jahren. Es war der erste Advent und meine Weintraube war weg.

Genaugenommen war sie nicht weg, jemand anderes hatte sie. Mit vollem Mund grinst mich Bella an. Irgendwie hat sie es geschafft, die mit hochwertiger weißer Schokolade überzogene Traube von dem Holzspieß in meiner Hand zu stibitzen.

Schuld war Percy Stuart.

Aber der Reihe nach.

Percy Stuart, das sei für Spätgeborene hier kurz eingeschoben, war eine Fernsehserie meiner schwarz-weißen Kindheit. Eine Art deutscher James-Bond-Ersatz, der sich in über 50 Folgen mühte, 13 Prüfungen eines Londoner Geheimclubs zu bestehen.

Und eben erklang die Titelmelodie.

Während mein Gehirn sich bemühte, die Quelle dieser eingängigen Tonfolge zu lokalisieren und zu diesem Zweck bei der Nackenmuskulatur eine 90 Grad Kopfedrehung in Auftrag gab, hatte Bella die Gunst der Sekunde und den Verlust der Fokussierung auf die schokolierte Frucht genutzt.

Dimdelimdelimdelimdelim.

Es war der Handyklingelton des Budenbesitzers, der grad hochkonzentriert in einem altmodischen Kupferkessel Zuckerwatte auf einen Stab wickelte.

Mit einem Kopfnicken wies ich ihn darauf hin, dass jemand sich mühte, mit ihm telefonisch Kontakt aufzunehmen.

„Ja?"

Mürrisch ging er an den Apparat. Wer wagte es, seine bedeutungs- und kalorienschwere Arbeit zu unterbrechen?

„Ähm. What. No. Yes. Wann Moment pließ."

Er blickte hilfesuchend in die Runde der mampfenden Kundschaft.

„Spricht hier jemand Englisch?"

Vermutlich war Percy dran.

Da ich, aus hier bereits dargelegten Gründen, der Einzige war, der nicht mit vollem Mund bedauernd abwinken konnte, drückte er mir das Telefon in die Hand.

Am anderen Ende der Leitung freute sich eine nette Dame mit amerikanischem Akzent, jemandem ihr Anliegen schildern zu können.

Nachdem ich überzeugend, wenn auch nicht im engsten Sinne wahrheitsgemäß, bestätigt habe, der zur Entgegennahme wichtiger persönlicher Informationen gemäß den örtlichen Gesetzen Bevollmächtigte des Budenbesitzers zu sein, erfahre ich den Grund ihres Anrufes.

Es ist ein trauriger.

Auf den ersten Blick nicht ganz angemessen erscheint daher Außenstehenden die Reaktion des Zuckerwattekönig.

„Alter Falter. Jetzt ist endlich Schluss mit dem ganzen Klebkram. Feierabend. Ende. Aus. Finito. Sorry Leute, wir haben geschlossen. Zu. Für immer. Geht doch zu Netto."

Alle außer mir guckten verdutzt aus der Wäsche, als er wirklich Anstalten machte, die Klappe des Verkaufswagens für immer zu schließen.

„Finger weg! Ich hab' die Haftpflicht nicht bezahlt!"

Bella sieht mich fragend an. Ich erkläre ihr kurz den Sachverhalt.

„Aber, aber das geht doch nicht!"

Ich stimme zu. Wo sollen wir denn nun unsere geliebten dreifarbig edelkouvertierten Schokofrüchte am Spieß herbekommen?

Ach so, ich sollte Sie vielleicht auch noch ein wenig an meinem Insiderwissen teilhaben lassen.

Tante Agnes ist nämlich tot. Nein, nicht meine, seine.

Sie entschlief, god bless her soul, im biblischen Alter von 102 Jahren sanft in ihrem Altersruhesitz in Boca Raton, Florida.

Ihren Gatten hatte sie locker dreißig Jahre überlebt. Seines Zeichens war der Bäckermeister aus Papenburg gewesen und Anfang der 50er ausgewandert.

Von Illinois aus hatte er zunächst die dortige deutsche Auswanderergemeinde mit kernigem Schwarzbrot beliefert und dann nach und nach das weite Land mit Filialen von „Oskar's German Bakery" überzogen.

Er starb früh, hinterließ Frau, Tochter und ein ansehnliches Firmenimperium.

Tante Agnes, die Schwester der Mutter unseres saisonalen Schokofruchtlieferanten, hatte dann auch noch ihre Tochter überlebt und keine weiteren Verwandten mehr auf Erden. Weswegen uns nun der Erbe eines Dollarvermögens im dreistelligen Millionenbereich entgegengrinste. Im oberen dreistelligen Millionenbereich.

Er müsse dann jetzt weg, sagte er und schüttelte mir dankbar die Hände. Wenn ich wollte, könnte ich den ganzen Bums hier haben für einen Appel und ein Ei. Und eine Garage voll Süßwaren, die er als Saisonvorrat eingekauft hatte, die gäbs noch obendrauf.

Mal ehrlich, hätten Sie da gezögert?

Bella und ich leisteten dann drei ereignisreiche Wochen lang Verkaufsdienst im eigenen Süßkramwagen auf dem Weihnachtsmarkt und brachten durchaus erfolgreich etwa eine Tonne zahnschädigende Leckereien unters Volk.

Wir nahmen gutes Geld ein und zusammen locker 20 Pfund zu.

Den Verkaufswagen gibt es übrigens noch. Er rollt jetzt als „Vivian's Toy Paradise" von Erotikmesse zu Erotikmesse und bietet weiterhin viele bunte Dinge an. Notfalls kann man die meisten davon auch in den Mund nehmen.

Und die Zuckerwattemaschine steht jetzt bei uns im Keller.

Weil selbst mir die Gewinnspanne, mit der ich das Gefährt am Weihnachtsmarktsaisonende an Vivian weiterverkaufen konnte, irgendwie obszön erschien, bin ich ihr preislich entgegengekommen. Gegen kleine Umsatzbeteiligung.

Fünf Prozent vom Dildorohertrag läppern sich auch auf Dauer.

Aus dem Babyphone vor mir auf dem Tisch klingt leises Gluggsen und Gackern. Schön, so ein zufriedener Säugling. Moment.

„Anna?"

Ich unterbreche wirklich ungern die Fleischbeschau, aber hier scheint mir mütterliches Einschreiten erforderlich.

"Ja?"

"Hast du eventuell Euer Fenster aufgelassen?"

"Ein Stück. Es war so warm und stick...Scheiße! Ich steck dieses Mistvieh in den Topf!"

Sie stürmt hinfort.

Eine Tür klappert, ein Huhn gackert empört, ein aufgewecktes Baby schreit, eine junge Frau flucht.

Wir sind am Babyphone live dabei.

Bella gackert auch und sagt „Frau Braaaatbecker?".

Die öffentliche Ordnung bricht kurz zusammen, als wir uns Tränen lachend in den Armen liegen.

Vielleicht war es ein Fehler, dass James und Anna ihr Kind Sophie Lina genannt haben, auf jeden Fall sind in unserer Henne Sophie Marceau Mutterinstinkte erwacht. Schon mehrfach hat sie versucht, in das Zimmer der beiden einzubrechen, um das in ihren Augen vernachlässigte Küken unter ihre Fittiche zu nehmen.

Nun gehört Anna ganz sicher nicht zu den Müttern, die ihre Kinder am liebsten ab Geburt in einer Sagrotanblase die Volljährigkeit erreichen lassen würden, aber das ging ihr dann doch entschieden zu weit. Sophie Marceau hatte striktes Hausverbot erhalten.

Lächerliche Säugetiergesetze, darauf, so hatte sie vermutlich gedacht, hätten ihr stolzen Vorfahren, die Jahrmillionen lang die Erde beherrschten, geschissen. Einen ziemlich dicken Haufen. Der wog nämlich bei einem ausgewachsenen Brontosaurus schon mal so viel wie ein Volkswagen.

Jedenfalls nutzt Sophie Marceau, die sich früher für Hausbesuche nicht die Bohne interessiert hat, seither jede kleine Lücke in unserem Hühnerabwehrsystem, um sich Annas Frischgeschlüpftem zu nähern.

Kapitel 53 – Thelma, Luise, Hanni und Nanni

Kennen Sie diese Geschichten über Menschen, die erst spät im Leben erfahren, dass sie ein Geschwist haben und aus denen, wenns ganz schlecht läuft, das ZDF dann eine jener üblen Schmonzetten mit Fjordhintergrund macht?

Ich bin so jemand, denn ich habe jetzt einen bösen Zwilling.

Aber der Reihe nach.

Alles begann damit, dass mich Omi Hofer plötzlich nicht mehr grüßte. Angeblich hätte ich sie und Rex beinahe auf einem Zebrastreifen plattgefahren.

Rex ist ihr Rollator.

Ein Rüpel sei ich und sie hätte ja meinen Großvater noch gekannt und der hätte so was niemals!

Nun ist Opa seit weit über 40 Jahren tot und ich habe an seinen durchaus sportlichen Fahrstil nur noch vage Erinnerungen, weswegen ich nicht beurteilen kann, ob er die Hofersche gern mal auf die Hörner genommen hätte. Ich für meinen Teil war mir jedenfalls keiner Schuld bewusst.

Dann weckte mich Bella eines Morgens mit den Worten: „Das FBI! Schnell, wo sind die Pässe?"

Schlaftrunken watschelte ich zum Fenster, um unten im Hof die Dimpflmoserin mein Auto umkreisen zu sehen. Alle paar Schritte blieb sie stehen und schüttelte den Kopf.

Alles sehr seltsam.

Ach so. Bei der Dimpflmoserin handelt es sich um Jutta, unseren Dorfsheriff.

Bei einer Tasse Kaffee erklärte sie uns, dass eine Anzeige vorläge. Fahrerflucht. Üble Sache. Aber ich wäre wohl fein raus, denn verräterische Spuren hätte sie an meiner verdreckten Karre nicht gefunden.

Nur einmal im Jahr das Auto waschen zu lassen, hat eben auch Vorteile. Eine neue Schramme oder gar einen frisch ausgetauschten Kotflügel hätte selbst ein Greenhorn-Schupo sofort erkannt. Und Jutta ist ein alter Hase. Oder vielmehr eine alte Häsin. Aber lassen Sie sie das bloß nicht hören.

Da hätte sich wohl jemand das Kennzeichen falsch notiert, anders konnte sich Jutta die Sache nicht erklären. Sie streifenwägelte vom Hof und ließ uns ratlos zurück.

Derartige Vorfälle häuften sich danach und mein bislang makelloser Ruf als Mitbürger und Verkehrsteilnehmer litt.

Aufklärung brachte erst Jungbauer Manfreds Kartoffelcam. Der technikaffine Nachwuchslandwirt repariert nämlich nicht nur wenns nottut mit einer Haarnadel die defekte Güllepumpe, er hat auch seinen Hof voll vernetzt. Und so den Kartoffelverkaufsstand an der Straße stets im Blick.

Vertrauen ist insbesondere im Erdapfeldirektvertrieb gut, Kontrolle ist besser. Deutlich besser, denn „Selbstbedienung" wird von allzu vielen Leuten allzu wörtlich genommen. 10-Kilo-Sack schnappen, ins Auto werfen, davonbrausen und das Zahlen vergessen? Nicht mit Manni.

Neben einer ansehnlichen Sammlung kopulierender Naturliebhaber, die seine an strategisch günstigen Positionen installierten Wildkameras aufgezeichnet haben, verfügt Manfred auch über reichlich inkriminierendes Bildmaterial motorisierter Kartoffeldiebe.

Nanu? Ist das da mein Auto?

Manni kam nämlich vor einer Viertelstunde mit hochrotem Kopf und einem USB-Stick in der Hand angelaufen.

„Hier! Ich muss Euch unbedingt was zeigen!"

Und nun sitzen wir an Bellas Laptop und trauen unseren Augen kaum. Da steigt nämlich jemand aus meinem Wagen und klaut Kartoffeln.

Man muss dazu wissen, dass ich eine absolute Allerweltskarre fahre, einen zigtausendfach gebauten Tarnkappenbomber, der aufgrund seiner Häufigkeit niemandem auffällt oder in Erinnerung bleibt. Im Gegensatz zu Bellas Kugelporsche, mit dem sie sich kaum unbemerkt bewegen kann.

„Deine Frau stand heute vor Feinkost Friedersen, erwartet ihr Besuch?" oder „Seit wann geht Bella denn zu Maike zum Frisieren?" oder „Ich hab' Bellas Auto auf dem Parkplatz vor der Physio-Praxis gesehen. Hat Sies im Rücken die Ärmste?"

Ich sags Ihnen, voll das Stasi-Kaff hier.

Ich hingegen könnte am helllichten Tag vor der Volksbank parken, mit einer Schrotflinte im Arm rein und einem Sack Geld wieder rausmarschieren, ins Auto steigen und wegfahren, es würde keine Zeugen geben, weil sich schlicht niemand an mich oder mein Fluchtfahrzeug erinnern täte.

Aber zurück zu einem anderen Verbrechen. Das da auf Mannis Video war eindeutig mein Auto, das Nummernschild ließ keine zwei Deutungen zu. Noch prekärer wird die Situation für mich, als aus dem Wagen im Film eine blonde Frau aussteigt und einen Sack vorwiegend Festkochende greift.

Bella sieht mich fragend von der Seite an. Manfred unterdrückt mühsam und nicht sehr erfolgreich ein Grinsen. Ehrlich, ich habe diese Frau nie im Leben gesehen. Denn auch wenn ich für Gesichter kein rechtes Gedächtnis habe, an ihre zwei äh schicken Schuhe würde ich mich erinnern.

„Moment. Halt mal kurz an."

Mein Blick fällt auf ein Detail. Ja gibts denn so was?

„Kannst du den Ausschnitt mal vergrößern?"

Nein, nicht den von der Dame. Was Sie Ferkel wieder denken.

Manni kann. Und zoomt rein. Da brat mir doch einer einen Storch. Und die Beine recht knusprig. Drei Augenpaare blicken verdutzt auf das Nummernschild des Autos der Blonden.

In der Tat, da war was faul im Staate Dänemark.

Dazu muss man wissen, dass unseren Landkreis und eine süddeutsche Großstadt nur ein kleiner waagerechter Strich trennt. Was das Autokennzeichen betrifft. Dieses Fahrzeug war definitiv nicht meines, sondern entstammte einem Bundesland mit Wein- und nicht Grünkohlanbau begünstigenden klimatischen Verhältnissen.

Farbe, Baujahr und sogar die restliche Buchstaben-/Zahlenkombination auf dem Nummernschild waren allerdings identisch.

Mein böser Zwilling ist nun endlich enttarnt. Neben der Menge an krimineller Energie unterscheidet uns vor allem die Körbchengröße. Jetzt müssen wir die rufschädigende Verkehrssünderin nur noch finden und ihrem gerechten Urteil zuführen.

Ich rufe Jutta, die Dimpflmoserin, an.

Leider führt die Halterabfrage zunächst in eine Sackgasse. Nämlich zu einem Heimtextilienvertreter aus dem Ostallgäu. Er fährt auch ein Tarnkappenauto, parkte vor einem Puff in Oberpfaffenhofen und stellte nach seinem Besuch fest, dass man ihm die Nummernschilder geklaut hatte.

Natürlich steht im Polizeibericht, dass er zu einem Verkaufsbesuch bei Tapeten-Mayr weilte, aber jeder weiß, dass der Mayr Gustl sein Geschäft schon vor 15 Jahren aus Altersgründen geschlossen hat, weil sein nichtsnutziger Sohn Schorsch lieber irgendwas mit Medien machen wollte.

Wir stehen wieder am Anfang. Eine Blondine fährt in meiner Hood herum mit einem Auto, das aussieht wie meins und einem Nummernschild, das aussieht wie meins und ruiniert meine Reputation. Hm. Da könnte ich ja auch mal bisschen rumheizen wie die gesengte Sau und Schuld wäre: Sie. Nein, aus dem Alter bin ich raus. So ziemlich.

Aber diese Frau muss zur Strecke gebracht werden, so viel steht fest. Vor meinem geistigen Auge hätte sie einen Platz an der Trophäenwand zwischen bleichen Rehschädeln und Hirschgeweihen. Da würde der Präparator aber Augen machen.

Bella und ich diskutieren diesen Gedanken angeregt auf unserer Fahrt zum Einkaufen. Insbesondere, welcher ausgestopfte Körperteil von ihr sich an der Wand besonders dekorativ machen würde.

„Wir könnten dann natürlich nie mehr Besucher ins Jagdzimmer reinlaVERDAMMT DA IST SIE JA!"

Während wir in den Kreisverkehr am Gewerbegebiet Moorwiesen-Nord II hineinfahren, fährt die Gesuchte an selber Stelle hinaus.

Ich wollte ja schon immer mal „Folgen Sie diesem Wagen!" rufen.

Unnötig. Bella nimmt umgehend die Verfolgung auf. In Rekordzeit umrundet sie den Kreisel.

Wir hängen uns, so unauffällig das auf einer kaum befahrenen Landstraße eben geht, an das Doppelgängerauto mit dem fehlenden Strichlein auf dem Nummernschild dran.

„Los! Ruf Jutta an. Wir brauchen das SEK! GSG9! Die DLRG!"

Mit Bella gehen grad etwas die Pferde durch, fürchte ich.

Was uns aber erstaunt:

Statt uns eine filmreife Hochgeschwindigkeitsverfolgung zu bieten hält der Wagen vor uns strikt die vorgeschriebenen 70 Stundenkilometer ein.

Das macht hier sonst niemand.

„Sind das Rentnergangster oder was?"

Bellas Adrenalinspiegel sackt langsam wieder ab.

„Die wollen einfach nicht auffallen", spekuliere ich über das irritierend gesetzestreue Fahrverhalten.

Noch mehr verwirrt uns dann allerdings die jetzt folgende Aktion der flüchtigen Ganoven. Sie setzen den Blinker und biegen nach links in eine Grundstückseinfahrt ein.

In unsere.

Wir fahren hinterher, was sollen wir sonst tun. Vor unserem Haus hält das Auto an, wir halten dahinter. Bella sieht käsig um die Nase aus und mein Magen beschließt, sich auf Golfballgröße zu krampfen.

Schließlich arbeiten wir in der Erwachsenenunterhaltung und nicht bei Five-0.

Die Fahrertür öffnet sich langsam.

Als wir dann sehen, wer aussteigt, nimmt unsere Anspannung deutlich ab. Und unsere Verwirrung zu.

Es ist nämlich Dorfsheriff Jutta.

Was zumindest die Einhaltung der Geschwindigkeitsbegrenzung erklärt. Aber sonst nicht viel.

Jutta grinst uns an.

„Darf ich vorstellen, Thelma und Luise."

Sie öffnet die hintere Tür auf der Fahrerseite.

Ein Mädchen steigt aus. Dunkelhaarig. Bella und ich gucken uns an. Das war jetzt definitiv nicht die Frau vom Kartoffelklauvideo. Sie stellt sich verlegen neben das Auto.

Klackklack.

Aha. Tatverdächtige Nummer zwei versucht auf der anderen Seite auszusteigen, muss dann aber unwürdig zu uns herüberrutschen.

„Kindersicherung", grinst Jutta.

Wenn das erste Thelma war, dann ist das wohl Luise.

Luise ist auch nicht blond und stellt sich neben Thelma.

Natürlich heißen die beiden nicht wirklich Thelma und Luise, sondern tragen stinklangweilige, dem Zeitgeschmack angepasste Teenagernamen.

Aus dramaturgischen und aus Gründen des Datenschutzes bleiben wir daher bei Thelma und Luise. Ihre Geschichte ist wild, dramatisch, leidenschaftlich, zugleich auch irgendwie rührend und endet schnöde mit einer Festnahme wegen Einbruchs in das Ferienhaus der Familie Schröder. Tjanun.

Aber der Reihe nach.

Alles begann damit, dass Thelma Luise gestand, dass sie auf Mädchen stand. Und konkret auf ein ganz spezielles. Sie ahnen, worauf die Angelegenheit hinausläuft. Die beiden kannten sich seit der Grundschule und Luise war der Sache auch nicht völlig abgeneigt.

Wäre da nicht Torben gewesen.

Das mit Torben, erklärte Luise der mäßig erfreuten Thelma, das wolle sie denn doch mal ausprobieren. Woher solle man schließlich wissen, ob man lieber grüne oder rote Gummibärchen mag, wenn man noch nie rote gegessen hat. Thelma mochte am liebsten Lakritzschnecken, aber ok.

Als gute Freundin stand Thelma bereit, Luise beim Date mit Torben herauszuboxen, sollte die Sache in eine unerwünschte Richtung laufen. Und damit letztendlich in eine von Thelma erwünschte, Sie verstehen was ich meine. Man vereinbarte ein Notrufsignal, zeitgemäß per Emoji.

Ein Apfel hieß: „Alles knackig, mach dir keine Sorgen", eine Birne hingegen: „Ach du meine Güte, der schwillt untenrum unerfreulich an, hol mich SOFORT hier raus!"

Sie ahnen es, die Sache mit den Äpfeln und den Birnen, das hat noch nie so richtig optimal funktioniert.

Luise und Torben trafen sich in der alten Scheune am Dorfrand. Etwas staubig, aber diskret und irgendwie auch ein bisschen romantisch. Torben entpuppte sich als unerwartet begabter Küsser und brachte ihre Glückshormone in ungekannte Wallung.

Was auf die Konzentration durchschlug.

Apfel? Birne? Herrje, was war denn nun noch was? Luises Finger schwebte hin und her über dem Handy.

Es kam, wie es kommen musste. Thelma, die gerade den Führerschein auf Probe hatte, wähnte ihre Freundin in Gefahr, einem Unhold anheim zu fallen und raste in Vaters Auto heran. Das Tor zur Scheune stand weit auf, nun, wie ein Scheunentor halt, und Thelma brauste hinein.

„Schnell! Spring rein!", rief sie und öffnete die Beifahrertür.

Die verdutzte Luise löste sich von dem noch verdutzteren Torben und tat reflexartig, wie ihr geheißen. Thelma gab Gas.

Leider hatte sie in ihrer Aufregung vergessen, den Rückwärtsgang einzulegen. Und krachte mit Karacho in einen der Holzpfeiler. Was soll ich sagen, die Scheune war alt und der Pfeiler hatte eine tragende Rolle gespielt. Bis eben.

Thelma rührte panisch im Getriebe. Es knackte laut. Kurz bevor die Scheune über ihnen zusammenbrach schoss das Auto mit den beiden Frauen rückwärts heraus und wurde erst nach etwa 20 Metern von einem nutzlos dort herumstehenden Ahornbaum jäh heruntergebremst.

In der alten Scheune würden jedenfalls nie wieder Pärchen knutschen. Verdattert starrten Sie auf den staubigen Trümmerhaufen, unter dem irgendwo auch Torben liegen musste.

„Wir…Wir haben ihn umgebracht. Wir müssen weg hier." Thelmas Sprachzentrum hatte wieder angefangen zu funktionieren. In der Ferne heulten Sirenen.

„FAHR LOS!" schrie Luise.

Einen Plan hatten sie nicht. Nur schnell fort vom Ort des Geschehens, so viel war klar. Sie rasten durch die Nacht. Leider hatte Thelmas Vater den Wagen nicht für eine längere Flucht durch die Republik vollgetankt, weswegen alsbald der Benzinnotstand die Sache zu vereiteln drohte.

An Thelma, das muss man ihr zugestehen, ist eine echte Ganovin verlorengegangen. Außerdem liest sie leidenschaftlich gern Krimis. Sie fuhren an einem gut besuchten Parkplatz irgendwo in der bayerischen Provence vorbei. Und ihr fiel ein Auto ins Auge, das aussah wie ihr eigenes.

Schwups waren die Nummernschilder getauscht und unter falscher Flagge die nächste Tankstelle um eine erkleckliche Menge Super erleichtert. Die Rechnung erhielt, neben einer Anzeige, dann später ein hier bereits aktenkundig gewordener Vertreter für Tapeten, Teppiche und Jalousien.

Wie im Rausch hatten die beiden alle moralischen Bedenken beiseite geworfen und durchquerten im Bonny-und-Clyde-Modus die Republik. Zunächst ziellos, doch dann überfuhr Thelma beinahe einen Frosch. Und Luise hatte eine Eingebung. Oder vielmehr Erinnerung. An den vorletzten Familienurlaub.

Der war für sie sterbenslangweilig gewesen, in einem Ferienhaus irgendwo in der Norddeutschen Tiefebene, dort wo man nicht mal tot über den Gartenzaun hängen möchte. Aber dort gab es einen kitschigen Tonfrosch im Garten.

Und unter dem lag der Schlüssel für das Ferienhaus.

So waren sie in unser Revier hier geraten. Wo sie dann per Raubzug bei Manni und anderen die Vorräte im Ferienhaus auffüllten. Von dort stammt übrigens auch die blonde Perücke, denn Vater Schröder ist bei den Faslamsbrüdern und als Karnevalsfreund hierzulande eher ein Sonderling.

Dort hätten sie es eine Weile aushalten können, wäre ihnen nicht Justitia in die Quere gekommen. Nein, nicht in Gestalt von Jutta, sondern in Gestalt von Hanne.

Hanne ist zweifache Mutter und steht zugleich vor dem Nervenzusammenbruch und dem Zweiten Juristischen Staatsexamen. Um endlich in Ruhe lernen zu können, hatte sie sich über ein einschlägiges Internetportal eine ruhige Hütte weit ab vom Schuss gemietet. Und war bei Ankunft auf die beiden illegalen Bewohnerinnen gestoßen.

Was wiederum Jutta auf den Plan gerufen hatte.

Und nun stehen wir hier.

Mit hängenden Köpfen stehen Thelma und Luise Hand in Hand vor uns. Jutta hatte sie an die Orte ihrer Schandtaten geschleift, zumindest sofern diese in ihrem Zuständigkeitsbereich liegen. Auf dass sie sich für das Ungemach entschuldigen täten. Was sie dann jetzt bei uns auch tun.

Zumindest klingt ihr Gemurmel nach „tut uns leid wollten wir nicht" oder so ähnlich.

Da bei uns (oder vielmehr insbesondere bei mir) nur ein leichter Image- aber kein sonstiger Schaden entstanden ist, winkt Bella ab. Sie hat diesen Gluckenblick, was heißt: ihr Mutterinstinkt ist geweckt.

„Los, erst mal alle rein in die gute Stube."

Sie lotst Jutta und das Jungvolk ins Haus, ordnet mich zum Kaffeekochen ab und schickt die beiden Mädchen erst mal unter die Dusche. Denn wie man im Ferienhaus Wasser und Heizung andreht, das hatte Luise sich leider nicht gemerkt.

Bella hat die nun nicht mehr müffelnden Mädchen mit Kakao und Leihklamotten versorgt. Wir sitzen gemütlich um unseren Esstisch herum, als Juttas Telefon klingelt.

„Ja? Aha. Soso. Danke für die Info. Ich werds weitergeben."

Sie blickt ernst.

„Euer Freund Torben wurde gefunden."

Thelma und Luise schluckten unisono einmal trocken. Was würde Ihnen nun blühen? Ein Mordprozess? Gab es vielleicht mildernde Umstände? Galt das Jugendstrafrecht?

„Keine Sorge. Er lebt. Hat allerdings eine Alkoholvergiftung."

Das Aufatmen hat man vermutlich bis ins Allgäu gehört. Kennen Sie diesen Buster-Keaton-Film, in dem eine Hausfassade auf ihn einstürzt und er genau dort steht, wo sie das einzige Fenster hat? So war es Torben mit der Scheune gegangen.

Danach hatte er sich allerdings mit seinen Kumpels die Kante gegeben und sein Überleben gefeiert.

„Ach ja", ergänzt Jutta, zu Thelma gewandt, „ihr Vater kommt morgen und holt Sie ab. Per Bahn. Sie wissen ja warum."

Thelma verzieht das Gesicht. Ich kenne mich da ja nicht besonders gut aus, aber dieses Vater-Tochter-Verhältnis scheint Spielraum für Verbesserungen aufzuweisen.

Ich höre nur mit einem halben Ohr zu, als Jutta auch zu Luise etwas sagt, ich glaube, ihre Eltern sind irgendwo im Ausland und konnten bisher nicht kontaktiert werden und man müsse da jetzt mal sehen und dann die Sache mit der Unterbringung bis zur weiteren Klärung und blablabla.

Zum Glück alles nicht mein Bier, denke ich, rühre entspannt in meinem Assam und erwäge gerade, die Tee-mit-Rum-Saison vorzeitig für eröffnet zu erklären.

„Das ist doch kein Problem. Die beiden bleiben hier, bei uns!", höre ich da Bella sagen.

Doch mein Bier. Scheibenhonig.

Sie könnten doch, so Bella, einfach in Helenes Zimmer schlafen, die käme ja erst nächste Woche von ihrem Heimatbesuch im Schwäbischen zurück. Niemand hat mir an der Wiege gesungen, dass ich mal ein Mädchenpensionat betreiben würde. Statt Thelma und Luise jetzt Hanni und Nanni?

„Sind die beiden nicht herzig? Und so verliebt."

Bella ist ganz verzückt von unseren neuen Hausgästen.

Ich lege knurrend meinen Fuß hoch, auf den mir beim Gästezimmerherrichten Helenes Koffer gefallen war.

„Schön, dass in diesem Haushalt IRGENDjemand ein intaktes Liebesleben hat."

„Ach komm, du warst doch auch mal jung."

„Hast du dafür irgendwelche Zeugen?"

„Wir konnten die beiden doch nicht auf der Straße schlafen lassen."

„Das ist Juttas Problem. Nicht unseres. Hätte die sie doch adoptieren können."

„Muffelkopp."

„Mutterschaf."

„Bäääh."

„Ich dich auch."

Am späten Nachmittag des nächsten Tages beobachte ich vom Bürofenster aus, wie ein Taxi vorfährt. Ein untersetzter Halbglatzling mit weißem Hemd und weinrotem Pullunder steigt aus und geht, ohne sich nach links und rechts umzusehen, auf das von Thelma gründlich verbeulte Auto zu.

Er wirkt sichtlich erschüttert. Würde er nun wehklagend auf die Knie fallen und die Hände über dem Kopf zusammenschlagen?

Ich vernehme Unruhe im Haus. Die Damen haben die Ankunft von Thelmas Vater, zumindest gehe ich mal davon aus, dass es sich um selbigen handelt, ebenfalls mitbekommen.

Besser, ich geh da mal runter. Auf der Treppe fällt mir auf, dass Thelma mindestens einen Kopf größer ist als der Typ da unten. Rein rechnerisch müsste demzufolge ihre Mutter locker in der Basketballbundesliga mitspielen können.

Komisch, fällt mir auf, von der war nie die Rede.

Unten warten schon Bella, Thelma und Luise darauf, dass Vaddi die Inspektion seines Schrotthaufens abgeschlossen hat. Ich an seiner Stelle wäre vermutlich erst mal zu meiner Tochter geeilt und hätte so was wie: „Bin ich froh, dass Dir nichts fehlt, Blech kann man ersetzen" gesagt.

Aber ich bin halt auch ein sentimentaler Trottel ohne jegliche emotionale Bindung an Kraftfahrzeuge.

Aha. Er kommt nun rüber, würdigt uns aber keines Blickes, sondern baut sich wortlos vor Thelma auf und holt zu einer Ohrfeige aus. Ekel Alfred, das hättest du besser gelassen.

Thelma verfügt anscheinend über Erfahrung mit dieser seit dem Frühmittelalter geächteten Art körperlicher Züchtigung und weicht reaktionsschnell der auf sie zufliegenden Hand aus. Was Ekel Alfred kurz aus dem Gleichgewicht bringt.

Das er dann vollends verliert. Dafür sorgt Heinz.

Unser Hofhund nämlich verabscheut jede Art von Gewalt und verbeißt sich in Ekel Alfreds Gemächt, wodurch dieser ebenso hart wie wohlverdient zu Fall kommt. Wir sollten Heinz vielleicht doch nicht so oft alleine amerikanische Polizeiserien im Fernsehen angucken lassen.

„Heinz! Aus!"

Bella greift ein. Heinz gehorcht aufs Wort. Alfred atmet auf, dieser ahnungslose Wicht. Denn nun geht sie auf ihn los.

„HIER", klatsch, „WIRD KOINER", klatsch, „GSCHLAGA", klatsch, „AUSSER", klatsch, „ER ZAHLD DAFÜR", klatsch, „UND DES KOSCH", klatsch, „DU LURCHI DIR", klatsch, „GAR ED LOISCHDA."

Ekel Alfreds Gesicht scheint jetzt hinreichend gut durchblutet, Zeit für mich, einzuschreiten. Sanft ziehe ich erst Bella, die fuchsteufelswild schwäbelnd auf seiner Brust kniet, von ihm herunter und dann ihn am Schlafittchen über den Hof in Richtung Straße.

Schade, sein Taxi ist schon weg. Glücklicherweise biegt in diesem Moment Juttas Streifenwagen ein, vermutlich hatte sie gehofft, bei uns die Aussage von Thelmas Vater aufnehmen zu können.

Geistesgegenwärtig entriegelt sie auf ein Winken von mir die Türen.

Ich schubse den Schlägertypen unsanft auf die Rückbank.

Möglicherweise habe ich das mit einem Tritt in seinen Allerwertesten getan, aber Sie wissen ja, ich muss mich hier nicht selbst belasten, daher lassen wir das mal als Hypothese im Raum stehen.

„Bring ihn weg. Schutzhaft, Ausnüchterungszelle, Zeugenschutz, egal. Gefahr im Verzug!"

Jutta sieht, wie Bella auf ihr Auto zustürmt. Ich glaube, sie schwingt den Gärtnerspaten, den ich heute Morgen im Rosenbeet stehen gelassen habe.

Jutta legt den Rückwärtsgang ein und gibt Gas. Beulen im Streifenwagen, das bedeutet haufenweise Formulare und Ärger.

Vorsichtig nehme ich Bella das Mordwerkzeug aus der Hand. Ihre Augen funkeln noch vor gerechtem Zorn, aber sie ist ziemlich blass und etwas zittrig in den Knien, weswegen ich sie lieber erst mal zur Gartenbank rüberführe.

Sie wissen schon, die, die Altersflecken macht. Abwaschbare. Wie Oma und Opa sitzen wir händchenhaltend auf der alten Holzbank. Vor uns stehen Thelma und Luise. Und halten auch Händchen.

„Ich weiß gar nicht was ich sagen so...", fängt Thelma verlegen an.

„Zu DEM gehst du nicht mehr zurück, so viel ist sicher."

Für Bella ist die Sache klar.

Mein Einwand, dass davon auszugehen sei, dass Thelma volljährig ist und ihr somit ein gewisses Mitspracherecht bzgl. ihres Aufenthaltsortes zustünde, wischt Bella mit einem „Papperlapapp, die beiden bleiben erst mal hier!" beiseite.

Erwähnte ich das Thema „Mädchenpensionat" schon?

Kapitel 54 – Jäger sammeln, Sammler jagen

Lassen Sie uns über unterschiedliche Perspektiven reden.

Ich zum Beispiel sehe, wenn ich in den Kühlschrank blicke, vollkommen andere Dinge als Bella, wenn sie dasselbe tut. Was immer wieder zu Irritationen führt.

„Du Blindfisch, ich seh' die Radieschen doch von hier!"

Nun haben Menschen unterschiedliche Gründe, die Radieschen von unten zu betrachten. Entweder sind sie hinüber (die Menschen natürlich, nicht die Radieschen) oder, wie im hier vorliegenden Fall, quicklebendig, aber einen guten Kopf kürzer als ich.

Sind Sie also, wie beispielsweise Bella, auch nur eine Handbreit größer als ein Toaster, so ist Ihre Sicht auf die Dinge naturgemäß eine andere als meine. Wo mir etwa eine Aufschnittdose den Blick auf die Gewürzgurken verstellt, da sieht sie den Pudding vor lauter Magerquark-Töpfen nicht.

Was auch sein Gutes hat, denn mit etwas Glück bleibt so der Schokoladenpudding mir, weil seine schmackhafte Existenz Bellas Adleraugen entgangen ist. Den Magerquark hingegen überlasse ich großzügig den Haushaltsmitgliedern, die sich für ihn erwärmen können.

Überhaupt, Magerquark. Unter den vielen marktverfügbaren Molkereiprodukten, die letztendlich allesamt nur Kuhmilch in unterschiedlichen Stadien der Verwesung darstellen, ist er das letzte, das ich auf eine einsame Insel mitnehmen würde.

Nun, sauer macht lustig, vielleicht gibt es auf der Insel ja notorisch missgelaunte Ureinwohner, die bisher noch jeden, der sie mit billigem Tand zu erheitern versuchte, menschenfressenden Mördermuscheln zum Fraße vorgeworfen haben.

Was dann kurzzeitig doch für Erheiterung sorgte.

Nein, statt Glasperlen oder Trillerpfeifen würde ich Magerquark als Errungenschaft der Zivilisation präsentieren.

Man würde daran schnüffeln, ein wenig probieren und mir dann ein Taxi rufen, mich dahin zurückzubringen, wo dieses Teufelszeug herkommt. Um für immer dortzubleiben.

Manchmal, aber behalten Sie das bloß für sich, gehe ich vor dem Kühlschrank in die Knie. Nicht um dieses Füllhorn frischgehaltener Nahrungsmittel anzubeten, sondern weil ich etwas ausräumen möchte. Nein, keine gekühlte 300-Gramm-Tafel Alpenvollmilch, sondern einen Verdacht.

Bella ist nämlich ein ziemlich ausgekochtes Weibsbild und durchaus in der Lage, aus meiner Unfähigkeit, Dinge im Kühlschrank zu finden, eiskalt (Sie verzeihen das Wortspiel) Profit zu schlagen.

Und siehe da, mit verändertem Blickwinkel und nach fünf Minuten angestrengtem Starren:

Wir haben doch noch welche von den edlen urlaubsmitgebringselten Schokotrüffeln! Für mich komplett unsichtbar stehen sie hinter einer Plastikdose mit irgendwas Gemüsigem.

„Nein, die sind alle. DU hast die doch alle weggehauen wie das Krümelmonster", klingt es noch in meinen Ohren.

Jetzt, nachdem ich, dank unbequemer, aber innovativer Körperhaltung, den zum Glück durchsichtigen Einlegeboden schräg von unten durchblicken konnte, entdecke ich sie also plötzlich: die vor der garstigen Sommerhitze sorgfältig geschützten Kalorienbömbchen.

Und vor mir natürlich.

Warum mich das fünf Minuten anstrengenden Hinguckens gekostet hat? Das hat nun wiederum angeblich was mit systemimmanenten Schwächen des männlichen Gehirns zu tun. Das ist nämlich auf das Aufspüren beweglicher Beute spezialisiert. Und Schokotrüffel bewegen sich nur SEHR langsam.

Jäger: 0, Sammler:1, könnte man sagen.

Seit Jahrtausenden, so meine Theorie, nutzen Frauen diesen männlichen Konstruktionsmangel aus und verbergen Dinge vor den Augen ihres Höhlenmitbewohners, die nicht für ihn bestimmt sind.

Leckereien, Notgroschen, Hausfreunde, so Zeug halt.

Aber sie haben die Rechnung ohne die Evolution gemacht. Die ist emsig dabei, Unausgereiftes zu optimieren. Meist durch Trial-and-Error, weswegen man nie weiß, ob man nicht vielleicht eine entwicklungsgeschichtliche Sackgasse darstellt.

Einknickbare Knie jedenfalls haben Zukunft.

Kapitel 55 – Die Rückkehr der O

„Waldpilze sind schon toll. Oh. Guck mal. Ein Hexenring."

„..."

„Wag es nicht, was zu sagen. Ich weiß genau, was du gedacht hast."
Der Vorteil einer langjährigen Zweierbeziehung:
Der andere versteht einen ohne Worte.
Der Nachteil einer langjährigen Zweierbeziehung:
S. o.
Dass ich gerade eine kapitale Krause Glucke entdeckt habe, verschweige ich Bella konsequenterweise.
„Kommst du bitte mal?"
Was hat sie wohl jetzt entdeckt? Bestimmt wieder irgendeine phallische Stinkmorchel, zu der ich mir männerfeindliche Sprüche anhören muss wie „Imposant. Na ja, beim Geruch muss man halt Kompromisse machen, aber das ist im wirklichen Leben nicht anders, gell?"
Bella steht auf einer für ihren Pilzreichtum bekannten kleinen Lichtung. Ihr Gesicht hat die Farbe handelsüblicher Schulkreide angenommen. Sie zeigt mit dem Finger auf den Waldboden.
„D-d-da. Guck."
In der Tat ragt dort irgendetwas aus dem moosigen Untergrund.
Etwas Menschliches.
Sparen Sie sich anzügliche Bemerkungen über einen schlampig bestatteten Pornostar. Da steht nämlich kein Männlein im Walde und ein Mäntelchen von lauter Purpur hat es auch nicht um. Dafür hat es Fingernägel. Rote.
Was auch gegen ein Fortpflanzungsorgan spricht.
In meinem Kopfkino steigt eine spröde blonde Kommissarin in ihren silbernen Dienstwagen und fährt durch die von wabernden Nebelfeldern und Inzucht geplagte Norddeutsche Tiefebene, um ebenso wortkarge wie grenzdebile Eingeborene zu verhören.
Einer verdächtiger als der andere.
Kurz bevor die Kommissarin den Fehler begeht, den Typen mit der Mistforke nach dem Weg zu fragen, steigt in mir ein Verdacht auf.

Ich ziehe Bella sanft am Ärmel hinweg vom vermeintlichen Tatort und parke sie an einem Holzstoß.

„Bleib kurz hier, ok?"

Sie nickt ungewohnt gefügig.

Sie ist leicht käsig um die Nase. Jeder Pilzsammler findet in seinem Leben statistisch 0,00002 Leichenteile, bei Joggern liegt die Quote etwas niedriger. Zahlen und Fakten, so befinde ich, sind zurzeit als Trost ungeeignet und behalte sie für mich.

He. Ich kann auch einfühlsam.

Ich umkreise die Fingerfundstelle professionell in einer enger werdenden Spirale, um nicht unnötig Spuren zu zerstören, die für die Aufklärung des Falles wichtig sind. Falls es doch einen Fall gibt. Ich schlucke trocken.

„Aha. Hab' ich dich."

Nennen Sie mich fürderhin Sherlock.

An einer knorrigen Kiefer hängt ein unscheinbarer grünbrauner Kasten, für das ungeschulte Auge kaum zu entdecken.

Einer unserer technikaffinen Jungjäger steckt also hinter der ganzen Sache. Dacht' ichs mir doch.

Ich nehme die Wildkamera in Augenschein. Neuestes Modell. Sauteuer. Infrarot, Wärmesensor, HD-Videoaufzeichnung und mehr Speicherplatz, als in meiner Jugendzeit die gesamte NASA zur Verfügung hatte.

Na wartet, Burschen. Ein fieser kleiner Plan nimmt in dem für kriminelle Energie zuständigen Areal meines Frontalkortex Gestalt an.

Unschuldige Frauen erschrecken mag ja bei manchen noch als Kavaliersdelikt durchgehen, aber meine unschuldige Frau erschrecken, da hört der Spaß auf.

Und wie ich Bella kenne, würde sie eher damit leben können, dass ein wildes Sexvideo von ihr ins Internet geleakt wird, als ein Filmchen, das zeigt, wie sie sich vor einem Gummifinger erschreckt.

Also nicht, dass Sie jetzt denken, wir würden wilde Sexvideos... und überhaupt: DAS GEHT SIE GARNIX AN!

Aber zurück zum Thema. Diesen voyeuristischen Unholden muss das Handwerk gelegt werden. Sind doch nicht zuletzt sie für die demografische Negativentwicklung auf dem Lande verantwortlich, seit sich keiner mehr traut, im Freien Sex zu haben.

Ok, sie und aggressive Stechmücken.

Bella und ich sichten am heimischen PC die Beute. Wir haben der Wildkamera ihr schwarzes Speicherkartenherz entrissen und wühlen uns durch hunderte kurze Videosequenzen.

Leider ist das etwa so aufregend wie der Abspann der Lindenstraße. Ohne den Bus von links und das Fahrrad von rechts.

Es passiert wenig. Sehr wenig. Selbst für einen norddeutschen Mischwald ist hier die Hose überdurchschnittlich tot. Ein Ahornblatt weht vorbei. Dann wieder lange nichts. Wow! Da! Ein gelangweilter Fuchs, der durchs Bild trottet.

Pilze wachsen und werden von Schnecken gefressen.

Mir fallen langsam die Augen zu. Bella krault nebenbei dem Hund das Ohr. Vermutlich ist der arme Kerl an der Stelle demnächst kahl.

Auftritt einer kleinen Wildschweinrotte. Nur ein kurzes Gastspiel, offensichtlich. Special Appearance, vermutlich sind sie woanders unter Vertrag.

„Laaaaangweilig." Bella ploppt eine Kaugummiblase neben meinem Ohr. Irgendwo hat sie eine Packung Hubba Bubba gefunden.

„Da geht echt nix ab. Ich glaub wir sollten... OH."

„Siehst du, was ich sehe?"

„Ich kann nur vermuten, was du siehst, aber..."

„...wir müssen noch mal in den Wald."

Normalerweise vermeiden wir es, gegenseitig unsere Sätze zu vollenden, aber dies hier ist eindeutig ein übergesetzlicher Notstand.

Gerade noch rechtzeitig vorm Dunkelwerden stehen wir wieder am Ort des Geschehens. Dunkle Wolken und der Kachelmann verheißen ergiebige Regenfälle.

Zögerlich ergreife ich die aus dem Waldboden ragenden Finger. Sie sind klamm und leblos, doch nicht steif. Mit etwas Mühe ziehe ich den Rest des nackten Körpers unter einer dünnen Schicht aus Erde, Reisig und Moos hervor. Sie ist fast liebevoll in einen alten Teppich gewickelt.

Sie liegt zu unseren Füßen. Ihr Blick ist leer und in den Himmel gerichtet. Ob auch sie die Wolkendecke kritisch mustert? Egal. Was dem geschulten Pathologenauge an dem makellosen Körper sofort auffällt, sind ihre geöffneten Lippen. Sie sieht aus, als wolle sie laut „O" sagen.

Sie ahnen es sicherlich bereits, Sie sind hier in die Geschichte der O geraten. So hat Bella unser Findelkind nämlich genannt, bei dem es sich, das wird sie jetzt ebenfalls nicht mehr überraschen, um die lebensechte Nachbildung eines weiblichen Exemplars des Homo sapiens handelt.

„Und was machen wir jetzt mit dir?"

Bella stemmt die Hände in die Hüften und blickt O erwartungsvoll an. Die sitzt gelassen mit dem Rücken an eine alte Buche gelehnt und zeigt wenig Neigung, sich an der Diskussion über ihr Schicksal zu beteiligen.

Dafür zeigt sie viel Haut.

„Dir ist aber schon klar", werfe ich ein, während ich die Wildkamera wieder scharf mache, „dass du mit einer hochpreisigen Gummimöse redest?"

Dass auf der Speicherkarte eine Videodatei fehlt, das wird der wack're Waidmann, dem das Gerät gehört, hoffentlich nicht bemerken.

„Doofmann."

Ich befestige grinsend das Überwachungsgerät wieder an der Kiefer.

„Wir können sie jedenfalls", befindet Bella dann, „nicht einfach hier sitzen lassen. Da kriegen ja die Rehe einen Schreck fürs Leben."

Bilde ich mir das ein oder sieht O auf einmal irgendwie fröhlicher aus?

„Da gibt es nur eine Lösung."

„Du meinst...?"

„Ab nach Haus mit ihr."

Natürlich nicht zu uns nach Hause. Nicht dass O in dem Chaos besonders auffallen würde, aber in unserem Liebesleben ist für jemanden gänzlich ohne rhetorische Qualitäten beim besten Willen kein Platz. Außerdem riecht sie ein bisschen streng. Irgendwie morchelig. Örks.

Nein, mein genialisch-perfider Plan sieht eine Rückführung von O zu ihrem rechtmäßigen Besitzer vor. Bella grinst diabolisch, als ich ihr die Einzelheiten erzähle.

Dazu muss ich allerdings ein bisschen ausholen. Sie haben doch Zeit, oder?

Also. Was ein Incel ist, das wissen Sie?

Ein Incel ist jemand, der unfreiwillig zölibatär lebt. Im Gegensatz zu einem Excel, das ist jemand, der unfreiwillig mit einer Tabellenkalkulation arbeiten muss.

Ein solcher Incel nun ist Herr P.

Herr P. ist ortsansässig und eine furchtbare, unbeweibte Nervensäge. Oder vielmehr war es. Nein, nein, keine wundersame Wandlung vom Saulus zum Paulus, Herr P. ist immer noch eine furchtbare Nervensäge, nur halt nicht mehr unbeweibt.

Weil nämlich vor einiger Zeit Frau P. in sein Leben getreten ist. Oder wurde. Von so einer Singlebörse im Internet, Sie wissen schon. Herr P. und Frau P. teilen seitdem das Bett, allerdings nicht den Nachnamen, der fängt nur bei beiden zufälligerweise mit demselben Buchstaben an.

Und Frau P. wurde nun unfreiwillig zum Hauptdarsteller einer kleinen, sagen wir, independent Filmproduktion. Sehr independent.

In Bellas und meine Hände geriet verfängliches Videomaterial, das Frau P. beim Vergraben der in einen billigen Kunstfaserteppich gewickelten O zeigt. Allein das ein Umweltfrevel ersten Ranges. Sowohl Teppich als auch O würden noch 1000 Jahre da liegen.

Gut, es wäre schon irgendwie interessant, die Gesichter zukünftiger Archäologen zu sehen, die sich am Kopf kratzen und fragen, ob sie hier vielleicht bedeutsame Spuren bislang unbekannter kultischer oder ritueller Handlungen einer untergegangenen Zivilisation freigelegt haben.

Aber dazu wird es ja nun nicht kommen. Denn Bella und ich ziehen, jeweils einen von Os durchaus wohlgeformten Füßen in der Hand, das Corpus Delicti über den Waldweg zum Auto. Gut, dass der einsetzende Regen sowohl lästige Zeugen fernhält als auch verräterische Spuren tilgt.

Zum Glück sind wir mit dem Geländewagen da, dessen geräumiger Kofferraum schon bedeutend Schmutzigeres als die abgelegte Bettgespielin von Herrn P. befördert hat.

Wir verstauen O, die sich überraschend biegsam und kooperativ zeigt und ziehen diskret die Gepäckabdeckung über sie. Auf dem Heimweg scherzt Bella, unbedarft und in ihrem jugendlichen Leichtsinn, „Hoffentlich kommen wir nicht in eine Polizeikontrolle mit der Leiche im Kofferraum".

Haha. Witzig. Gut, dass ich nicht abergläubisch bin. Kein bisschen.

„Führerschein und Fahrzeugpapiere bitte."

„Nabend Jutta."

Puh. Es ist unser weiblicher Dorfsheriff, vielleicht geht das Ganze hier ja noch glimpflich aus.

Penibel prüft sie meine Dokumente, sie hat ihr Dienstgesicht auf.

„Nabend. Woher des Wegs bei diesem Wetter?"

„Wir waren Pilze suchen."

„Ah. Was gefunden?"

„Ja. Nee."

„Ja, was nun, ja oder nee?"

Puh. Noch ein falsches Wort und ihr kriminalistischer Spürsinn wird geweckt. Ich höre schon, wie der sich im Schlaf unruhig hin und her wirft."

„Ja und nein. Gefunden haben wir schon was. Aber halt nur wurmstichige breitkrempige Wulstlinge und so."

„Du meinst wulstige Kremplinge?"

„Genau. Die. Sonst nix Nennenswertes."

Hoffentlich vertieft sie das Thema nicht, pilztechnisch bin ich nicht sattelfest.

„Schade, ich wollte eigentlich auch noch los. Na ja, dann gute Fahrt noch und schönen Abend."

„Auch so."

FLOMP. FLAPPFLAPPFLAPP.

„Was war das?"

Ich verfluche innerlich unser Gepäckrollo, das seit ewigen Zeiten gelegentlich überraschend und lautstark aufschnalzt. Im Normalfall allerdings sorgt es nur für ein paar bloßgelegte Nerven beim Fahrer. Und nicht auch noch für ein paar bloßgelegte Gummibrüste in Körbchengröße Doppel-D.

Diese Einschätzung stammt übrigens von Bella, die die körperlichen Vorzüge der Latex-O vor dem unzeremoniellen Verladen in unseren Kofferraum in Augenschein genommen hatte.

„Ziemlich vorbildgetreu", war ihr Urteil gewesen, „von ein, zwei Details abgesehen. Drei, genaugenommen."

Zum Glück rast in diesem Augenblick ein aufgemotzter Opel laut röhrend und unter kreativer Auslegung der örtlichen Geschwindigkeitsbegrenzung an uns vorbei.

„Na warte. Dich krieg ich."

Uff. Wir sind vom Haken. Jutta wirft mir meine Papiere zu und widmet sich dem neuen Fall.

Wir sehen erleichtert zu, wie sie in ihren Streifenwagen springt, den gespoilerten PS-Proll zur Strecke zu bringen. Ihr Motor heult auf, binnen Sekunden ist sie außer Sicht. Jutta ist mal Paris-Dakar gefahren.

„Der hat seinen letzten Ködel geschissen", höre ich mich laut denken.

„Du bist manchmal SO ordinär. Wo hast du nur deine Benehmität gelassen?"

Bella klingt erschreckend wie meine Oma. Die sie nie kennengelernt hat. Frauen sind mir unheimlich, ob die über so was wie ein kollektives Bewusstsein verfügen? Ich blicke in den Rückspiegel. O zwinkert mir zu.

„Du weißt schon, dass wir sie zwei Tage irgendwo verstecken müssen, wenn dein Plan funktionieren soll?"

„Wirklich gute Pläne lassen den Akteuren Spielraum für Kreativität."

„Der hier hat ne Lücke, groß wie ein Scheunentor."

„Aber du magst meine Art zu denken."

„Pah. Männer."

O wohnt jetzt übergangsweise in unserer Garage. Nach einer intensiven Begegnung mit dem Dampfreiniger ist sie nun porentief rein und frei von etwaigen Anhaftungen der örtlichen Mischwald-Flora oder vielmehr -Fauna.

Und auch ansonsten von allem, was da vielleicht mal gehaftet haben mag.

Sie sitzt jetzt lasziv auf dem Stapel mit den Winterreifen. Vielleicht träumt sie von einer Karriere als Model für den Pirelli-Kalender. Oder sie fängt was mit dem Michelin-Männchen an, es gäb da ja schließlich gewisse Gemeinsamkeiten.

„Was grinst du so?", fragt Bella argwöhnisch.

Machen wir uns also an das Projekt „Die Rückkehr der O".

Natürlich können wir eine Lady wie sie nicht einfach schnöde vom Hermesboten zustellen lassen, als wäre sie eine x-beliebige aufblasbare Bumsmarie. Nein, sie braucht ihren Auftritt.

Und ich brauche dafür den eisernen Malik.

Der eiserne Malik ist nicht, wie sie vielleicht denken, von Beruf standhafter Darsteller in fragwürdigen Filmproduktionen der Kategorie „Erwachsenenunterhaltung". Nein, Malik macht in Schrott. Und zwar ziemlich erfolgreich.

Egal, ob Sie einen fettverkrusteten Grillrost zu entsorgen haben oder Ihr atomgetriebener Flugzeugträger nicht mehr durch den TÜV gekommen ist, wenn bei Ihnen irgendetwas aus Metall herumliegt, -steht oder -hängt, was sie nicht mehr brauchen, dann ist der eiserne Malik Ihr Mann.

Durch Fleiß und harte Arbeit hat es Malik zu bescheidenem Wohlstand gebracht. Ihm gehören zwei 4-Sternehotels an der bulgarischen Schwarzmeerküste, seine Tochter studiert in Harvard und der Katalog vom Yachtbauer liegt auch nicht zufällig auf dem Beifahrersitz seines Sprinters.

„Kennst du ‚Serengeti darf nicht sterben'? Beste Film von Grzimek. Sähe aus wie Sodom und Gomorrha in Serengeti, wenn keine Geier gäbe. Räumen alles weg, was rumliegt. Totes Gnu zum Beispiel."

Maliks Beschreibung des ehrbaren Berufsstandes der Sperrmüllgeier kommt mir in den Sinn.

Der Sperrmüllgeier ist ja bekanntlich der natürliche Feind des Dazustellers. Das durch beide erzeugte Equilibrium wird durch das zweite Wertstoffhofsche Gesetz beschrieben:

„Das Gesamtvolumen des vor deiner Tür auf Abholung wartenden Sperrmülls bleibt stets konstant."

Für die Umsetzung meines Gummipuppen-Rückführungs-Vorhabens soll nun Malik kurzzeitig die Rolle wechseln und zum Dazusteller werden.

Zum Glück ist er mir noch einen Gefallen schuldig seit der Sache mit Malte-Benjamin und der rostigen Lokomotive damals.

Widerwillig willigt er ein.

„Aber verrat nicht Grzimek. Weil entweder du bist Geier und machst Ordnung oder du bist Gnu und scheißt alles zu. Hat Natur so geregelt."

Malik mag Grzimek, weil das endlich mal ein Deutscher ist, der keinen Zungenbrecher als Nachnamen hat. Wie Borgschulze-Siebenhühner oder so.

Wie ich Sie kenne, wollen Sie jetzt auch noch die dramatische Geschichte von Malte-Benjamin Borgschulze-Siebenhühner hören. Also gut.

Eines schönen Tages spazierten Bella und ich am wildromantischen Rand der stillgelegten Kiesgrube, als plötzlich ein markerschütternder Schrei den Frieden störte. Seit der letzten Hexenverbrennung hatte man derlei hierzulande nicht mehr gehört.

Ältere Dorfbewohner erinnern sich.

Wir machten uns auf, die Quelle dieses von unmenschlichem Leiden zeugenden Lautes ausfindig zu machen. Und trafen auf besagten Malte-Benjamin.

Er gehörte zur Ameisengruppe des Bökelsdorfer Waldkindergarten e. V. und hielt weh- und anklagend seinen rechten Zeigefinger in die Luft. Mit äußerstem Wohlwollen ließ sich an dieser emporgereckten Extremität ein kleiner Blutstropfen entdecken.

Waldkindergärtnerin Lina, ansonsten durch nichts zu erschüttern, war den Tränen nahe.

„Das ist unser Ende", schnüffte sie, „die machen uns jetzt endgültig platt."

„Die", das war das Ehepaar Borgschulze-Siebenhühner. Beide Anwälte. Den Waldkindergarten hatten sie, so erfahren wir, bereits mehrfach verklagt. Das letzte Mal, weil der Malte-Benjamin kredenzte Hagebuttentee angeblich nicht Bio gewesen war.

Man einigte sich außergerichtlich.

Und nun hatte ihr Goldstück sich beim Herumtollen auf der alten Lokomotive der Lorenbahn, die bis in die 60er-Jahre die Kiesgrube mit Meiers Ziegelei verbunden hatte, den Finger geklemmt. Ob er oder die Aufsichtspflicht schwerer verletzt wurde, das würden später die Gutachter klären. Kostenpflichtig natürlich.

Lina ist eine Nette und auf der alten Lorenbahn haben schon Generationen von Dorfkindern erste Erfahrungen mit schienengebundenen Verkehrsmitteln gesammelt, ohne irgendwelche Schäden davonzutragen. Tuut-tuut. Alle einsteigen! Abfaat!

Bella und ich beschlossen, schnell und unbürokratisch zu helfen. Während ich einige Telefonate tätigte, machte Bella sich an die Zeugenbeeinflussung. Ein Snickers wirkte bei Malte-Benjamin Wunder, bekommt er doch zu Hause bestenfalls an hohen christlichen Feiertagen mal einen sparsam mit Honig gesüßten Dinkelkeks und mit Glück eine halbe Dattel.

Mit Genehmigung des Kiesgrubenbesitzers, des Amtes für Denkmalschutz, der oberen und unteren Naturschutzbehörde und des Kultusministeriums als zuständiger Kindergartenaufsichtsbehörde entsorgte daraufhin Malik mit ein paar Getreuen alle Reste der kindswohlgefährdenden Lorenbahn.

So gründlich waren die wackeren Schrottverwerter dabei vorgegangen, dass das einzige Stück Metall, dass sich nach der Aktion noch auf dem Gelände der Kiesgrube finden ließ, ein Zweicentstück war, das mir beim Herausziehen des Handys aus der Hosentasche gefallen sein musste.

Diverse Tonnen bestens verkäuflichen Schienenstahls lassen mich seither in Maliks Wohlwollen baden. Er ziert sich daher auch nur kurz, in unserem kleinen Familiendrama um Herrn P., Frau P. und Frau O eine Rolle zu übernehmen. Gut, das wäre erledigt.

Kommen wir zu Komplizin Nr. 2. Die ist einäugig und hauptberuflich Überwachungskamera. Ihr Tätigkeitsgebiet ist die Einfahrt der Hülsheimers, selbige Herr- oder vielmehr Damschaften regelmäßigen Lesern bekannt für ihre herzliche Abneigung gegenüber Blümchensex. Und dazu wohnhaft direkt gegenüber von Herrn P.

Zum Glück erstreckt sich Frau Dr. Hülsheimers ärztliche Schweigepflicht nicht auf das Passwort für den Fernzugriff auf die Überwachungskamera. Und ihr Gatte verspricht, beim ohnehin anstehenden Zurückschneiden der Kletterrosen versehentlich ganz leicht gegen die Kamera zu stoßen.

Wir haben nun einen Logenplatz und können in Echtzeit hochauflösend beobachten, was sich in der Einfahrt von Herrn P. so alles tut. Sind Datenschutzbeauftragte zugegen? Nein? Gut. Dann kann ich ja weitererzählen.

An der Mühelosigkeit, mit der ich mir die uneingeschränkte Kooperation der Hülsheimers sichern konnte, lässt sich unschwer erkennen, wie es um deren gute Nachbarschaft mit Herrn P. bestellt ist. Der ist beliebt wie Fußpilz.

18:00 Uhr. Es ist wie in der guten alten Zeit. Die Familie versammelt sich vor der Flimmerkiste und wartet auf die Nachrichten aus der Region. Wir müssen nicht lange warten. Herr P. und Frau P. schleppen eine geschmacklose Couchgarnitur an die Straße. Ein Sofa, zwei Sessel. Gut.

18:03 Uhr. Ein hellblauer Lieferwagen fährt vor und verdeckt kurz die Sicht. Als er wieder weg ist, fehlt einer der Sessel, dafür haben sich eine Stehlampe ohne Schirm und ein kaputter Wäschekorb eingefunden.

18:07 Uhr. Popcorn ist alle. Bella und ich diskutieren, wer Nachschub holen muss.

18:09 Uhr. Der fette Dackel von Witwe Gerbers hebt das Bein und nimmt die Stehlampe in Besitz.

18:11 Uhr. Maliks weißer Sprinter kommt ins Bild. Es wird spannend.

18:14 Uhr. Der Gummiadler ist gelandet. Oder vielmehr die Adlerin. O sitzt elegant auf dem Sofa, einen Arm auf der Lehne, ein Bein übergeschlagen. Sie trägt ein elegantes nachtblaues Vintage-Cocktailkleid von Givenchy und passende Schuhe aus Madame Sofies Dachboden-Fundus.

18:22 Uhr. Die O trägt jetzt einen schlabberigen Jogginganzug und eine Baseballkappe. Neben ihr auf dem Sofa sitzt ein ausgestopfter Dachs, dem leise Sägespäne aus dem Hintern rieseln. Auch der zweite Sessel ist verschwunden, dafür steht dort jetzt ein Spiegelschrank, Eiche rustikal.

18:30 Uhr. Herr P. erscheint mit einem Teppichklopfer und einer blauen Plastiktonne in der Hand. Beides fällt ihm vor Schreck aus der Hand, als er Os ansichtig wird. Leider haben wir keine Tonübertragung, dafür war die Vorbereitungszeit zu knapp. Vorsichtig trägt er O ins Haus.

18:32 Uhr. Die Plastiktonne ist auf die Straße gerollt. Ein schwarzer SUV kann gerade noch bremsen, der dreirädrige italienische Kleintransporter hinter ihm leider nicht. Er kommt neben der Stehlampe zum Halten. Ein vorbeikommender Metallsammler wirft begehrliche Blicke auf ihn.

18:35 Uhr. Frau P. kommt furiengleich aus dem Haus. Sie zieht O an den Haaren hinter sich her und wirft sie wutentbrannt dem verunfallten Lastendreirad auf die Ladefläche. Herr P. seinerseits wirft sich O, die irgendwie ihrer Hose verlustig gegangen ist, über die Schulter und schleppt sie, den nackten Gummipopo voran, wieder hinein.

19:05 Uhr. Ein Taxi fährt vor. Frau P. tritt, eine kleine Reisetasche in der Hand, vor die Haustür. Sie geht erhobenen Hauptes und ohne einen Blick zurück auf den wartenden Wagen zu. Ihr cooler Auf- oder vielmehr Abtritt leidet ein wenig, als sie über das Kabel der Stehlampe stolpert.

„Eigentlich nur fair", meint Bella und mümmelt an einer Salzstange, „schließlich kann ja schlecht die O zurück zu ihrer Mutter ziehen." Ihr Mitgefühl mit Frau P. bewegt sich offenkundig in engen Grenzen. Sehr engen.

Ich nehme nachdenklich noch einen sauren Gummischnuller.

Band 6 („La Bella Époque")

Kapitel 56 – Eisenherz und die Dildo Deerns

„He. Ich bins doch!"

Sie reden doch auch manchmal mit Ihrem Wäschetrockner, oder? Der zweite Druck auf das „Start"-Symbol ist, wie nicht anders zu erwarten, erfolgreich.

Gehorsam beginnt das treue Gerät, eine Trommel voll T-Shirts und Boxershorts schranktrocken zu rödeln.

Wäre auf dem Display genug Platz, so hätte dort jetzt vermutlich „Sorry. Geht sofort los!" gestanden. So begnüge ich mich mit einer ebenso präzisen wie unbrauchbaren Laufzeithochrechnung.

Warum sich der Trockner bei mir hätte entschuldigen sollen? Er hat mich für Bella gehalten.

Gut, ich sehe ein, dass muss ich Ihnen wohl ein wenig erläutern.

Die Älteren unter uns erinnern sich noch, früher hatte alles, was komplexer als ein Spaten war, Schalter, Hebel oder Drehknöpfe. Mensch und Gerät verstanden sich blendend.

Und dann wurden die Sensortasten erfunden.

Total praktisch. Nur noch leise antippen und schon setzt sich in Bewegung, was sich in Bewegung setzen sollte. Ob Plattenspieler, Baumaschine oder Tumbler. Und auch ein Smartphone reagiert gehorsam und präzise auf die Annäherung eines Fingers.

Nur nicht auf den von Bella halt.

Ob Bedienfeld von Waschmaschine, Herd oder Tablet-PC, alles verweigert konsequent seinen Dienst, sobald sich eines von Bellas ansonsten wirklich feinfühligen und attraktiven Fingerchen annähert. Ich vermute, selbst eine von Madame Tussauds Wachsfiguren wäre erfolgreicher als sie.

Sie können sich vorstellen, dass dies bei Bella keine ungetrübte Heiterkeit auslöst. Dass sich etwas weigert, ihr zu Willen zu sein, damit kann sie ganz schlecht umgehen. Fragen Sie mal den Wecker mit den Sensortasten, wie er den Flug aus dem Schlafzimmerfenster überstanden hat.

Habe ich Ihnen schon die Geschichte mit dem Hightech-Freudenspender erzählt? Nein?

Nun. Aus rein beruflichen Gründen erhalten wir des Öfteren Probeexemplare innovativer Produkte der Sextoy-Industrie. So kam vor einiger Zeit ein 10er-Karton des Modells QuadroStim XR3 ins Haus.

Dieses unscheinbare Gerät beglückt nach Herstellerangaben zuverlässig und nach allen Regeln der Kunst weibliche Körperöffnungen und Nervenenden, von deren Existenz selbst angehende Mediziner erst im 10. Studiensemester erfahren.

Lieferbar in allen Modefarben von Herbstlaub bis Zuckerstange.

Alle geschlechtsreifen weiblichen Haushaltsmitglieder (und davon gibt es mittlerweile, wie Sie bereits wissen, eine erkleckliche Anzahl) äußerten sich jedenfalls hochgradig zufrieden, lediglich hinsichtlich der zugeteilten Farbe gab es Klagen.

(„Ich wollte aber den Blauen!")

Nur Bella hielt sich in den entsprechenden Fachgesprächen auffällig zurück. Was ganz sicher nicht an ihrer Scheu vor heiklen oder intimen Themen lag. Nein, hier war etwas anderes im Busch. Oder vielmehr nicht im Bu... äh, nein das geht jetzt zu weit. Um diese Zeit lesen ja noch Kinder mit.

Das hochmoderne, vom Zeitgeist durchdrungene Gerät verfügt über integrierte Sensortasten zur Aktivierung. Wahlweise kann man es natürlich auch mit dem Handy steuern. Bluetooth, WLAN, Quantenkommunikation, alles integriert was der Markt an Hard-, Soft- und Erregungsware bietet.

Sie ahnen, worauf es hinausläuft.

Ich saß ein paar Tage später nichts ahnend über die Quartalszahlen gebeugt am Schreibtisch, als plötzlich Bella hinter mir stand. Nur im T-Shirt. Sie hielt mir das ergonomisch geformte Lusterzeugungserzeugnis hin und sagte nur: „Einschalten". Anscheinend hatte sie das Modell im Farbton „Sommerflieder" erwischt.

Aufs Geratewohl betätigte ich irgendwelche Tasten. Gehorsam begann sich das Teil in meiner Hand rhythmisch zu bewegen.

„So?"

Bella schüttelte den Kopf. Ich probierte drei, vier Programme aus, bis sie zufrieden nickte. Wortlos verschwand sie im Schlafzimmer. Wie ein Geist. Ein sanft brummender Geist.

Ich sagte leise zu mir: „Jugend forscht", und schüttelte den Kopf. „Das hab' ich gehört!", tönte es aus dem Gemach.

Das waren dann für eine Weile die letzten verständlichen Worte aus der Richtung.

Ob man wohl, sinnierte ich auf das vor mir auf dem Schreibtisch liegende Smartphone blickend, vielleicht mit der Handy-App Kontakt mit den im Haus verteilten Lustbrummseln aufnehmen könnte?

Kurz durchzuckte eine orgasmische Allmachtsfantasie meine sittlich verrohte Großhirnrinde.

Natürlich würde ich niemals wirklich dergestalt in die Privatsphäre und sexuelle Selbstbestimmung meiner Hausgenossinnen eingreifen. Mal abgesehen von der ethischen Fragwürdigkeit wäre so was vermutlich verfassungswidrig und verstieße gegen DSGVO, ZPO und Haager Landkriegsordnung.

Stille aus dem Schlafzimmer. Wahrscheinlich rauchte Bella mit ihrem neuen Bettgenossen jetzt die Zigarette danach.

Ich riskierte einen Blick. Sie saß auf der Bettkante, das Handy in der Hand.

„Der von Helene heißt Schnurrdiburr. Süß, nicht? Dabei hat sie eine Katzenhaarallergie."

Sofern sich irgendetwas in einer moralischen Grauzone bewegt, kann man davon ausgehen, dass Bella es ausprobiert. Sie tippte flink mit einem dieser Stifte mit leitfähigem Gummignubbel auf ihrem Smartphone herum. Was erklärte, warum Prinz Eisenherz still auf dem Nachtschrank lag.

Ich möchte mich jetzt nicht auf Spekulationen darauf einlassen, wie sie auf diesen Namen für ihr neues Spielzeug gekommen ist. Schieben wir es einfach auf ihre Vorliebe für mittelalterliche Geschichte von edlen Recken, holden Maiden, Minnesang und geknackten Keuschheitsgürteln.

Vor meinem geistigen Auge spielte sich folgender Dialog unter den WLAN-fähigen Haushaltsgeräten ab.

„Moin. Ich bin der Neue hier. Man nennt mich Prinz Eisenherz."

„Seid gegrüßt, Hoheit. Ich bin Suckerberg, der Saugroboter."

„Ah. Dann sind wir quasi in derselben Branche tätig."

Bella scrollte und wischte, nickte kurz, tippte irgendwas und sagte dann „Aha. Programm 4plus. Muss ich auch ausprobieren."

„Sag nicht, du hast dich wirklich in Helenes Miezvibrodingsi gehackt."

„Ach wo. Ich kannte ja das Passwort."

„Das hat sie dir verraten?"

„DAS hab' ich nicht gesagt."

Helenes Kennwort war übrigens „Erdkunde", was etwas mit ihrer zwar emotional enttäuschenden, aber sexuell überaus befriedigenden Liaison mit Geographielehrer Markus zu tun hat. Bella hatte genau drei Versuche gebraucht, die beiden anderen waren „Sport" und „Markus" gewesen.

Sie erinnern sich an Markus? Den promiskuitiven Pädagogen, der zeitgleich mit Helene noch was mit ihrer Mutter Ute, deren Cousine Uta und der Kioskfrau am Laufen hatte? Genau der.

Das mit der Kioskfrau wussten Sie noch gar nicht? Die hat ihn mit Gummifröschen gefügig gemacht. Aber zurück von Markus und der Frosch-Frau zu Prinz Eisenherz und Bella.

„So. Raus jetzt, ich muss noch Programm 4plus ausprobieren."

Meinen Einwand, dass dies hier schließlich auch mein Schlafzimmer sei, ließ Bella erstaunlicherweise gelten.

„Hm. Stimmt. Sieh zu und lerne."

Sie drückte mir das Handy in die Hand. Ich setzte mich zu ihr auf die Bettkante.

„Welche Stufe?"

„Zwei. Eins ist bestimmt nur was für kleine Mädchen, wir fangen gleich richtig aOH MEIN GOTT!"

Bellas Hand greift nach meiner.

Stufe drei.

Ich möchte nicht sagen, dass Bella einen kräftigen Händedruck hat, aber eine Karriere als Konzertpianist konnte ich jetzt ziemlich sicher vergessen.

Stufe vier.

Angesichts von Bellas Gesichtsfarbe überlegte ich, ob die Batterien im Blutdruckmessgerät wohl noch frisch sind.

Stufe fünf.

Zum Glück waren wir gerade allein im Haus und die nächsten Nachbarn einen Kilometer weit weg.

Stufe sechs.

Auf dem Display erschien eine Warnmeldung: „Nur für sehr erfahrene Benutzerinnen empfohlen."

„Soll ich wirklich?"

„SCHALT HOCH ODER DU BIST EIN TOTER MANN!"

Ok.

Beim Frühstück am nächsten Morgen tauscht die Damenriege verschwörerische Blicke aus. Thelma hält vier Finger hoch. Anna zeigt die ganze Hand und Helene tut es ihr nach. Alle Augen richten sich auf Bella.

Die stellt seelenruhig ihre Teetasse ab. Für sieben Finger braucht man zwei Hände. Ich gebe mich betont desinteressiert und streiche Honig auf mein Brötchen, während Bella ihr Handy herumzeigt. Die App zeichnet nämlich treu und brav alle Aktivitäten auf.

Vermutlich blickt gerade ein pickliger Systemadministrator in San Francisco auf die Daten und sagt: „SEVEN? Goddamn."

Als Gentleman verschweige ich natürlich, dass Bella gestern, nachdem Stufe sieben sie auf Wolke sieben befördert hatte, knapp zwei Stunden kaum ansprechbar war und weitere vier schlief. Gegen Mitternacht hatte sie dann einen leichten Imbiss der Kategorie „Halbes Schwein auf Toast" zu sich genommen.

Auf jeden Fall weiß ich jetzt, wer auf der nächsten Veranstaltung der Dildo Deerns Gesprächsthema Nummer eins sein wird.

Die Dildo Deerns treffen sich vierteljährlich zwecks gemeinsamer Evaluation italienischer Schaumweine und aktueller Produkte der Erregungsindustrie. Männer haben da keinen Zutritt, gewisse eisenherzige Prinzen ausgenommen.

Diese Treffen sind damit die rechtmäßigen Nachfolger der Verkaufsabende für Universalküchenmaschinen im gehobenen Preissegment aus dem letzten Jahrzehnt.

Und der grenzfrivolen Dessousabende der 1990er. Ältere erinnern sich noch, wie damals landauf, landab stark geschminkte Damen mittleren Alters schwere Rollkoffer aus dem Kofferraum ihres Kabrios wuchteten, um überteuerte Reizwäschekollektionen und die Hoffnung auf neuen Schwung im Eheleben unters darbende weibliche Volk zu bringen.

Gehen wir auf der Zeitachse noch weiter zurück, so treffen wir übrigens unweigerlich auf die wilden Tupperparties aus den 1970ern. Die Durchdringung heimischer Geschirrschränke mit mehr oder minder freiwillig vererbten Plastikbehältnissen nahm damals ihren Ausgang.

Was alle diese Veranstaltungen verbindet:

Frau ging mit dem Vorsatz hin, nur mal zu gucken, für was die anderen so ihr Geld zum Fenster rauswerfen und möglichst ein Geschenk abzustauben, an dem man zu Hause Freude hat.

Um dann um einen soliden Betrag erleichtert mit voller Tüte oder Bestellscheindurchschlag und zufriedenem Gesichtsausdruck leicht beschwipst den Heimweg anzutreten.

Wobei (und da heben sie sich wohltuend von den anderen ab) einzig die Dildoabende auch zu Hause noch Zufriedenheit und breites Grinsen garantieren.

Kapitel 57 – Verstehen Sie Bahnhof?

Unser Kaff soll einen Bahnanschluss bekommen.

Was eigentlich gar nicht so abwegig ist, weil es nämlich an einer Bahnlinie liegt. Genaugenommen führt die einmal quer durch den Ort. Der sich um seinen Bahnhof herum entwickelt hat. Moment, fragen Sie nicht ganz zu Unrecht, Bahnhof?? Nun. Vor ein paar Jahrzehnten kam jemand auf die Idee, dass dem Auto die Zukunft gehört. Die regelmäßig verkehrenden Schienenbusse, liebevoll Himbeerexpress oder Käseschieber genannt, verkehrten irgendwann nicht mehr und das gründerzeitliche Bahnhofsgebäude musste weichen.

Einem Wohn- und Geschäftshaus genau genommen, in dem nun der Schwiegersohn des damaligen Bürgermeisters seine Zahnarztpraxis hat. Außerdem betreibt Mona hier medizinische Fußpflege. Natürlich nicht in denselben Räumlichkeiten, seien Sie doch nicht albern.

Für klimaschonenden öffentlichen Personennahverkehr siehts im Ortskern daher eher düster aus.

Man muss daher nun, wohl oder übel, einen neuen Standort für den Bahnhof suchen. Vielleicht die Feuchtwiese von Jungbauer Wolfgang? Oder der ehemalige Parkplatz vom Autokino, auf dem eine ganze Generation der Dorfjugend erste, sagen wir, cineastische Erfahrungen gesammelt hat?

Oder sollte man lieber gleich die alte Schule abreißen und auf der grünen Wiese ein neubürgergerechtes Schulzentrum errichten, mit Helikopterlandeplatz und allen Schikanen, die um das Wohl der Frucht ihrer (meist schon etwas lahmen) Lenden besorgte Eltern von heute voraussetzen?

Im Bauausschuss geht es hoch her. Hier locken üppige Landesmittel zur Reaktivierung brachliegender Eisenbahn-Infrastruktur, dort drohen Wackersdorf-Veteranen mit der Errichtung eines Protestdorfes, fürchtet man doch Verkehrslärm noch mehr als Klimawandel oder Prostatakarzinome.

Verstehen Sie mich nicht falsch, man ist in diesen gereiften Alt68er-Kreisen durchaus ein großer Freund der Energie-, Verkehrs- und was weiß ich noch was für Wenden. Man war ja schließlich mal Bürger der Republik Freies Wendland.

Aber es muss ja nicht gerade hier wendeln, bei uns.

Der neue Bahnhof kommt jetzt übrigens wieder dahin, wo der alte Bahnhof stand. Man müsse dann nämlich, so das überparteilich einleuchtende Argument, die Bahnhofstraße nicht umbenennen.

Kommunalpolitik kann so einfach sein.

Wenn ich das Sitzungsprotokoll richtig interpretiere, dann lautete die Argumentation, dass Ortsfremden die Existenz einer Bahnhofstraße in einem Dorf ohne Bahnanschluss besser vermittelbar sei als eine Bahnhofstraße, die nicht zum Bahnhof führt, weil der an der Schulstraße liegt.

Außerdem erinnerte man sich wohl mit Grausen an die groß angelegte Umbenennungsaktion vor einigen Jahren, als ein eigens eingesetzter gemeinsamer Unterausschuss der Bau-, Verkehrs- und Tourismusausschüsse alle Straßennamen der Gemeinde auf historische Unbedenklichkeit prüfte.

Unvergessen bleiben der langatmige Vortrag des geladenen Sachverständigen, der samt Assistentin aus Süddeutschland angereist war, und seine ausschweifenden Ausführungen zur kolonialen Vorbelastung von Amsel-, Drossel- und Finkenweg im Neubaugebiet Rehwinkel-West.

Sein innovativer Vorschlag, stattdessen auf Namen von Stammesführerinnen der Inuit aus dem 17. Jahrhundert zurückzugreifen, als symbolische Sühne für erlittenes Unrecht gewissermaßen, stieß auf ein, höflich ausgedrückt, geteiltes Echo unter den Ratsmitgliedern.

Das 700-seitige Gutachten verschwand alsbald in der Schublade des Bürgermeisters. Nachdem der Kämmerer einen prüfenden Blick auf die Hotelrechnung des Fachmannes geworfen hatte. Doppelzimmer im Hotel Eichengrund und Candle-Light-Dinner.

Der Kämmerer wohnt immer noch im Finkenweg.

Der Sachverständige war mit erschütterter Glaubwürdigkeit und ohne seine Assistentin von dannen gezogen. Die nämlich hatte zu seinem Erstaunen wenig Interesse an einem karrierefördernden Stelldichein im besten Haus am Platze zulasten unserer Gemeindekasse gezeigt.

Das wiederum weiß ich von Taxifahrerin Britta, die nachts um halb zwei eine leicht zerzauste, aber hochgradig erzürnte junge Frau am Hotel Eichengrund abgeholt hatte. Seitdem kennt Britta einige sehr bildhafte niederbayerische Kraftausdrücke für promiskuitive Mannsbilder.

Da war die mit Fug und Recht empörte Assistentin, ohne es ahnen zu können, genau an die Richtige geraten. Britta ist nämlich Emanze der ersten Stunde und zweite Vorsitzende des feministischen Aktionsbündnisses „Die Heide-Hyänen".

Alle Männer im Landkreis fürchten sie.

Bis auf einen.

Genau. Ich.

Mit Britta habe ich schon im Sandkasten gespielt und jeder, der schon einmal ein Teambuilding-Event besucht hat, weiß, wie sehr Kindergartenspiele zusammenschweißen.

Und spätestens seit der Sache mit der Rose sieht sie mich als treuen Verbündeten im Kampf gegen das Patriarchat.

Was das für ein Skandal mit Rosi war?

Nun, in den wilden 70ern, einige von Ihnen erinnern sich vielleicht, war es Usus, dass Frauen, erfüllt von revolutionärem Eifer, ihre zumeist ohnehin schlechtsitzenden Büstenhalter verbrannten und freischwingend gegen die Herrschaft der Männer aufbegehrten.

Britta hatte zu jener Zeit allerdings noch keine nennenswerte Oberweite, weswegen ein BH ihrer Mutter herhalten musste. Ihr Versuch, ihn demonstrativ ein Raub der Flammen werden zu lassen, endete nur in müdem Gekokel. Das stützende Gewebe erwies sich als feuerfester als gedacht.

Vertrauensvoll wandte sie sich daher an mich. Meine pyrotechnischen Fachkenntnisse, das Schwarzpulver einer für schlechte Zeiten eingelagerten Klinikpackung Chinaböller und eine Kanüle voll Zweitaktgemisch aus der Garage von Brittas Vater führten dann zu einem auch überörtlich beachteten Happening.

Leider fiel den züngelnden Flammen des feministischen Protests auch ein edler englischer Rosenbusch mit mehr Vornamen als Prince Charles zum Opfer, weswegen mich erst der ewige Zorn von Brittas Mutter und dann zwei Wochen Fernsehverbot trafen.

Glücklicherweise erwies sich die Rose als ausgesprochen zäh und aus dem verkokelten Wurzelstock entspross bald eine neue Pflanze, noch prächtiger als zuvor, wenn auch etwas unterhalb der Veredlungsstelle und daher nicht mehr ganz so adlig.

Brittas Mutter vergab mir. Letztes Jahr.

Ich kann jedenfalls einen guten Draht zur örtlichen Taxiunternehmerin nur wärmstens empfehlen. Die weiß noch mehr als der Friseur. Den ich im Übrigen auch ziemlich gut kenne, aber das ist eine andere Geschichte[1].

So. Wo waren wir? Ach ja. Bei Britta. Und ihrem geweckten heiligen Zorn auf das Patriarchat und seine schwengeltragenden Stellvertreter auf Erden. Dieser hat, zugegebenermaßen, ohnehin nur einen sehr leichten Schlaf. Eigentlich schlummert er bestenfalls mal für kurze Zeit.

Jedenfalls war ihr erster Instinkt, sofort die örtlichen Verbündeten in der süddeutschen Universitätsstadt zu aktivieren, in der der Gutachter normalerweise sein akademisches Unwesen trieb. Eine Hexerverbrennung auf dem Marktplatz vielleicht. Oder eine standrechtliche Entmannung?

Doch dann glitzerte viel Böseres in Brittas braunen Augen. Sicher, feministische Verbündete finden sich weltweit überall, notfalls auch in Schlumpfhausen. Aber wozu in die Ferne schweifen, wo das Gute liegt so nah? Oder vielmehr die Gute. Claudia. Chefin des Hotel Eichengrund.

---

[1] Siehe Band 3, Kapitel 30 – Um Haaresbreite

Auch diese Dame kennen der geneigte Leser und die geneigte Leserin bereits aus vergangenen Abenteuern. Und natürlich vom Unternehmerstammtisch, wo die Haute Volaute der örtlichen Wirtschaft regelmäßig zusammenkommt, um gemeinsame Interessen und einige Flaschen Rotwein auszuloten.

Darauf und auf Claudia kommen wir gleich wieder zurück.

Britta nämlich, vom garstigen Geistesblitz beseelt, fuhr schwungvoll von der Autobahn ab und lenkte den schweren Benz auf den gutbeleuchteten Raststätten-Parkplatz, stoppte den Motor und drehte sich zu ihrem Fahrgast um.

Die Assistentin auf der Rückbank, die im Übrigen auf den Namen Ruth hört, ich habe mir das nicht ausgedacht[1], zog erschrocken und instinktiv ihre Handtasche näher an sich heran. Was wollte die Frau von ihr?

„Lass dich mal angucken, Schätzchen."

Britta schaltete die Innenraumbeleuchtung an und besah sich ihr humanes Transportgut eingehend. Das war viel zu verdutzt, um irgendwas zu sagen.

„Ah. Sehr gut. Den brauche ich." Britta zeigte auf den linken von Ruths markanten Ohrringen. Die zögerte. Das waren individuell angefertigte absolute Einzelstücke, ein Geschenk ihrer Pforzheimer Patentante Pauline.

Doch als Britta ihr ihren perfiden Plan erläuterte, loderte alsbald auch in Ruths Augen die Flamme der Rache an unserer männlich dominierten Gesellschaft.

Der Professor nämlich hatte, vermutlich voll überschäumender Libido und überzeugt von seinen Verführungskünsten, das Doppelzimmer auf seinen Nachnamen gebucht und sich telefonisch eingecheckt. Samt Gattin.

Was sich noch als schwerer taktischer Fehler erweisen sollte.

---

[1] Hab' ich natürlich doch

Der Versuch, außereheliche Eskapaden auf diese Weise vor der Buchhaltung geheim zu halten, geht grundsätzlich in die Hose. Das weiß jeder, der schon mal mit Leuten zu tun hatte, die von Berufs wegen Reisekostenabrechnungen prüfen. Glauben Sie mir, ich weiß, wovon ich rede.

Ich war zarte 19 Jahre alt, als ich eine Zeit lang in einer ansonsten rein weiblich besetzten Abteilung arbeitete. Von wegen Hahn im Korb, für die war ich Frischfleisch.

„Mädels, die Kreditkartenabrechnung vom Chef ist da. Wollen wir gucken, ob er in Göteborg wieder im Puff war?"

Heidewitzka, da war was los. Zum Glück nahm mich Gudrun, die Chefin, am ersten Arbeitstag unter ihre Fittiche. Mit den Worten: „Das ist meiner", was mich zunächst ein wenig irritierte.

Jedenfalls weiß ich seitdem, wo Peter Maffay die Inspiration für „Und es war Sommer" herhatte.

Aber ich schweife ab. Verzeihung. Es geht hier schließlich um Ruth.

Und um ihren Ohrring, der eine Woche später, liebevoll verpackt, der Frau des Gutachters zuging.

Mit Grüßen vom Hotel Eichengrund. Das Housekeeping hätte ihn beim Bettenmachen gefunden. Auf baldiges Wiedersehen!

Sie liegen richtig, wenn Sie vermuten, dass der triebhafte Sachverständige seine Heimat seither nur noch in Begleitung seiner Gattin verlassen darf und er im Hotel Eichengrund nie wieder gesehen ward.

„Das wars wert", grinst Claudia.

„Macker in den Hacker!", prostet Britta zurück.

Ein Sieg auf ganzer Linie für Feminismus und öffentlichen Personennahverkehr.

Und falls Sie mal ein Gutachten brauchen, ich hab' die E-Mail-Adresse von Ruth, die hat sich nämlich derweil selbstständig gemacht.

Sie ist absolut unbestechlich.

Und hat eine kleine Schwäche für belgische Pralinen. Psst.

Kapitel 58 – Radieschen

„Weißt du eigentlich", fragt Bella mit der Miene der Besitzerin exklusiven Wissens, „warum unser Nachbar seine neue Flamme immer 'Radieschen' nennt?"

„Keine Ahnung. Weil er der Einzige ist, der sie von unten betrachten darf?"

„Blödmann. Sie arbeitet bei Dynamo im Fahrradladen."

Dynamo heißt eigentlich Ralf. Er stammt ursprünglich aus Dresden und hatte bei irgendeinem mehr oder weniger volkseigenen Kombinatsbetriebsfahrradwerksdingens dereinst unverwüstliche Zweiräder für den devisenbringenden Export ins nichtsozialistische Ausland zusammengeschraubt.

Anno 1988 hatte Dynamo, korrumpiert von einer TV-Übertragung der Tour de France, beschlossen, sich, sein Know-how und sein Sächsisch in den Dienst des Klassenfeindes zu stellen.

Stilecht, wie es sich für einen Fahrradfachmann gehörte, nutzte er dazu einen Urlaub am Plattensee.

Der dynamische Ralf war sogar schon mal im Fernsehen gewesen.

Als Musterbeispiel für eine neue, vom ruchlosen Wachstumsstreben befreite Economy voller glücklich lächelnder Manufakturlastenrad-LatzhoslerInnen.

Einen Arbeitsplatz hatte er auch schon geschaffen: den von Radieschen.

Niemand hatte ahnen können, was diese an sich harmlose und gut gemeinte Fernsehübertragung noch für unangenehme Konsequenzen zeitigen würde.

Aber der Reihe nach.

Radieschen ist schätzungsweise Anfang 30, hat kurze, blau gefärbte Haare und Piercings an Augenbraue, Nase und nochwo.

Zu dem nochwo kommen wir später, wenn die Kinder im Bett sind.

Jedenfalls konnte ich mir nicht recht erklären, wie der sabbernde Greis von Nachbar zu diesem jungen Hüpfer kam.

„Der sabbernde Greis ist dein Jahrgang", bemerkte Bella spitz, als ich diesen Gedanken laut aussprach.

Eines nachmittags klingelt es an der Tür. Ich öffne und draußen steht Radieschen. In T-Shirt und Unterhose.

Gut, die Bekleidungsregeln in unserem Hause sind bekanntermaßen nicht allzu streng, aber dass sich Gäste bereits auf dem Parkplatz ausziehen, das ist doch nicht alltäglich.

„Kann ich rein? Bitte. Die haben mich gefunden."

Sie sieht aus, als hätte sie einen Geist gesehen, und keinen von der nervig-freundlichen Hui-Buh-Sorte offenkundig.

Bevor ich begriffsstutzig fragen kann „Hä? Wer?", erfüllt das unheilvolle Brummen überschwerer Motorräder die Luft.

Bella ist mit fragendem Gesicht hinter mir erschienen, schaltet wie gewöhnlich schneller als ich und zieht Radieschen in den Flur hinein.

Ich schließe rasch die Tür und beobachte durch den Spion, wie zwei fette Harleys auf der Landstraße langsamer werden, um zu uns einzubiegen.

Die Fahrer sehen weder wie Rechtsanwälte noch wie Zahnärzte aus, sondern weisen sich durch ihre Kluft als Angehörige einer eher ungut beleumundeten überregionalen Vereinigung von Zweiradenthusiasten aus.

Wenn die nach Radieschen suchen, dann nicht wegen ihrer Schraubertalente.

Ich würde die zwei Typen, die jetzt von ihren Böcken absteigen und zweifelnd auf unsere Eingangstür blicken, ohne zu zögern mit einer heiklen Inkasso-Angelegenheit im Rotlichtmenü betrauen.

Sie warten noch ab und tuscheln untereinander. Ich glaube, ich habe eine Ahnung, worüber.

Dass sie Radieschen in unserer Tür haben verschwinden sehen, das kann ich wohl ausschließen. Denn dann hätte ich ziemlich sicher schon einen schweren Motorrad-Lederstiefel im Nacken und müsste in unbequemer Position am Boden liegend die Frage: „Wo ist die Kleine?" beantworten.

Nein, es dürfte eher darum gehen, dass man bei Unternehmen wie dem unsrigen nie so ganz sicher sein kann, ob es sich wirklich um einen harmlosen Familienbetrieb handelt oder um eine über verflochtene Scheinfirmen im Besitz des organisierten Verbrechens befindliche Lasterhöhle.

In letzterem Fall könnte so ein unangemeldeter Hausbesuch höchst unangenehme Konsequenzen für die beiden bekutteten Hockerschwäne nach sich ziehen.

Das Ganze verschafft zumindest Bella etwas Zeit, die mit Radieschen im Schlepptau irgendwo hinten im Haus verschwunden ist.

Man scheint draußen zu einem Entschluss gekommen zu sein, jedenfalls nähern sich Rudolf Rock und der Schocker, wie mein Hirn sie unterbewusst betitelt hat, in höflich-demütiger Körperhaltung der Tür. Es klingelt.

Ich zähle langsam bis 10 und öffne dann.

„Guten Tag. Sie wünschen?"

„Wir suchen...", beginnt Rudolf Rock,

„...eine junge Frau", vollendet der Schocker.

Ich nicke ungerührt.

„So etwas hören wir hier öfter. Haben die Herren etwas Besonderes im Auge?"

„Nein, nein", stammelt Rudolf, „nicht so eine. Sie könnte hier nur äh vorbeigekommen sein. Genau."

„Wir hätten nämlich eine äh Nachricht für sie. Von ihrem äh Vater."

Kommunikation ist nicht des Schockers Stärke.

Ich gebe mich konziliant.

„Aha. Eine Familienangelegenheit, verstehe. Nun denn, treten Sie näher und schauen Sie sich um, ob Sie ihre Verwandte hier bei uns sehen."

Die beiden wollen schon an mir vorbeistürmen, als sie meine hochgezogene Augenbraue einhalten lässt.

„Meine Herren, ich muss allerdings um Diskretion bitten. Wir haben Gäste im Hause und wollen doch Aufsehen vermeiden. Das wäre", ich zwinkere kollegial, „schlecht fürs Geschäft."

Rudolf Rock und der Schocker nicken resigniert und lassen sich von einer jungen Dame im hautengen schwarzen Catsuit in die Umkleideräume führen.

Ich wusste gar nicht, dass Anna heute Dienst hat, nun, wird wohl irgendwer ausgefallen sein. In so einem Familienunternehmen muss man flexibel sein.

Wieder ein paar Minuten Zeit geschunden. Ich hoffe inständig, dass Bella derweil ein sicheres Versteck für Radieschen gefunden hat.

Keine Ahnung, was die angestellt hat, dass diese beiden Rambos hinter ihr her waren, aber unter Nachbarn hilft man sich erst und stellt dann Fragen.

Rudolf und Schocker sehen in ihren weißen Bademänteln wenig martialisch aus. Zwei leicht bierbäuchige Endvierziger mit schütterem Haar. Ich bemühe mich halbwegs erfolgreich um einen indifferenten Gesichtsausdruck und beginne mit einer kleinen Führung durch unsere Geschäftsräume.

Es ist wenig Betrieb um diese Uhrzeit, daher hätte meine erste Idee nicht funktioniert. Denn wo versteckt man ein Radieschen am besten? Genau, unter anderen Radieschen. Wäre der Laden voll, dann hätte man sie einfach irgendwo im Dampfbad oder Whirlpool abtauchen lassen können. Auch die Spielwiese böte sich an, da fällt es selbst mir oft schwer, anhand der aus dem Menschenknäuel herausragenden Arme, Beine und sonstigen Körperteile die Anzahl anwesender Personen korrekt einzuschätzen.

Bella wird sicherlich etwas Besseres eingefallen sein. Ich habe zugegebenermaßen ein wenig schwitzige Hände, als ich weiter den ungerührten Fremdenführer mime. Rudolf und der Schocker inspizieren alles genau, sogar die eiserne Jungfrau in unserem Kerker.

„Vorsicht! Nicht die Finger klem...“

„AUA!“

Tja, wer nicht hören will, muss fühlen. Alte BDSM-Regel. Der Schocker verzieht das Gesicht, zwei Finger seiner rechten Hand dürften vorerst in keinen Schlagring mehr passen. Zu allem Überfluss kriegt er noch einen fetten Klaps auf den Hinterkopf von seinem Kollegen.

„Trottel!"

„Und wo gehts dahin?"

Wir haben unseren Rundgang abgeschlossen, keine Spur von Radieschen.

„Das sind Privaträume."

„Dürfen wir vielleicht trotzdem kurz mal..."

„Wenns denn sein muss."

Ich seufze indigniert, zucke mit den Schultern und klopfe zweimal an die Tür des Pausenraums.

Der Schocker öffnet die Tür. Uns bietet sich folgender Anblick: Bella hat einen Fuß auf einen der Stühle gestellt und lackiert sich die Nägel. Türsteherin Margot sitzt mit ihrem Strickzeug neben der Tür. Helene kocht Tee. Und eine blonde junge Frau gibt einem Säugling die Brust.

„Raus hier, ihr Perverslinge! Hat man denn nirgends seine Ruhe! Haut ab!"

Ein Kunststofffläschchen Nagellackentferner, ein Babyspucktuch unklaren Reinigungszustandes, ein mittelblaues Wollknäuel, ein leerer Plastikbecher und noch weitere Gegenstände fliegen Rudolf Rock und dem Schocker ins Gesicht.

Schnell ziehen die beiden die Tür wieder zu und murmeln irgendwas von „Schuldigung."

Ich tauche hinter der Ecke, wo ich vorausschauend in Deckung gegangen war, wieder auf.

„Ich hatte Sie gewarnt. Nun, haben Sie gesehen, was Sie sehen wollten, war ihre Verwandte irgendwo dabei?"

„Ja, nein, also ich meine, sie ist wohl wirklich nicht hier", sagt Rudolf, auf dessen Stirn sich eine Beule bildet.

„Wir gehen dann besser. Und äh, vielen Dank auch", sagt der schockierte Schocker.

„Schön. Richten Sie dem, äh, Herrn Vater mein Bedauern aus. Ich hätte gerne weitergeholfen."

Nachdem ich mich vergewissert habe, dass die beiden mit ihren Muskelmopeds den Hof verlassen haben, kehre ich zurück zum Pausenraum.

Klein-Sophie sitzt fröhlich auf Annas Schoß und patscht mit den Händen auf dem Catsuit herum, während Radieschen mit einer blonden Perücke kämpft.

Ich lasse mich auf die Bank plumpsen. Margot stellt mir ungefragt ein Glas Cognac vor die Nase.

„So, wir hören", sagt Bella.

Alle Augen richten sich auf Radieschen, die jetzt wieder kurze blaue Haare hat, aber immer noch in einem langärmeligen Kleid aus Groß-Sofies Fundus steckt.

Allerdings hat sie die Knöpfe jetzt wieder züchtig geschlossen. Zum Glück hatte der Aufenthalt der beiden Rocker nur kurz gedauert, denn sobald Klein-Sophie feststellte, dass die fremde Brustwarze zwar durchaus ergonomisch, aber wenig ergiebig war, erhob sich lautstarker Protest.

Machen Sie sich keine Sorgen, zu keinem Zeitpunkt hätte eine Gefahr für Sophie, Radieschen oder sonst wen bestanden. Margot erledigt notfalls ein komplettes SEAL-Team mit bloßen Händen, was sie mit einer Stricknadel alles anstellen könnte, das wage ich mir nicht mal auszumalen.

Zögernd beginnt Radieschen, uns ihre Geschichte zu erzählen. Wie sie in üble Kreise geraten, schließlich von ihrem Gewissen und einer erdrückenden Beweislast zu einer Kooperation mit den Behörden gekommen und am Ende im Zeugenschutzprogramm gelandet war.

Und bei unserem Nachbarn.

Bei dem sie wohnte, nachdem man ihr bei Dynamo einen Job verschafft hatte. Für Zweiräder hatte sie nämlich wirklich ein Händchen.

Tja. Und dann kam dieser schicksalhafte Tag, als der grüne Landtagsabgeordnete das Fernsehteam vom dritten Programm angeschleppt hatte.

Radieschen war vom Auftauchen der Filmcrew genauso überrascht wie Dynamo und hatte sich im Hintergrund gehalten. Alles lief gut, niemand hätte sie erkannt. Bis dem Tonmann das Mikro runterfiel und unter eins der Regale rollte.

Radieschen bückte sich, ohne groß nachzudenken, danach.

Man sah kurz das, was man bei Männern Maurerdekolleté nennt. Und vor allem sah man eine charakteristische Tätowierung. In einem Anfall geistiger Umnachtung hatte sich Radieschen nämlich den Markenschriftzug der bevorzugten Motorradmarke ihrer Gang übers Steißbein stechen lassen.

Das nennt man dann wohl Wiedererkennungswert. Blöderweise interessierte sich Benno, seines Zeichens der Kassenwart der Rocker und vierfacher Vater, für die Anschaffung eines Lastenrades. Und sichtete entsprechende Beiträge in der Mediathek.

Tücken des Online-Zeitalters.

Kurz darauf fuhr eine Abordnung Kuttenträger bei unserem Nachbarn auf den Hof. Der war nicht zu Hause und Radieschen gerade auf dem Klo. Sie schaffte es mit Mühe, aber ohne Hose, aus dem Badezimmerfenster und durch die Wiesen zu uns zu flüchten. Und hier war sie nun.

„Und was machen wir jetzt mit Dir?"

Bellas Frage ist nur scheinbar an Radieschen gerichtet.

Die hebt etwas hilf- und ratlos die Schultern.

„Nein", sage ich, ahnend was gleich kommt.

„Ach komm, Sie könnte doch bei Thelma im Zimmer..."

„Nein."

„Niemand würde sie jetzt noch hier vermuten."

Das ist zweifellos ein schlüssiges Argument. Ich greife nach dem Cognacglas. Noch mehr Weiber im Haus.

„Ich verstehe nicht", sagt Radieschen, „und wer ist Selma?"

„Thelma. Mit Tie-Äytsch. Lange Geschichte", sagt Bella, „du bleibst jedenfalls erst mal bei uns."

Wo ist Margot mit der Flasche hin?

Kapitel 59 – Viel Wind um kleine Körbchen

„Oh. Erdbeeren. Na ja, die werden noch nicht recht schmecken, oder?"

„Nein, nein. Ganz fad. Und total wässrig. Kann man bestenfalls als Deko gebrauchen."

Hätte Bella nach „wässrig" aufgehört zu reden, ich hätte keinen Verdacht geschöpft und mich getrollt.

Jetzt muss sie teilen.

Normalerweise wird in diesem Haushalt bevorzugt regional erzeugtes und saisonal verfügbares Obst und Gemüse verzehrt statt etwa Flugmangos aus Myanmar. Leider war Schwiegertochterin Anna nicht davon zu überzeugen, sich eine Grünkohltorte zum Geburtstag zu wünschen.

Das gute Kind.

Angesichts der wirklich äußerst gewissenhaften Qualitätskontrolle, der Bella und ich die ohnehin nur in überschaubarer Menge zur Verfügung stehenden Erdbeeren unterzogen haben, wird Anna nun mit einer Schwarzwälder Kirschtorte vorliebnehmen müssen. Mit Kirschen aus dem Glas.

Aus dem Nebenzimmer ertönen jetzt Geräusche, die vermuten lassen, dass dort mehrere ausgewachsene See-Elefanten bei lebendigem Leibe gehäutet werden.

Keine Sorge, es ist nur James, musikalisch komplett unbegabte Frucht meiner Lenden, der für seine Anna „Happy Birthday" intoniert.

Zu seiner Ehrenrettung muss ergänzt werden, dass er dies per Videotelefonie tut. Per Handy aus der Gondel einer Offshore-Windkraftanlage, an der er gerade herumschraubt. So bummelig 140 Meter über der stürmisch tobenden Nordsee. Und im Duett mit seinem dänischen Kollegen Henrik.

Trotzdem hätte man es für meinen Geschmack gereicht, wäre der technische Fortschritt bei der Bildtelefonie stehen geblieben. Die Übertragung von Sprache oder vielmehr Gesang erscheint mir verzichtbar. Und wieso haben die da Netz auf hoher See? Ich hab' hier grad mal einen Balken. Vorm Haus.

Der grenzwertig melodiöse Gesang aus der Ferne verstummt und wird umgehend durch das Gebrüll von Annas Tochter Sophie abgelöst, die im wahrsten Sinne des Wortes auf sofortiger Stillung ihres Hungers besteht.

„Guck weg, Henrik!"

Henrik murmelt enttäuscht irgendwas auf Dänisch.

Während Anna ihre Brust auspackt und sich Henrik im Hintergrund wieder um die Sicherung der europäischen Energieversorgung verdient macht, guckt James dümmlich-beseelt aus dem Laptop-Bildschirm.

Ich überlasse dieses Familien-Kleinod sich selbst und suche kopfschüttelnd das Weite.

In diesem Haushalt haben seit Annas Niederkunft die Diskussionen über Körbchengrößen erheblich an, sie verzeihen mir das platte Wortspiel, Umfang zugelegt. Leider hat man dabei die Größe von Erdbeerkörbchen zu selten thematisiert, weswegen ich jetzt noch mal losmuss. Zum Edeka.

Eine aus Rücksicht auf stillende Haushaltsmitglieder ohne Schwarzwälder Kirschwasser zubereitete Schwarzwälder Kirschtorte, so hatte eine zwischenzeitliche Diskussion nämlich ergeben, wäre als Sakrileg einzustufen und würde zu lebenslanger Ländleverbannung führen.

Also Erdbeeren.

Kommen wir nun zu einem grundsätzlichen Problem:

Wenn du beauftragt wirst, einen Einkauf zu erledigen, dann geht damit zugleich die Verantwortung für die Sortimentspolitik aller örtlichen und überörtlichen Krämer, Kioske, Tankstellen und Lebensmitteleinzelhändler auf dich über.

Sprich: Wenn es etwas nicht gibt, dann bist du schuld.

Gibt es also zum Beispiel keine Erdbeeren, kannst du dir Ausreden wie „Es ist Winter, die Dinger kommen um diese Zeit aus Taka-Tuka-Land" oder „Vor mir hat sich Witwe Bolte die restlichen drei Stiegen in den Wagen geladen" sparen.

Du bist schuld. Du hast versagt und warst der pimmeleinfachen Aufgabe, ein paar Erdbeeren einzukaufen, nicht gewachsen. Herrgott, dir kann man nicht mal die simpelsten Sachen auftragen, ohne dass du es verkackst. Wenn man hier nicht ALLES selber macht.

Jagen 6, Sammeln 6, setzen.

Nein, keine Erdbeeren zu bringen, ist keine Lösung.

Ich verfahre Sprit im Gegenwert des Saarlands und klappere sieben Supermärkte ab, ohne Erfolg. Samstag nachmittags im finsteren Februar sind Erdbeeren hier nahe dem Polarkreis ein knappes Gut.

Es hilft nichts, Plan B muss ran.

Mit hochgeklapptem Mantelkragen betrete ich den dürftig beleuchteten Hinterhof. Dreimal klopfe ich an die schwere Holztür, die sich knarrend öffnet.

„Ach. Du. Was brauchst du diesmal?"

„Hast du Erdbeeren? Zwei Körbchen?"

„Du hast mal wieder mehr Glück als Verstand, mein Freund."

Verarmt, aber zufrieden blicke ich auf die kostbare Fracht auf dem Beifahrersitz, während ich den Boliden heimwärts lenke.

Und bei Konditorei Klausen gibts halt heute statt der beliebten Erdbeer-Sahne-Biskuitröllchen eine Schwarzwälder Kirschtorte.

Mit Kirschen aus dem Glas.

Natürlich hätte ich die für die beiden Erdbeerkörbchen zum Liebhaberpreis auch gleich eine ganze Torte bei Klausen kaufen können. Was kaufmännisch sinnvoll ist, führt aber in einer Partnerschaft zu Sätzen wie:

„Aha. Warum sagst du nicht gleich, dass du meine Torten nicht magst."

Gefolgt von den sieben Stadien des Eingeschnapptseins, denen man dann mit den sieben Stadien der Unterwürfigkeit begegnen muss und Torte kriegt man im Zweifel auch keine. Bestenfalls ins Gesicht. Die von Konditorei Klausen natürlich. Obwohl die wirklich gar nicht schlecht ist.

Sie sehen, es gab keine Alternative zur Beschaffung der Erdbeeren auf dem grauen Markt.

Als ich nach Hause komme, dringt aus der Küche der Geruch von Frischgebackenem.

„Wir haben abgestimmt und dann schnell einen Zitronenkuchen zusammengerührt. Du warst ja so lange weg."

Wirklich, ich liebe Kuchen, Torten und sonstiges Zuckergebäck jeder Art. Nur Zitronenkuchen ist etwas, was ich bestenfalls zur Skorbutvorbeugung auf langen Seereisen durchgehen lassen würde. Von wegen sauer macht lustig.

Ich sitze daher jetzt vor dem Haus im Auto und esse Erdbeeren.

Kapitel 60 – Ein Stechen in der Brust

Eine Zumutung. Die zufällig vorbeigekommene Wespe und ich haben von der nullkalorischen Diätcola probiert, die auf dem Gartentisch steht, und sind uns vollkommen einig.

„Ach komm, da schmeckt man doch überhaupt keinen Unterschied", sagt Bella zu mir.

„Fass!", sage ich zu der Wespe.

Ich wusste bisher nicht, dass in mir ein Talent zum Fluginsektenflüsterer schlummert, aber die Wespe hebt tatsächlich ab und nimmt direkten Kurs auf Bella, die zwei Meter weiter auf unserer orangefarbenen 70er-Jahre-Klappliege an ihrer lückenlosen Sonnenbräune arbeitet.

Ich lerne nun zweierlei:

a) Wespen überleben ihre Stiche tatsächlich, vor allem, wenn man sie nicht erwischt und zornig zu Matsch haut,

und

b) Wer oben ohne sonnenbadet, bietet nicht nur interessierten Blicken, sondern auch unterzuckerten Insekten einiges an Angriffsfläche.

Man oder vielmehr frau wirft mir nun ebenso lautstark wie unberechtigt die vorsätzliche Aufstachelung eines Wildtieres zu ihrem Schaden vor. Ich bin jetzt kein Jurist und daher etwas unsicher, ob die Sache vor Gericht Bestand hätte. Zumal die Täterin flüchtig ist. Ich unterbreite sicherheitshalber einen Vorschlag zur gütlichen Einigung.

„Du bleibst mir mit deiner halben Zwiebel aber ganz sicher von den Möpsen weg, du…"

Es folgen einige nicht jugendfreie Ausdrücke, die ich um diese Uhrzeit hier unmöglich wiedergeben kann. Mein Hinweis, dass es sich um ein altbewährtes Hausmittel handelt, entspannt die Situation nicht wirklich. Die Mückenstichsalbe, die ich dann beim hektischen Durchwühlen der Hausapotheke finde, ist im Juli 1998 abgelaufen und auch durch gutes Zureden nicht dazu zu bewegen, ihre Tube zu verlassen.

Zwiebeln hingegen habe ich erst gestern vom Edeka mitgebracht. Ob man nicht vielleicht doch…?

Der Paketbote jedenfalls, dem Bella etwas später notdürftig verhüllt die Tür öffnet, wird von visueller und olfaktorischer Reizüberflutung heimgesucht. An einen BH ist nämlich zurzeit aufgrund ungünstiger Platzierung des Einstichs nicht zu denken. Und was riecht hier so komisch?

Er ist noch jung und ahnungslos, daher beißt ihm Bella nicht sofort den Kopf ab, sondern begegnet seiner Frage „Na, gibts heute Frikadellen?" mit einem eisigen Schweigen, das selbst den Bofrostmann zu einer sofortigen Kehrtwende genötigt hätte.

Ich diskutiere derweil ein paar Kilometer weiter mit Andrea, der Apothekerin, die optimale Behandlung von Wespenstichen unter besonderer Berücksichtigung einer delikaten Positionierung. Sie verweist auf ihre berufsständische Schweigepflicht und verlangt eine detaillierte Schilderung.

Mit freiverkäuflichen Arzneimitteln im Gegenwert des Bruttosozialprodukts einer mittelgroßen Bananenrepublik mache ich mich auf den Heimweg. Beim Verlassen der Apotheke höre ich, wie Andrea ihrer Pharmazeutisch-Technisch und Notorisch-Schwatzhaften Assistentin Melissa die Geschichte weitererzählt. Im Vertrauen natürlich.

Gegen Abend, so vermute ich, dürfte die Geschichte damit im Ort rum sein. Am Unternehmerstammtisch würde dann Maklerin Roswitha mit dem Zeigefinger auf ihren rechten Möppel deuten und lautstark das Motto ihrer Immobilienklitsche intonieren. „Location, Location, Location!"

„Du hast doch aber niemandem erzählt, WO mich das Mistvieh hin gestochen hat, oder?"

Ich verneine selbstverständlich, wenn Sie mir dies dekolletéfixierte Wortspiel verzeihen, im Brustton der Überzeugung. Außerdem, wen würde das schon interessieren, Stich wäre schließlich Stich. Nichtwahr.

Trotz modernster Behandlungsmethoden hat der Wespenstich eine beeindruckende Beule hinterlassen. Ich möchte hier jetzt aus Gründen der Diskretion nicht ins Detail gehen, wo genau, aber ist Ihnen die Urmutter Aua aus dem Butt von Günter Grass ein Begriff? Die mit den drei Brüsten?

Nebenbei hätten wir dann auch noch eines der letzten Rätsel der deutschen Literaturwissenschaft geklärt, nämlich a) wie die Urmutter dereinst vermutlich zu ihrer dritten Brust gekommen ist und b) warum sie ausgerechnet „Aua" hieß.

Am nächsten Morgen ist alles wieder gut. Die Anzahl von Bellas Brüsten hat sich auf ein normales Maß reduziert. Und Brötchen holen war sie auch schon.

„Ich hatte", erzählt sie kauend, „den Eindruck, mir gucken beim Bäcker alle Leute auf den Busen. Verrückt, oder?"

Ja. Total verrückt. Ich schlucke trocken und versuche, die Situation zu retten.

„Der ist aber auch wirklich ein Hingucker."

Ok. Damit habe ich mir nun mein eigenes Grab geschaufelt. Komplimente sind nämlich, vorsichtig ausgedrückt, äußerst untypisch für mich. Und Sie verstehen jetzt vermutlich auch, warum. Talentmangel.

Es tritt, wie zu erwarten, der Ernstfall ein. Ohne zu klopfen.

Bella schaut mich zweifelnd-inquisitorisch an.

„Gibt es da irgendetwas, das ich wissen sollte?"

Mit der unguten Betonung IR-GEND-ET-WAS.

Ich nehme schnell einen Schluck Kaffee. Es könnte schließlich mein letzter sein.

Ich beichte zögernd, dass ich Apothekerin Andrea aus rein medizinischen Gründen in die genaue Position des Wespenstichs einweihen musste. Natürlich nur, um Bellas optimale Versorgung mit präzise wirkender, nebenwirkungsfreier Arzenei sicherzustellen. Für etwaige Verletzungen berufsständischer Schweigepflichten, so argumentiere ich ebenso eloquent wie vergebens, könne ich unmöglich haftbar gemacht werden.

„Ach, weißt du, Schwamm drüber" sagt Bella versöhnlich, beugt sich zu mir rüber und küsst mich. Am Hals. Hihi. Das kitzelt. Die Sache mit dem Mückenstich ist dann auch schnell wieder aus dem Dorfklatsch verschwunden.

Etwas länger allerdings wird über meine denkwürdige Rede vor der Vollversammlung der Industrie- und Handelskammer geredet werden.

Mit weißem Hemd, Krawatte und einem fetten Knutschfleck.

Bella hat übrigens keine Ahnung, wie das Video aus dem nur für Mitglieder zugänglichen Bereich der IHK-Webseiten seinen Weg an die Öffentlichkeit gefunden hat.

Sie liegt jetzt bäuchlings auf der Sonnenliege und irgendwer hat auf ihre nackte rechte Pobacke eine Zielscheibe gemalt.

Kapitel 61 – Walrossbrunft

„Denkst du dasselbe wie ich?""

Bellas Augen folgen dem schnauzbärtigen Best-Ager und seiner gleichaltrigen Flamme, die gerade vom Tisch auf der Restaurant-Terrasse aufgestanden sind und sich Richtung Hotel-Eingang bewegen.

„Ob die jetzt wilden schweinischen Walross-Sex haben?""

Klonk. Hinter mir ist eine junge Frau vor Lachen vom Stuhl gefallen. Entweder hat sie sehr gute Ohren oder der Schall trägt hier im Garten des stylishen Landgasthofs weiter, als ich einkalkuliert habe. Tjanun. Ich wende mich wieder der wirklich ausgezeichneten Crème brûlée zu.

„Also wirklich. Du bist wieder mal un-mög-lich.""

An Bellas gespielter Empörung erkenne ich, dass ihre Gedanken in exakt die gleiche Richtung wie meine gegangen waren. Offenkundig trifft sich hier, was kulinarisch anspruchsvoll, weißhaarig, solvent und noch sexuell aktiv ist.

Nachdem ich an drei weiteren Tischen Vertreter der Silver Generation vertraulich die Köpfe zusammenstecken sehe, beginne ich, mir Sorgen um unsere Reputation zu machen. Man ist ja schließlich auch keine 20 mehr.

Das Klappern eines Fensterladens reißt mich aus meinen Gedanken.

Im ersten Stock sehe ich den Typ mit der Carlo-von-Tiedemann-Rotzbremse noch einen letzten triumphalen Blick auf das dinierende Fußvolk werfen, bevor er uns den Rücken zuwendet, um sich seiner Holden zu widmen.

„Wie lange vorher muss man Viagra eigentlich nehmen?"", flüstert Bella.

Vermutlich bin ich der einzige hier anwesende Mann, der diese Frage nicht aus dem Stegreif beantworten kann. Ein wenig beruhigt mich dieser Gedanke. Wo sind nur die Zeiten hin, als noch Essen der Sex des Alters war. Und nicht Sex.

Das Dessert war köstlich. Ob ich noch eines...?

Aus dem nicht ganz geschlossenen Fenster im Obergeschoss dringt brünftiges Röhren zu uns herunter.

„Zahl mal. Ich will hier weg."

Bella hat Recht. Ohrenzeuge von Kopulationsaktivitäten hochgradig infarktgefährdeter Bevölkerungskohorten zu sein, ist wahrlich nicht jedermanns Sache.

Das eine oder andere Stündchen später steht Bella neben mir im üppig marmorierten Bad unseres Hotelzimmers und sieht nachdenklich meinem Spiegelbild beim Zähneputzen zu.

„Versprich, dass du nicht auch mal so wirst."

Ich halte den Zahnbürstenkopf, die Borsten nach unten, unter meine Nase.

„So?"

„So."

„Niemals."

„Dein Glück."

Sie zieht ihr Shirt aus.

Mein Spiegelbild, dieser Lustmolch, guckt ihr ungeniert auf die nackten Brüste. Kann ich ja ruhig die von ihrem Spiegelbild angucken, ohne unangenehm aufzufallen.

„Geht noch, oder?", fragt sie uns beide.

„Geht noch", bestätigen wir nickend.

Ihr Spiegelbild guckt indiskret auf meine Boxershorts.

Und nickt ebenfalls.

Gegen zwei Uhr nachts erwache ich, hochgeschreckt von lautem Geschrei, das durch die geöffneten Fenster vom Hotelparkplatz zu uns heraufdringt. Bella schläft neben mir den Schlaf der Gerechten in ihrer bevorzugten Satter-Säugling-Stellung. Also auf dem Bauch liegend, den Kopf zu mir gedreht und den Mund leicht geöffnet. Wie sie es schafft, dabei nicht das Kissen vollzusabbern, wird mir auf ewig ein Rätsel bleiben.

Leise bewege ich mich zum Fenster, dem Lärm auf den Grund zu gehen.

Unten ist eine heftige Diskussion in Gange zwischen dem Schnauzbärtigen, seiner Bettgenossin und einer weiteren Frau, die ich bisher
hier noch nicht gesehen habe.

Wenn ich die Gesprächsfetzen korrekt interpretiere, dann hat
Schnauz wohl vergessen, gegenüber seiner Gespielin zu erwähnen,
dass er noch rechtsgültig verheiratet ist. Zusätzlich hatte er es ver-
absäumt, seine Gattin davon in Kenntnis zu setzen, dass sie von
nun an in einer offenen Beziehung lebt. Und zu allem Unglück hatten dann auch noch seine Leistungen im hoteleigenen Doppelbett
stark zu wünschen übriggelassen. Eine, wie man heute sagt, toxische Mischung.

Während ich die Szene interessiert beobachte, spüre ich in meinem
Rücken zwei Brüste. Brustwachstum ist bei Männern meines Alters
jetzt nicht vollkommen unüblich, allerdings sind diese zwei an un-
gewöhnlicher Stelle und in Rekordzeit entstanden, was darauf
schließen lässt, dass sie nicht mir gehören. Also, bestenfalls ein bisschen. Indirekt, wenn Sie verstehen, was ich meine.

Auch Bella ist anscheinend von dem Brimborium da unten geweckt
worden und steht nun hinter mir. Verschlafen schlingt sie ihre
Arme um mich, legt ihren Kopf auf meinen Rücken und murmelt
„Wasn da los?“

„Walross ist verheiratet und hat keinen hochgekriegt“, fasse ich den
Stand der Dinge kompakt für sie zusammen.

Unten steht der lendenlahme Ertappte im karierten Flanellpyjama
und macht keine gute Figur.

Seine gehörnte Gattin steigt zornentbrannt in ihren sportlichen
Flitzer, das hässliche Wort „Anwalt“ fällt. Mehrfach. Die Autotür
knallt zu und der großzügig dimensionierte Motor heult auf. Sorgfältig geharkte Zierkiesel fliegen durch die Gegend, als sie auf und
davon braust.

Die Gespielin, die ganz gerne, Sie verzeihen mir das Wortspiel, heut
Nacht gehörnt worden wäre, ist ebenfalls auf Zinne und eilt zurück
ins Hotel, ihre Sachen zu holen. Zumindest hat sie das gerade lautstark verkündet.

Schnauz folgt ihr zögerlich. Er erinnert mich an unseren Hund Heinz, der mit eingekniffenem Schwanz durch die Gegend schleicht, wenn man ihn bei irgendeiner schändlichen Schandtat ertappt hat. Ich bin mir jedenfalls ziemlich sicher, dass wir Schnauz nach dieser öffentlichen moralischen Hinrichtung beim Frühstücksbuffet nicht wiedersehen werden. Wir können unmöglich die einzigen Augen- und Ohrenzeugen dieses nächtlichen Beziehungsdramas gewesen sein.

Das kleine, aber sehr feine Hotel, das wir uns für unser Luxus-Wochenende ohne Anhang ausgesucht haben, ist nämlich komplett ausgebucht. Ich seufze bei dem Gedanken an unser einstmals zumindest phasenweise friedliches Zuhause, das sich in den letzten Monaten zusehends in ein wildes Mädchenpensionat verwandelt hat. Mit angeschlossener Kindertagesstätte. Quasi Burg Schreckenstein voller junger Frauen im geschlechtsreifen Alter.

Ich spüre, wie mich Bella im Dunkeln fragend anschaut und erkläre ihr den Grund meines Seufzers.

„Und das hier können wir zu Hause auch nicht mehr einfach so machen", sagt sie, setzt sich vor mir auf das Fensterbrett und umklammert mich mit ihren Beinen.

Genaugenommen sind unsere Fensterbänke daheim für Bellas (und jeden anderen auch nur halbwegs wohlproportionierten Hintern dieser Welt) zu schmal, weswegen ich mich nicht daran erinnern kann, dass wir es je auf einer getrieben hätten. Aber das erscheint mir jetzt im Augenblick absolut nebensächlich.

Bella lehnt sich zurück, der kühle Nachtwind spielt in ihrem Haar und streichelt zärtlich ihre Brustwarzen.

KLONK. SCHEPPER. KLIRR.

Ein Schrei dringt aus dem Hof zu uns herauf. Nun gut, wer noch schreien kann, der ist immerhin nicht tot. Bella hat nämlich, während sie sich wohlig rekelnd ein bisschen weit zurücklehnte, einen der dekorativen Blumenkästen touchiert. Welcher sich daraufhin, vermutlich durch unser leidenschaftliches Tun inspiriert, ungehemmt der Schwerkraft hingab. Um dann hart auf dem Boden der Tatsachen aufzuschlagen.

Ich schiebe Bella, die mich immer noch mit ihren Beinen umschlungen hält, meine Hände unter den Po und trage sie vorsichtig zum Bett rüber. Das ist zum Glück nur knapp eineinhalb Meter weit entfernt, ich bin ja schließlich nicht Schwarzenegger. Dann schleiche ich zurück zum Fenster und riskiere einen Blick nach unten. Ein sichtlich mitgenommener Schnauzbartträger blickt verdattert auf den Scherbenhaufen, der direkt neben ihm die Einschlagstelle des Blumenkastens markiert. Er hebt die Reisetasche, die er wohl vor Schreck hat fallengelassen, vom Boden auf und entfernt sich schnellen Schrittes.

Zwei Minuten später sehe ich nur noch die Rücklichter seines Wagens. Interessant. Offenbar hatte nicht seine Affäre empört das Feld geräumt, sondern sich umentschieden und stattdessen ihn in die Wüste geschickt. Vermutlich, um noch ein wenig die Annehmlichkeiten dieses wirklich gut geführten Hauses zu genießen. Oder weil das Zimmer auf ihren Namen gebucht war und sie mithin auf der Rechnung sitzgeblieben wäre.

Mit etwas Glück hat er daher das Wurfgeschoss als kleinen Abschiedsgruß von ihr interpretiert. Womit wir aus dem Schneider wären, zumindest was den Tatbestand der mehr oder weniger fahrlässigen mehr oder weniger versuchten Körperverletzung betrifft.

Ich stelle mir vor, wie bei unserer Abreise mir die Rezeptionistin die Rechnung überreicht mit den Worten: „Einmal das Wochenendarrangement ‚Gold' und einen Blumenkasten. Hatten Sie noch etwas aus der Minibar?"

Bella hat sich die Bettdecke bis zur Nasenspitze gezogen und sagt leise „Upsi." Ich berichte ihr von meiner Beobachtung bzgl. des schnauzbärtigen Schwerenöters.

Ok. Fensterbanksex ist jetzt vielleicht nicht ganz unser Ding, aber so ein Hotelbett mit deutlicher Überbreite bietet ja auch interessante Möglichkeiten. Ich hebe die geschätzt vier mal vier Meter große Bettdecke an einer Ecke an und schlüpfe darunter. Bella quittiert meine subversiven Aktivitäten mit einem Kichern.

Sich von kühlem Nachtwind die Nippel umwehen zu lassen ist ja gut und schön, aber Gänsehaut, das wage ich mal zu behaupten, kann man auch auf andere Weise produzieren. Ohne dass ich mich dabei allzu weit aus dem Fenster lehnen müsste.

Den Nachtwind macht dann auch am nächsten Morgen die Hotelchefin für den Mord an unserem Blumenkasten verantwortlich und entschuldigt sich für die nächtliche Ruhestörung, die sein Absturz verursacht hat. Ich belasse sie aus purem Eigennutz in dieser Annahme.

Alles in allem ein wirklich schöner Aufenthalt. Fünf von fünf Sternen und da ist der Sex noch nicht einmal dabei.

Und das alles verdanken wir letztendlich einem Glückskeks. Aber dazu kommen wir gleich.

Kapitel 62 – Villa Scharlatan

Was unser kleines, luxuriöses Hotelwochenende, das beinahe einem lendenlahmen Walross das Leben gekostet hätte, mit einem Glückskeks zu tun hat? Nun, dazu muss ich ein wenig ausholen. Ich habe nämlich Onkel Herbert auf dem Gewissen. Nein, keine Sorge, ich habe ihm persönlich nichts Strafbares angetan, genau genommen kannte ich ihn nicht einmal.

Onkel Herbert ist oder vielmehr war nämlich nicht mein Onkel, sondern der von Bella. Der Bruder ihres Vaters, genauer gesagt. Und damit kein Schwabe, das sind ihre uns mittlerweile nur allzu gut bekannten mütterlicherseits Anverwandten, sondern ein Nordlicht.

Genau wie Bellas Vater, von dem ich Ihnen bisher wenig erzählen konnte, weil er vermutlich schon ziemlich lange nicht mehr unter den Lebenden weilt. Ganz sicher weiß man das nicht, denn er war Seemann und ist in Ausübung seines Berufes in der Südsee verschollen.

Nein, nicht irgendwo auf hoher See im Tropensturm, sondern im Hafen von Tahiti, wo ihn, zumindest ist das die offizielle Lesart, ein unaufmerksamer Ladekranführer erst mit schwingendem Haken ausknockte und dann über die Bordwand beförderte.

So ein massiver Kranhaken wiegt den einen oder anderen Zentner, weswegen eine Kollision damit wenig ratsam ist und meist für den oder die Be- oder vielmehr Getroffene unglücklich ausgeht.

Gefunden wurde ihr Vater oder auch nur seine sterblichen Überreste allerdings nie, weswegen Bella sich immer noch ein ganz klein bisschen der Hoffnung hingibt, dass er vielleicht irgendwo als gütiger Regent eines kleinen Inselkönigsreichs weise über sein Völkchen herrscht. Muss ich erwähnen, dass als Kind „Pippi Langstrumpf" eines ihrer Lieblingsbücher war?

Bellas Vater jedenfalls war der zweite Sohn eines hiesigen Bauern, sein Bruder Herbert, Sie ahnen es, war der Älteste. Weswegen der nach alter Väter Sitte den Hof bekam und der Jüngere ausbezahlt wurde.

Von dem Geld baute sich Bellas Vater ein hübsches Häuschen, importierte aus dem Schwabenland ihre Mutter, pflanzte sich mit ihr fort und fuhr weiter zur See. Mit der Landwirtschaft hatte er es ohnehin nie gehabt. Weswegen Bella ihren Vater auch zu seinen Lebzeiten nur höchst selten zu sehen bekommen hat.

Auch Herberts bäuerliche Ambitionen hielten sich in engen Grenzen. Er verscherbelte alsbald den Hof als Bauland und erzielte aufgrund der begehrten zentralen Lage äußerst auskömmliche Quadratmeterpreise. Onkel Herbert gab sich fortan der Philanthropie hin und interessierte sich nicht weiter für seine Nichte. Und sie sich nicht für ihn. Seine Existenz wurde so über die Jahre in eine abgelegene Ecke von Bellas Bewusstsein verdrängt.

Und dann kam der Glückskeks.

Wir hatten beim kleinen Chinesen gespeist (es gibt auch noch einen großen Chinesen, aber der hat montags zu), uns wie gewohnt an einmal M7 mit Frühlingsrolle und einmal M12 mit Suppe delektiert und schickten uns an, den Heimweg anzutreten.

„He. Dein Glückskeks!"

Bella ist bei so was gnadenlos. Einen Glückskeks liegen lassen, das ist, wie das Schicksal herausfordern.

Gehorsam knackte ich also das bröselige Kleingebäck und zog den Zettel heraus.

„Dein nächster Wunsch wird in Erfüllung gehen!", stand da in vier Sprachen. Gut, möglicherweise lautete der Text in zweien „Teighülle nicht für den menschlichen Verzehr geeignet", aber mit asiatischen Schriftzeichen kenne ich mich nicht besonders gut aus.

Wir verließen den schummrigen Schlemmertempel mit seiner musikalischen Untermalung aus traditionellen chinesischen Weisen, die auf ebenso traditionellen chinesischen Zupfinstrumenten dargeboten werden. Wie immer hallte deren Sploinksploinkplingplingsploinksel noch eine Weile in meinem Kopf wider.

Unser Auto stand vor der Villa Scharlatan, dort bekommt man abends mit Glück mal einen Parkplatz. Tagsüber hat man keine Chance, zu stark ist der Kundenverkehr. Die Villa Scharlatan ist nämlich ein stets zu 100 % vermietetes Geschäftshaus mit ortsunüblichen vier Vollgeschossen. Und sehr solventen Mietern.

„Den Schuppen müsste man haben, da hätte man ausgesorgt", sagte ich vor mich hin, nicht ahnend, damit Onkel Herberts Schicksal besiegelt zu haben.

Aber erst mal zurück zur Villa Scharlatan. Die verdankt ihren Namen erstens mir und zweitens ihrer Schar fragwürdiger, aber solventer Mieter. Zu ihnen zählen unter anderem eine diplomierte Geistheilerin mit besten Kontakten ins Jenseits, eine Kartenlegerin, eine zertifizierte Kristallmeisterin, ein nach traditionell balinesischen Methoden arbeitender Klangtherapeut, ein schamanisch fortgebildeter Homöopath für Rassekatzen, zwei Astrologen und ein Steuerberater. Unserer natürlich, weswegen ich diesen Tempel grenzwisschenschaftlicher Geldschneiderei gelegentlich mit hochgeklapptem Mantelkragen aufsuchen muss.

Ein paar Wochen später bekam Bella dann Post von einem Notar. Ihr Onkel Herbert, man bedauere, sie als seine letzte lebende Verwandte davon in Kenntnis setzen zu müssen, hätte das Zeitliche gesegnet. Seinen Besitz habe er schon zu Lebzeiten an verschiedene wohltätige Einrichtungen verteilt, ausgenommen das seit Generationen in Familienbesitz befindliche, mit einem Wohn- und Geschäftshaus bebaute Grundstück in der Hauptstraße 17.

Dieses, so sein letzter Wille, solle der Tochter seines überaus geliebten und vorzeitig von uns gegangenen Bruders, zufallen. Man möge doch bei Gelegenheit mal in den Kanzleiräumen vorbeischauen, die Einzelheiten zu besprechen. Mit freundlichen Grüßen.

Bella hatte mich gebeten, ihr den Brief vorzulesen, da sie gerade dabei war, mit beiden Händen einen Brotteig zu bearbeiten. Jetzt allerdings gefiel mir ihre Gesichtsfarbe gar nicht. Bleich vom Mehlstaub war sie jedenfalls nicht. Ich schaffte es gerade noch rechtzeitig zu ihr, um zu verhindern, dass sie samt Roggenmischbrotrohling unter den Tisch fiel.

Ich führte sie vorsichtig zum Sofa, wo sie alsbald wieder das volle Bewusstsein erlangte. Sie zog mich zu sich heran und flüsterte in mein Ohr:

„Dorothea. Such mal die Adresse von Dorothea raus."

Ich war verwirrt. Dorothea[1] ist Fachfrau für Esoterik und Übersinnliches. Sah Bella es bereits als nötig an, zeitnah mittels Medium aus dem Jenseits mit mir zu kommunizieren? Oder hatte Onkel Herberts Ableben sie dermaßen mitgenommen, dass sie nun posthum den Kontakt mit ihm suchte?

Gehorsam zückte ich das Smartphone und tat, wie mir geheißen. Dann begriff ich. Geschäftsansässig Hauptstraße 17. Ich bestätigte Bellas Verdacht.

„Das ist die Villa Scharlatan. Die gehörte also Onkel Herbert. Und damit jetzt dir."

Bella ist nun Immobilienmogulin und von der dank ansehnlicher Mieteinnahmen sprudelnden Liquidität haben wir uns das Fünfsterne-Wochenende gegönnt. Sie wissen schon, das mit dem Walross-Sex und so.

Und meinetwegen kann Bella jetzt noch weitere mehr oder weniger gefallene Mädchen bei uns aufnehmen, mir doch wumpe, dann bauen wir halt an.

---

[1] Siehe Band3, Kapitel 30 „Kleine Brötchen"

Kapitel 63 – Es lebt!

Kennen Sie diese Menschen, bei denen alles Technische, was bei Ihnen streikt, sei es Toaster, Stehlampe oder E-Mail-Programm, auf Anhieb funktioniert? Diese personifizierten Vorführeffekte, bei denen man sich vorkommt wie der letzte Depp, der einfach zu blöd ist?

Ich bin so einer.

Es ist eine Gabe, ich kann nichts dafür, dass ich ein Händchen für Maschinen habe. Vermutlich ist das ein kleiner Ausgleich für meine unterausgeprägten Fähigkeiten im Umgang mit anderen Humanoiden. Menschliche Befindlichkeiten sind nämlich nicht unbedingt mein Spezialgebiet.

Kommen wir in diesem Zusammenhang zu meiner Nemesis. Den Menschen mit der sprichwörtlichen Scheiße am Finger.

Den Aber-gestern-gings-doch-noch-Leuten.

Den Ich-hab-gar-nichts-gemacht-Typen.

Es gibt sie in männlicher und weiblicher Form. Glauben Sie mir, ich weiß wovon ich rede.

Nein, wirklich, so gern ich jetzt über weibliche Formen reden würde, wir müssen beim Thema bleiben.

Es könnte alles so einfach sein, würden die Menschen einige elementare Regeln im Umgang mit Maschinen beherzigen. Ein wenig mehr Rücksicht, ist das denn zu viel verlangt?

Wer zum Beispiel kommt auf die Idee, neben einer wie ein Kätzchen schnurrenden Waschmaschine Dinge zu sagen wie „Die haben wir aber schon ganz schön lange" oder „Die von Tine hat ein Spezialprogramm für Skiunterwäsche".

Wir laufen nicht Ski.

Aber morgen kommt der Kundendienst zu uns, wegen Fehlercode F22.

Dabei könnte es doch alles so einfach sein, wenn man nur einige Grundregeln befolgt.

Nehmen wir an, Ihre Software hat einen irgendwo einen Button, von dem jeder vernünftige Mensch weiß, dass es nur in ganz wenigen speziellen Konstellationen Sinn macht, ihn zu drücken. Weswegen es auch der Programmierer für völlig unnötig befand, ihn ansonsten zu sperren und sich wichtigeren Dingen zugewendet hat. Vermutlich einem Online-Porno.

HERRGOTT DANN LASSEN SIE EBEN DEN FINGER WEG VON DEM KNÖPPEKEN UND ALLES WIRD GUT.

Ich kann meine Kräfte, wie jeder brauchbare Superheld, für das Gute und für das Böse einsetzen.

Nehmen wir an, Sie haben ein Programm geschrieben, das prima funktioniert. Es erscheint Ihnen reif, auf die User losgelassen zu werden.

Dann machen Sie einen Fehler. Und zeigen es mir.

Ich brauche im Durchschnitt drei Sekunden, um die ersten peinlichen Tippfehler zu entdecken, 10 um eine eigentlich gesperrte, unfertige Funktion aufzurufen und maximal 30, um es zum Absturz zu bringen.

Mit großer Kraft kommt große Verantwortung.

Das Ganze hat übrigens nichts mit technischem Sachverstand zu tun. Von Autos beispielsweise habe ich keinerlei Ahnung. Meine elementare Kenntnis über die Funktion eines Verbrennungsmotors hilft mir kein bisschen, wenn ich die Motorhaube öffne und wie Schwein ins Uhrwerk starre.

Aber ich erspüre es sofort, wenn das Auto ein Aua hat. Fragen wie „Da vibriert irgendwas, merkst du das nicht?" oder „Moment, was ist das für ein Geräusch?" sind für Bella mittlerweile deutliche Hinweise darauf, mit dem Kugelporsche umgehend eine Fachwerkstatt aufzusuchen.

Dort lacht man dann zuerst höflich, schaut aber trotzdem nach, weil man mich mittlerweile kennt.

Und findet dann irgendwo in den Eingeweiden der Karre eine lose Schlauchschelle oder ein abgenutztes Ritzel, welche bei Nichtbeachtung zu einem kapitalen Motorschaden geführt hätten.

„Respekt, Alter", sagt dann immer die Schrauberin meines Herzens, „hast wohl auch Benzin im Blut."

Ich versichere dann stets, dass meine Blutgruppe ganz sicher nicht E95 negativ ist und ich wirklich keinen blassen Dunst davon habe, was so ein Automobil im Innersten zusammenhält,

So was wird einem natürlich immer als falsche Bescheidenheit ausgelegt, weswegen man dann mit einem ganzen Schwall von Technobabble-Fachausdrücken überschüttet wird, was dem Autochen denn alles gefehlt habe. Ich nicke dann seufzend zur obenliegenden Zündverteilerflanschkorrosion.

Der Vorteil:

Man mutmaßt, dass ich mir unter den kryptischen Positionen auf der Rechnung etwas vorstellen kann und versucht daher gar nicht erst, mir etwas unterzujubeln.

Selber schuld, ich würde auch „nicht näher bezeichnete Kleinteile" für 570 Euro schulterzuckend hinnehmen.

Sie glauben nicht, dass Maschinen eine Seele haben?

Das steht Ihnen natürlich frei, noch vor wenigen Jahrhunderten war es schließlich Konsens unter (zugegebenermaßen in der Regel männlichen) Fachleuten, dass Frauen auch keine haben. Erkenntnisfortschritt braucht eben seine Zeit.

Also, flüstern Sie weiter mit Ihren Pferden oder Hunden oder mit was oder wem auch immer Sie einen besonderen Draht zu haben glauben, aber kommen Sie nicht zu mir, wenn Ihr Staubsauger so komisch hustet oder Ihr Lieblingsvibrator zu vorzeitigem Batterieerguss neigt.

Für all das gibt es immer eine rationale, technische Erklärung. Ganz sicher. Lassen Sie sich da nichts einreden. Geräte funktionieren oder sie funktionieren nicht. Dazwischen gibt es nichts. Gar nichts.

Oder die Wahrheit ist irgendwo da draußen.

Kapitel 64 – Monas Männer

Beinahe hätte ich heute auf dem Heimweg eine Salatgurke überfahren. Sie lag auf der Straße vor dem Haus von Mona. Mona ist Mitte 40, Besitzerin einer gutgehenden Praxis für medizinische Fußpflege, gerade frisch geschieden und voller Lebenslust. Aber dazu später mehr. Dass hier ein Zusammenhang zu der Gurke besteht, ahnte ich nämlich da noch nicht.

Monas, sagen wir, abwechslungsreiches Liebesleben ist zurzeit Dorfgespräch. Nicht, dass man ihr das nicht gönnen würde, war doch ihr Ex-Mann ein rechtsschutzversicherter Streithansel gewesen, dessen einziges Hobby es war, seine Mitbürger wegen irgendetwas vor den Kadi zu zerren.

Nein, den vermisste wirklich niemand. Mona jedenfalls hatte offenkundig nach einem öden Ehejahrzehnt einen gewissen Nachholbedarf und keinerlei Hemmungen, selbigen zu befriedigen. Zumeist durch Bestellungen im Internet.

Mal wurde Batteriebetriebenes geliefert und mal Bärtiges.

Eine gewisse Unruhe löste das Ganze in zweifacher Hinsicht aus.

Die Männer des Ortes fürchteten, ihre Frauen könnten auf den Geschmack kommen und Monas Beispiel folgen.

Und die Frauen, dass der Dreitagebart ihres Lebensgefährten diesen in Monas Beuteschema fallen lassen könnten.

Die meisten können da vollkommen unbesorgt sein, Mona hat keinerlei Interesse an Männern aus zweiter oder dritter Hand, ihr verlangt es nach Frischfleisch. Sie ahnen es, Mona ist im selben Yoga-Kurs wie Bella, was mir einen gewissen Informationsvorsprung verschafft.

Aber zurück zu der Geschichte mit der Gurke. Schuld ist, wie ich etwas später erfahre, Jesus. Oder vielmehr die Sache mit seiner Kreuzigung, der Auferstehung und den daraus resultierenden Feiertagen. Die neben den Abfuhrterminen der Müllabfuhr auch sonst so einiges im Kalender durcheinanderwirbeln.

Als ich nach Hause komme, platze ich in eine Telefonkonferenz der Yogadamen.

Bellas Handy ist auf Lautsprecher gestellt und während sie Überweisungen ins Online-Banking tippt, lässt sie sich auf den neuesten Stand in der Causa Mona bringen.

Ich setze mich still in eine Ecke.

Wenn ich alles richtig verstanden habe, dann hat der Surfer-Boy, der wöchentlich die Bio-Gemüsekiste bringt, Mona beim Techtelmechtel mit dem Bofrost-Mann erwischt. Die Sache war dann wohl ein wenig eskaliert und hatte Opfer gefordert.

Eine Packung TK-Spinat und eine Salatgurke.

Ende der Telko. Bella legt auf.

Sie hat natürlich mitbekommen, dass ich gelauscht habe. Was ihr erspart, mir die ganze Story zu erzählen.

„Was kommen die Deppen auch beide am Dienstag", sage ich.

„Jetzt kommt jedenfalls erst mal keiner mehr von beiden", sagt Bella schulterzuckend.

Als ich von meiner Gemüse-Sichtung berichte, erfahre ich noch einige Details zur Gurke des Bio-Mannes, die ich eigentlich nicht unbedingt hätte wissen müssen und die ich hier aus Gründen des vorbeugenden Jugendschutzes auch nicht wiedergeben möchte.

„Wir machen da nur Yoga."

Höhö. Klar. Moment. Liefert der eigentlich auch bei uns? Und wenn ja, warum immer zu Zeiten, an denen ich nicht zu Hause bin?

Bella liest interessiert meine Gedanken mit, der Nachteil einer längerfristigen Zweierbeziehung.

„Junges Gemüse soll ja sehr gesund sein. Vor allem in meinem Alter."

Ich knurre missmutig.

„Aber ich kann dich beruhigen. Er kommt nicht mehr. Also, zu uns."

„Soso. Erzähl."

Meine Neugier siegt über meinen Groll. Nach Punkten.

Der vermutlich dank gesunder Ernährung voll im Saft stehende Bio-Bote hatte offensichtlich reihum allen weiblichen Bewohnern unseres Hauses beim Überreichen der Kiste mit regional produziertem Grünzeug Avancen gemacht. Also, in unterschiedlichen Wochen, je nachdem, wer gerade zu Hause war.

Sonderlich fantasievoll stellte der Surfer-Boy sich dabei nicht an, seine Anmachsprüche waren wortwörtlich bei allen dieselben gewesen.

Es mag ein Ammenmärchen sein, dass in Rudeln zusammenlebende Weibchen des Homo sapiens ihren Zyklus synchronisieren, aber was ihre Männergeschichten betrifft, da halten sich unsere hier quasi in Echtzeit gegenseitig auf Stand.

Kurzfristig wurde der Kriegsrat einberufen, wie man oder vielmehr frau denn dem bezirksbefruchtenden Steckrübenausfahrer eine Lektion erteilen könnte.

In der Folgewoche dann öffnete Anna ihm die Tür, im Morgenmantel und mit Schlafzimmerblick.

„Magst du nicht kurz reinkommen?", säuselte sie.

Surfer-Boy mochte.

Um unseren langen Esstisch herum saßen Bella, Thelma, Helene und Radieschen und sahen ihn erwartungsvoll an. Er schluckte trocken, das hatte er jetzt so nicht erwartet.

„Tritt näher", sagte Bella liebenswürdig, „lass dich anschauen."

Auch Anna setzte sich mit an den Tisch und schlug lasziv die Beine übereinander. Die Frauen begannen, seine körperlichen Vorzüge zu diskutieren. Sonderlich Mühe, dies für ihn unhörbar zu tun, gaben sie sich dabei nicht.

Teufel, wo war er hier hingeraten. Hektisch suchte er nach Fluchtmöglichkeiten.

„Ich äh muss dann leider wieder... andere Kunden, Sie verstehen, schönen Tag dann noch, die Damen."

Er wandte sich zum Gehen. Allerdings hatte sich derweil Heinz mitten in den Flur gelegt und versperrte den Weg zur rettenden Haustür. Er guckte abschätzig zu ihm herauf. Heinz liebt es, irgendwo im Weg zu liegen. Es gibt ihm vermutlich ein Gefühl der Macht, wenn jeder entweder fluchend über ihn hinwegsteigen oder ihn je nach Stimmungslage mit Drohungen oder Schmeicheleien hochteufeln muss.

Die Anzahl der Beinahe-Unfälle ist Legion, zu denen es in diesem Haushalt kommt, weil der Hund genau in dem Moment aufsteht, wenn man über ihn drübersteigt und demzufolge das Körpergewicht auf nur ein Bein verlagert hat.

All das wusste Surfer-Boy natürlich nicht.

Während er abwog, ob Hund oder die geballte Weiblichkeit für ihn die größere Gefahr darstellen, sagte Radieschen:

„Also, einen Zehner würd' ich geben."

„15!", kam von Thelma.

„20!", bot Helene.

Moment. Begannen die gerade, ihn zu versteigern? Surfer-Boy fühlte sich ein wenig geschmeichelt.

„Also, die Höchstbietende kriegt ihn für die erste halbe Stunde, und dann der Reihe nach, war doch so?", fragte Bella sicherheitshalber in die Runde.

Alle nickten bestätigend. Nur nicht der Bio-Mann, dem wurde mulmig.

Anna schaltete sich ein: „25 sollten drin sein. Er sieht kräftig aus."

„30!", „35.", „40!" Die Gebote überschlugen sich.

„50. Und ich räum eine Woche lang die Spülmaschine aus."

„Ich leg einmal Auto aussaugen drauf."

„Saugen? Sieht dir ähnlich. Ich biete 60 und einen Apfelkuchen!"

Bellas berühmter Apfelkuchen? Das war kaum zu überbieten.

„70. Und ihr dürft alle dabei zusehen."

Das kam von Anna.

„Deal."

„Machen wir so."

„Einverstanden."

„Aber dann gleich hier!", Bella deutete auf den Esszimmertisch.

„Genau! Hier!", Radieschen schnappte sich die Obstschale von der Tischmitte und räumte sie rüber auf die Anrichte.

Surfer-Boys Augen waren vor Panik geweitet. „Ihr… ihr spinnt doch. Alle!"

Mit einem Hechtsprung setzte er über Heinz hinweg und eilte zur Haustür. Zweimal würgte er den Motor des Lieferwagens ab, dann hörte man ihn vom Hof fahren. Er ward nie mehr gesehen. Ab der Folgewoche übernahm eine Kollegin seine Tour. Der natürlich brühwarm berichtet wurde, weswegen er uns nicht mehr beliefern wollte. Sie brauchte eine geschlagene Viertelstunde, um sich von dem Lachkrampf zu erholen. Und die Geschichte über die firmeninterne WhatsApp-Gruppe zu verbreiten.

Vermutlich erwägt er mittlerweile, das Land zu verlassen und sich unter anderem Namen in Paraguay anzusiedeln. Hoffentlich ist uns Mona dann nicht böse. Soll sie sich halt mit dem Bofrost-Mann trösten.

Was mich allerdings wurmt: Wieso erfahre ich erst jetzt von der ganzen Sache? Ich schaue Heinz böse an, der hätte ja mal was andeuten können. Mit der Solidarität unter Männern ist es in diesem Hause nicht weit her.

Plötzlich kommt mir noch ein Gedanke.

„Sag mal", frage ich Bella mit betont harmlosem Gesichtsausdruck, „was hättet ihr eigentlich gemacht, wenn der Bio-Typ mitgespielt hätte? Also, bei der Versteigerung, meine ich."

„…"

„Du wärst", ich rechne kurz nach, „als Nummer zwei dran gewesen."

„…"

Skeptisch blicke ich den Esstisch von der Seite an. Er schweigt hölzern. Vermutlich weiß er, dass er knapp dem Sperrmüll entgangen ist. Ich esse schließlich nicht von etwas, wo vorher ein anderer sein Würstchen drauf liegen hatte. Oder seine Gurke.

Personenverzeichnis (A-Z)

Kapitelnummern in Klammern, *Kursiv gesetzte* Personen und die
Kapitel bis 35 finden sich im Band „Alles Bella!".

Andreas, Apotheker (50)
Andrea, Apothekerin (60,50)
Anna, Nachwuchs-Domina, Tochter von →Bine, Mutter von
→Sophie Lina (11-14,30,31,34,49,52,56,58)
Anton, Dachdecker-Azubi (15)
Armin, Gehörnter Ehemann von →Bine (1,2,11,17,20,35)
August, Brandbekämpfer (36)
Babs, TV-Moderatorin (10)
*Berthold, alias „Giftschrank", agrarchemikalienaffiner Baumschulbesitzer
(25)*
Big Joe, Masseur (10)
Bine, Ehefrau von →Armin (2,11,20,35)
Birgit, Noch-Ehefrau von →Tom, liebt aber →Peter (1-3,6-
10,33,39)
Britta, Emanze (57)
Britney, geborene Spiers, Barfrau im „Diana" (4,10,11,13,16,34)
Carlotta, Sekretärin von →„Papa" (16,17)
Christine, Insektenforscherin, Mutter von →James und →Ju-
dith (24,26,30,31,34,35,40,48)
Claudia, Chefin des Hotels „Eichengrund" (10,12,18,23,57)
Clifford, Textilreinigungsmogul (24)
Detlef, Lover von →Hiltrud (20)
Dietmar, Bankdirektor (23,34)
Dolf, Drogenspürhund (2)
Dörthe, hat was mit →Andreas und →Andrea (50)
Doris (Wilma), Kindergärtnerin und Batwoman (38)
Dorothea, Geistheilerin (23,62)
Dragan, Spaghettieisfachverkäufer und Kampfmaschine (15,27)
Dynamo, Zweiradgenie und Arbeitgeber von →Radieschen (58)
Edeltraut, Unternehmerin in Sachen Holzdödel (32)

Elisabeth, Verbrechensopfer aus Vorarlberg (32)

Elke, Trauzeugin (34)

*Eliza, frisch niedergekommene Zumba-Trainerin
    (2,5,6,8,10,13,28,30,31)*

Emily, echt rothaarige Postfrau (51)

Erwin, Ehemann von →Ute, macht rum mit →Uta (48,49)

Ewa, hochschwanger von →Janosch (12)

Francesca, kalabrische Hochzeitsplanerin (18)

Fridolin, kalifornischer Seelöwe (12,49)

Gerd, Gartencenterbesitzer, Ehemann von →Kerstin (1,10,50)

Giuseppe, LKW-Fahrer, hat was mit →Uschi (36)

Hanne, angehende Volljuristin (53)

Hannelore, Küchenchefin (10-12,18,21)

Hans-Jochen, alias →Hasan (30)

Hans-Jürgen, Ungläubiger (36)

Hasan, Coiffeur (30)

Heather, Oma von →Clifford (24)

Heidelinde, Volkshochschulkünstlerin, Frau von →Tonio (50)

Heidemarie, alias →Heather (24)

Hein, Seemann und Knotenpapst (13)

Heiner, Retter und Fischteicheigner (36)

Heinz, Haus-, Hof- und Windhund (33,43,49,51,53)

Helga, rüstige und lüstige Omi (13)

Helmut, Leiter der Baubehörde (26)

Helene, Einliegerschwäbin und Patentochter (48,49,51-53,56,58)

Herbert, toter Onkel (62)

Hermine, vegane Tante (25)

Hildegard, Schwester von →Hasan (30)

Hiltrud, erschöpfte Kinderpsychologin (20)

Hinnerk, Robbenflüsterer (12)

Horst-Rudolf, Liegeradfahrer (40)

Hotte, Altrocker und Kindergartenkumpel (24)

Ilona, Filmkunstfachfrau (49)

Ilse, Störchin, Gattin von →Willy (26)

Inge, promiskuitive Gattin von Bürgermeiser →Lenny (42)

Ivonne, Aushilfsbedienung bei →Ursula *(31)*

Ivo, Postbote und Teilzeitgangster (7,8,17,19,27,31)

James, Sohn von →Christine (30,31,33-35,39,40,49,52,59)

Jannis, Wirt der „Taverna Akropolis" (31)

Janosch, Trucker und werdender Vater (12)

Jean-Jacques, Sternekoch, Bruder von →Hannelore *(6,10,18)*

Jörg, Spediteur (42)

Judith, Arzthelferin, Tochter von →Christine (22,31,40)

Judith (Judy), Tochter von →„Papa" *(17)*

Julia I, Noch-Ehefrau von →Peter (1-3,6,7,9,10,39,41)

Julia II, →Romeos Redshirt (51)

Jupp, Landwirt und Großgrundbesitzer (18,21,30)

Jutta I, weiblicher Dorfsheriff (2,3,15,53,55)

Jutta II, Seemannsheim-Chauffeuse mit Schwäche für Bindegewebe (13)

Kerstin, Ehefrau von →Gerd (1,2,10,13,50)

Klaus(i), Beleuchter (49)

Konrad, Versicherungsfritze (45)

Kuno, ausgestopfter Eisbär (12)

Lena, Lovemobilistin und Managementtalent (3,5,7-19,33,43)

Lene →Helene

Lenny, Bürgermeister (24,42)

Leo, Schwester von →Wolfgang (42)

Lina, Waldkindergärtnerin (55)

Lotta, ehrgeizige Ehefrau von →Ivo *(16,17,19,27)*

Luigi, Inhaber des gleichnamigen Pizzalieferdienstes (31,35)

Luise (53)

Malik, eiserner Sperrmüllgeier (55)

Malte-Benjamin, Helikopterkind (55)

Manuel, Tüftler und zukünftiger Multimillionär (16,17)

Marie, zockendes Teilzeit-Schulmädchen (39)

Mario, glückloser Kleingangster (32)

Margot, Türsteherin (8,12,13,16,21,27,33,34,58)

Mark, Ex-Ehemann von Bella (1-4,6,9,10)

Markus, promiskuitiver Pädagoge (48,49,56)

Marleen, Großbauerntochter und Hoferbin (21,36)

Martina, Lenkerin eines Schülermassentransportmittels (15)
Marvin, Söhnchen von →Eliza (30,31)
Mathew-Leon, verzogenes Gör von →Hiltrud (20)
Meikel, Maus (36)
Mette, Tierpflegerin aus Kopenhagen (12)
Mila, Tochter von →Dragan (27)
Mona (57,64)
Olga, Bademeisterin (6)
Palmira, andalusische Bäckereifachverkäuferin (23)
„Papa", Gangsterboss kurz vor der Pensionsgrenze (8,16,17)
Pauline, Meisterin der Dachdeckerkünste (15)
Peggy, von Shakespeare verschwiegene Nixe (51)
Peter, Autohausbesitzer (1,3,5-7,9,10,12,21,39,41)
Petra, nymphomane Eventmanagerin (8-10,17,19,22)
Pierre, Gastro-Kritiker mit dunkler Seite (31)
Pit, Feuerwehrmann mit eigenwilligem Humor (21)
Radieschen, Name der Redaktion bekannt (58,64)
Ralf →Dynamo
Rainer, glückloser Romeo (51)
Rick, mit Löwenherz und Elefantenrüssel (49,50)
Ritschie, auch ein Lover von →Hiltrud (20)
Robert, rolliger Reisender (43)
Rolf, Frischfischdealer (36)
Rudi, ortsansässiger Baulöwe (10,26)
Ruth, Sachverständige (57)
Sabine, Gattin und Großcousine von →Clifford (24)
Schorsch, Wiesnwachtmeister (32)
Sepp, Wiesnwachtmeister (32)
Seppi, oberpfälzischer Erzeuger von →Mathew-Leon (20)
Sofie, Ex-Chefin des „Diana" (4,7-9,13,16-19,33,44,46,55,58)
Sophie Marceau, Henne (33,51,52)
Sophie Lina, Tochter von →Anna und →James (52,58)
Steffi, aktuelle Lebensgefährtin von →Eliza (31)
Susanne, Lebensgefährtin von →Sven, Wintergärtnerin (26)
Suse, Gattin von →Jörg (42)

Susi, BDSM-Beauftragte im „Diana" (4,9-14,16,34)
Sven, Unterer Naturschützer, Hanomagbewohner (26)
Tatjana, Goldschmiedin (38)
Thelma (53,56,58)
Theobald, Bachstelze (26)
Tom, Noch-Ehemann von →Birgit (10)
Toni, begnadeter Autoschrauber (12,21)
Tonio, geschwätziger Wirtschaftsprüfer (50)
Torben-Leon → Rick
Ursula (Uschi), Wirtin des „Bökelstorfer Krug" (31,36)
Uta, schwäbische Cousine (48,49,56)
Ute, ebenfalls Cousine und Mutter von →Helene (48,49,56)
Werner, Universalaktivist (23,26)
Winfried (Winni), Pastor (36)
Willy, Storch, Gatte von →Ilse (26)
Wolfgang, Jungbauer (21,25,36,41,42,57)
Yvonne, macht Gesichter (49)
Zonen-Andi, Bratwurstimperator (47)
Und Bella und ich.